내 아이가 분명해

5

내 아이가 분명해 5

ⓒ한민트 2023

1판 1쇄 인쇄	2023년 9월 1일
1판 1쇄 발행	2023년 9월 15일

지은이	한민트

펴낸이	박대일
교정	김미영
편집	이문영 · 박지해 · 임유리 · 이지영 · 김하랑 · 임지원 · 송새연
마케팅	임유미 · 백소연
디자인	디자인그룹 헌드레드

펴낸곳	파란미디어
출판등록	2004년 9월 14일 제313-2004-00214호

주소	03992 서울시 마포구 동교로23길 14 국제빌딩 6층
전화	02.3141.5589 영업부 070.4616.2012 편집부
팩스	02.6499.5589
전자우편	paranbook@gmail.com
카페	http://cafe.naver.com/paranmedia
인스타그램	@paranmedia

ISBN	979-11-92591-79-7(04810)
	979-11-92591-72-8(전6권)

내 아이가 분명해

한민트 장편소설

5

파란

contents

E. R. K   7

역할 교체   37

연극   79

형제   97

감옥이 부서지는 날   135

북방군   167

문이 열리다   181

내전   213

황태손   237

집착   261

회복기   323

재판(1)   347

E. R. K

클레어는 새벽에 문득 눈을 떴다.

침대에 새로 달아 놓은 캐노피가 반쯤 내려져 있었고, 그 너머로 불빛이 어른거렸다. 너무 캄캄하면 자꾸만 악몽을 꾸고, 그렇다고 환하면 잠들지 못했기 때문에 집사가 신경 쓰고 있었다.

침대는 아주 넓었고, 지나치게 푹신하고, 허리가 아팠다.

'새 침대를 만들려고 했는데.'

클레어는 멍하게 그것을 떠올렸다. 주문은 해 뒀는데 아직까지 완성되지 않아, 지금 이 침대는 로프로 묶은 수백 년 전 침대 그대로였다. 뒹굴다가 허리가 아프다고 했던 그 침대.

허리가 아프지 않았다면, 지금 누운 자리가 좀 더 편안했을까?

꽃향기에 후각과 함께 시선이 움직였다. 살짝 열린 창문으로 서늘한 밤공기가 들어오면서 창틀과 테이블 위에 가득 놓인 꽃다발에서 향기를 이끌고 방 안을 휘돌았다.

공작저 외부에 있는 가신들이 보낸 꽃도 있고, 위빙 상단 사람들이나 다이아몬드 회사에서 보내기도 했다. 자택에 연금된 무어 공작도 꽃과 카드를 보내 주었고, 디트마어도 며칠에 한 번씩 카드 꽂힌 작은 꽃다발을 뒷문에 두고 간다고 했다.

고맙긴 했다. 임신 축하로 받아들일 수는 없었지만 말이다.

이 모든 게 축복이었을 수도 있었을 것이다. 지금쯤 기뻐하고 감사해하고 에리히와 입씨름을 하면서, 먹고 싶은 것을 직접 갖다 바치라고 으름장을 놓았을 것이다.

클레어는 말똥말똥 눈을 뜬 채 가만히 천장을 보고 있었다. 온갖 생각이 가득했으나, 스스로는 생각을 하는지 안 하는지 알 수 없었다. 뒷덜미부터 정수리까지 상념이며 추억이 뒤엉킨 실타래처럼 복잡하게 타고 구르며 부피를 늘리다가, 마침내 머릿속에 꽉 차는 순간.

또르르.

눈물이 굴러떨어졌다.

그녀는 괜찮았다. 이런 상황에서도 놀랄 만큼 진짜로 괜찮았다. 계속 울며 넋이 나가 있는 것도 아니고, 좀 피로할 뿐이지 판단력도 멀쩡했다. 아기 문제가 아니었다면 일도 정상적으로 할 수 있었을 것이다.

그러나 이런 순간에 불현듯 감정이 치솟았다.

싸우지 말걸.

우습게도 가장 먼저 든 생각은 그것이었다.

나를 사랑하는 걸 몰랐던 게 아닌데. 그냥 웃어줄걸. 그냥 인정할걸. 전부 그가 맞는 말을 한 건데. 자신의 말 따위는 탁상공론에 불과하고, 지나친 이상주의였는데. 그걸 모르는 것도 아니었으면서. 결국 당신 방식이 옳았다는 것을 알면서도 끝끝내 어리석은 고집을 부리지 말았어야 했는데.

아이의 조그만 입에 초콜릿을 물리고, 더 놀게 해 줄걸. 일 같은 건 하지 말걸. 어차피 그깟 상단 일 따위 안 해도 밥 먹고 사는 데는 지장 없었는데. 그냥 실컷 안아 주고 실컷 어리광 부리게 해 주고, 질리도록 놀아 줄걸.

바다에 가고, 산에 가고, 온종일 함께 놀면서 살 수도 있었을 텐데. 자신이 욕심이 너무 많아서. 성공하고 싶어서. 돈 벌고 싶어서.

그래서 가족 복이 없는 모양이다. 마치 대가를 치르기라도 한 것처럼.

'아니.'

전생에도 그랬다. 부모님은 그녀가 제 앞가림을 하게 된 지 얼마 되지 않아 돌아가셨다. 이번 생에서도, 마치 그녀가 더 어린 나이부터 앞가림을 할 수 있게 되었다는 사실을 알기라도 한 듯이 또 일찍 돌아가셨고, 여동생도 일찍 떠나 버렸다.

아이와 자신만 남았었다.

그리고 또다시 아이와 자신만 남는다.

이런 생각이 비합리적이라는 걸 모르지 않았다. 그런데도 그런 생각을 그만둘 수가 없었다.

'어이없어, 진짜.'

세상천지에 혼자 잘난 사람처럼 굴더니. 결국 이런 식으로 가 버릴 거면서, 책임진다고 말이나 거창하게 하고. 결혼은 뭐 하러 하자고 했는지.

마지막으로 받은 편지가 '자업자득' 한 줄이라니.

"흑, 흡."

그걸 떠올린 순간 목구멍이 터지듯이 열렸다. 클레어는 시트를 움켜쥐고 입을 앙다물었다. 큰 소리로 통곡하지 못하고 그녀는 손으로 입을 틀어막았다.

이 이상 걱정을 끼칠 수 없었다. 사람들이 염려해 주는 것이 고맙지만 불편했다.

자신의 감정을 온전히 돌아볼 여유가 없었다. 지금 그녀가 무너지면 클라우제너도, 위빙 상단도, 그녀의 계획에 동참한 남부 아렌 귀족들도 무너진다.

에리히는 그녀에게 무거운 의무를 지워 버렸다. 대충 살 거라고 주장했는데. 이런 일은 한 사람이 책임질 일이 아니라고도 분명히 말했는데. 10년 가까운 세월 동안, 족히 몇십 번은 했을 텐데.

하지만 이제 그녀는 그의 몫까지 해내야만 했다.

캐노피 밖에서 인기척이 들려왔다.

"기침하셨습니까?"

"흡."

클레어는 눈물을 삼켰다. 그레이였다.

그녀는 당황하여 소맷자락으로 얼굴을 눌렀다가, 그것만으로는 눈물을 다 닦을 수 없다는 것을 깨닫고 시트를 끌어당겨 그것으로 얼굴을 비볐다. 그리고 몇 번이나 목을 울렸다. 하지만 눈물에 잠긴 목소리까지 전부 수습하기는 어려웠다.

그레이는 그 자리에서 움직이지 않고 그녀가 준비될 때까지 기다렸다. 클레어는 간신히 평정을 되찾았다.

"무슨 일 있어? 이 시간에."

"드릴 말씀이 있는데, 주무시는 것 같아서 기다리고 있었습니다. 물 드릴까요?"

"응, 고마워."

그레이가 물잔을 들고 캐노피를 걷었다. 클레어는 고맙게 잔을 받아 들어 한 모금 마셨다. 구역질이 올라왔지만, 울었던 탓에 목이 탔다. 그녀는 빈 컵을 그레이에게 돌려주었다.

"깨우지."

"요즘에 잠을 불규칙하게 주무신다고 들어서, 깨우지 않는 게 좋겠다고 생각했습니다. 남작님의 건강과 안정보다 중요한 건 없으니까요."

"그렇지."

그레이가 말하는 것이 오로지 클레어 자신의 건강 이야기라는 것을 알면서도, 그녀는 복잡한 정세와 자신이 죽어서는 안 될 이유에 대해서 떠올리고 있었다.

그는 잠시 말없이 테이블 쪽으로 돌아서서 사락사락, 지금까지 보고 있던 서류를 정리했다. 그러고는 조용한 목소리로 말했다.

"제 앞에서는 울지 않으시는군요. 옛날에도, 지금도."

"나는 슬픔을 나눈다고 해서 줄어들 거라고 생각하지 않아서."

"그때도 그러셨죠. 선대 남작님과 부인께서 돌아가셨을 때는 아예 영지로 오지 말라고 하셨고, 엘리사 님이 돌아가셨을 때도……."

클레어는 잠시 아무 말도 하지 못했다. 가슴속에서 팽창하는 것이 슬픔인지 답답함인지도 불분명했다.

"말해 봐야 뭐 하겠어. 결국 시간이 지나가는 수밖에 없는걸."

클레어는 갈라진 목소리로 중얼거렸다.

그래도 물론 이렇게 말을 하다 보면 눈물이 솟구쳐 올라 견딜 수 없어지는 순간이 있었다. 그러나 그것이 자신의 마음을 채우고 있는 비탄의 가장 중요한 부분도, 가장 오랫동안 마음 바닥에 묻혀 있을 부분도 아니었다. 어차피 이런 감정은 전부 스스로 안고 가야 하는 것이다. 이런 슬픔은 말하지 않아도 언젠가는 지나간다.

모든 죽음은 다 개별적이다. 추억도 그랬다. 그녀의 안에 남아 있는 기억은 오로지 혼자의 것이다. 남과 나눌 방법이 없었다. 나누고 매달릴 상대가 이 세상에 없는 지금은 더욱 그랬다.

아니다. 이건 자신이 너무 오랫동안 남에게 의지하지 않으려고 발버둥 쳤기 때문이라는 사실을 클레어는 이제 알고 있었다. 그렇지 않은 삶을 경험했기 때문이다.

클레어가 말없이 천장만 노려보고 있자 그레이가 작은 한숨을 내쉬었다.

"공작 각하께서 계셨다면 다르셨겠지요."

"그럴지도 모르지."

클레어는 마음을 헤집힌 듯이 그렇게 대답했다. '그가 살아 있었다면……'이라는 생각을 또다시 하게 되고 만다. 그리고 그의 부친이 돌아가셨을 때 찾아갔어야 했다는 생각을 하고, 또 엘리사가 죽었을 때 편지를 보냈어야 했다는 생각을 했다.

그레이가 또 한 번 작은 한숨을 내쉬었다.

"제게 발신인 불명의 편지가 한 통 왔습니다."

그레이가 그렇게 말하면서 편지 봉투 하나를 클레어에게 내밀었다. 어디서나 볼 수 있는 흔하디흔한 흰색 봉투였다. 편지가 오는 동안 고난이라도 겪었는지 이리저리 더럽혀져 있었다.

클레어는 의아하게 그 편지 봉투를 받았다. 최근에는 편지를 직접 읽은 일도 없었다. 테러를 염려한 집사와 비서가 항상 먼저 뜯은 뒤 가져와 읽어 주었기 때문이다.

하지만 그 봉투를 뒤집는 순간 클레어의 손이 부들부들 떨렸다. 낯익은 서명이 적혀 있었다.

『E. R. K.』

봉투의 소인은 사흘 전 날짜였다. 그레이가 말했다.

"어디서 봤는지 기억나서 가져왔습니다. 아마 보안을 유지하기 위해서 그러셨던 거겠죠."

클레어는 황급히 봉투를 찢었다. 안에 들어 있는 것은 타이프라이터로 친, 한 줄짜리 편지였다.

『서재에서. 일요일까지.』

"이 인간이 미쳤나, 진짜!!"

클레어는 편지를 움켜쥐고 반 울음으로 소리쳤다. 그리고 분노와 안도감으로 그 자리에 무너졌다.

새벽 내내 소란했던 호루라기 소리가 마침내 멎었다. 근위대원 제프는 살짝 커튼을 들치고 밖을 살폈다. 이곳은 한적한 주택가에 있는 낡은 건물이다. 창고와 장서관의 중간쯤에 있는, 이제는 쓰지 않는 책 창고였다.

흩어져 달아난 시위자 중 몇 명이 계엄군에게 쫓겨 이 주택가까지 들어온 것 같았는데 마침내 정리가 된 모양이었다. 무사히 달아난 쪽이면 좋겠다. 제프는 마음속으로 안타깝게 생각했다. 이쪽으로 왔어도 숨겨 주지는 못했을 테지만 말이다.

아니, 진짜 시위자이긴 할까? 모호한 일이다. 반역이라는 단어가 붙으면 못할 일이 없다. 지금 계엄군은 시위대뿐 아니라 관계없는 사람들까지 잡아들이고 있다. 알트마이어에서 일어난 폭동 참가자와 동향인이라거나 같은 구역에서 일한 적이 있다는 이유만으로 잡혀가기도 했다.

다수가 아렌 출신이었고, 일부는 평소에 황후를 비방하던 자들이다. 기자들은 대부분 끌려갔고, 신문은 어용 기사 일부만이 발행되었다. 그 메시지가 전하는 바는 명백했다.

몇몇 거리는 아예 시위대가 점령하여 거점으로 삼았다고 들었으나 그리 오래 버티지는 못할 것이다. 기차도 곧 끊긴다. 이미 민간인 탑승은 지극히 제한적으로만 허용되었다.

뇌물로 매수하여 표를 얻을 수 있는 것도 오늘이 마지막이다. 내일이 되면 수도에 추가 병력이 당도할 것이다. 그때가 되면 수도 전체가 포위되어 마차로 빠져나가는 것도 쉽지 않을 것이다.

하지만 지금까지 못 해 온 일이 없는 공작은 그것을 실감하지 못하는 듯 솜이 비어져 나온 소파에 긴 다리를 아무렇게나 던져 놓고 여유롭게 앉아 있었다. 제프는 염려스럽게 말했다.

"각하, 3시간 후에 출발하셔야 합니다."

"알고 있네."

공작이 눈을 감은 채 대답했다.

"서두를 것 없어. 지금 당장 기차역으로 간다고 해서 출발할 수 있는 것도 아닌데."

"그곳의 안가가 더 안전합니다."

계엄군이 움직임을 멈춘 직후인 지금, 새벽을 도와 이동하는 것이 나을 것이다.

누렇게 뜬 낡은 셔츠와 닳아빠진 외투를 걸치고 있었지만, 그런 것으로 가려지는 외모가 아니었다. 그를 아무렇지도 않게 스쳐 지나갈 수 있는 사람은 흔하지 않을 것이다.

챙 넓은 모자로 얼굴을 가려도 마찬가지였다. 훤칠한 키와 미끈하게 다듬어진 육체도 문제였으나, 자연스럽게 기품이 밴 몸짓과 차림새 사이의 위화감 때문에 더욱 눈에 띄었다. 가는 길에 무조건 흔적을 남길 것이다.

하지만 공작은 대답하지 않았다. 살짝 찌푸려진 미간을 보면 고심이 있는 것 같은데, 제프로서는 감히 물을 입장이 되지 못했다. 공작 부인을 기다리고 있는 것은 알고 있지만, 초조했다. 아직까지 오지 못했다면, 오지 않는 것이 아닐까? 편지가 전해지지 않았든, 다른 이유로든, 충분히 그럴 수 있는 시기다.

그때 신경이 곤두선 그의 귀에 마차 바퀴 소리가 들려왔다. 제프는 권총이 들어 있는 주머니에 손을 꽂고 문 쪽으로 걸음을 옮겼다.

똑똑.

신중한 노크 소리가 들려왔다. 공작이 일어서서 성큼성큼 다가오더니, 긴장한 제프는 아랑곳하지 않고 문을 벌컥 열었다.

"에리히……!"

문밖에 서 있는 것은 머리까지 후드를 뒤집어쓴 여자였다.

"클레어."

2주 만에 처음으로 공작이 차가운 얼굴을 허물어뜨리며 미소를 지었다. 그가 팔을 벌려 아내를 맞이하려는 순간.

"죽일 거야……!"

빠각.

원한에 찬 목소리와 함께 턱주가리 부서지는 것 같은 소리가 고요한 책 창고에 울려 퍼졌다.

"그사이에 복싱을 배웠나? 이렇게 주먹이 강한 줄 몰랐는데."

에리히는 농담을 던지면서 시뻘게진 턱을 쓰다듬었다.

"농담하지 말아요. 내가, 얼마나……, 얼마나…….."

울분에 찬 목소리로 중얼거리듯 말한 클레어의 어깨가 들먹거렸다. 태연자약한 얼굴로 나타난 걸 보니 분하고 서러웠다.

머릿속이 새카맸다. 클레어는 목부터 가슴까지 불타는 듯 뜨거워지는 것을 느꼈다. 슬픔도, 절망도, 생각할 겨를이 없었다. 이게 감정인지 무엇인지조차 알아챌 새 없이, 지금까지 헝클어진 실타래처럼 머릿속을 꽉 메우고 있었던 무언가가 한꺼번에 코와 목구멍으로 새어 나왔다.

클레어는 손으로 입을 막았다.

내가 걱정하는 줄 알고 있었을 거면서.

하지만 그 말은 울음에 틀어 막혀 제대로 목구멍 위로 올라오지 못했다. 지금까지 삼켜 냈던 흐느낌이 한꺼번에 쏟아졌다.

"흑, 흐읍, 흐윽!"

그녀는 그 자리에서 숨조차 제대로 내쉬지 못하고 주저앉으려 했다. 벌어진 입에서 쏟아지는 것이 울음인지 하소연인지도 불분명했다. 에리히가 깜짝 놀라 허물어지는 몸을 다급히 받아 안았다.

"클레어!"

"죽여 버릴 거야, 흑, 진짜 죽여 버릴 거야! 어떻게 살아 있으면서 연락 한 줄 안 할 수가 있어!"

클레어는 온몸으로 발버둥 쳤다. 손으로 어깨를 때리고 발로 정강이를 걷어찼지만, 에리히는 강철 기둥처럼 미동도 없이 그녀의 팔을 잡아 제 쪽으로 당겨 끌어안았다.

"흑, 흐읍."

클레어의 온 얼굴에 뜨거운 입맞춤이 떨어졌다. 온몸을 부둥켜안긴 채 그녀는 에리히의 품 안에서 무력하게 허우적거렸다. 눈가에 흐른 눈물을 빨아 마신 혀가 울음으로 벌어진 입술 사이로 들어왔다. 에리히가 깊게 입술을 겹쳤다.

"으읍, 흐응……."

울음소리가 키스 속으로 스며 사라졌다. 에리히의 손이 클레어의 뒷덜미를 주무르듯 애무하고 긴장을 풀라며 등을 쓸어내렸다. 그리고 그녀의 엉덩이를 받쳐 훌쩍 안아 올렸다.

"그만 울어."

"누구 때문인데, 흑."

"미안해."

에리히가 낮게 속삭였다. 검문을 피해서 신중하게 움직이느라 어쩔 수 없었다는 말 같은 건 지금은 의미 없었다. 눈물에 젖은 아내의 얼굴만큼 그의 가슴을 뒤흔드는 것은 없었다.

클레어가 그의 옷자락을 움켜쥐었다. 그녀를 소파에 내려놓고 에리히는 다시 한번 온 얼굴에 입술을 떨어뜨렸다. 말을 막으려고 그러는 건지, 키스가 목적인지 알 수 없을 정도로 쉬지 않고 그의 입술이 클레어의 입술을 더듬었다.

그녀는 손에 잡히는 대로 에리히의 머리를 쥐어뜯다가 다시 머리칼 사이에 손을 묻어 제 쪽으로 끌어당기며 그 키스에 응했다.

부은 입술을 입술로 깨문 채 두툼한 외투를 벗기자 안에서 실크로 된 실내복을 입은 몸이 바들바들 떨고 있었다. 에리히는 손으로 그녀의 몸을 문질러 주었다.

"이렇게 얇게 입고 나오니까 몸이 떨리지."

"개소리 말아요. 옷 갈아입을 시간이 어딨어? 일요일까지라며. 이미 월요일 새벽인데."

클레어가 울먹이며 대꾸했다. 이럴 때도 지지 않는다며 에리히가 그녀의 입술을 손가락으로 가볍게 꼬집었다.

"엘리엇은요?"

"털끝 하나 안 다쳤어. 지금쯤 윌리엄의 배로 루덴도르프에 닿았을 거야. 빅토리아 이모님이 계시고, 황제 폐하도 그쪽으로 가셨으니 걱정 없어."

에리히는 낮게 속삭였다. 손가락이 쉬지 않고 클레어의 귓바퀴와 목덜미를 어루만지며 달랬다.

"제임스 경과 찰스 경도 같이 보냈어."

"무사하다고 연락할 수 있었잖아요!"

"어쩔 수 없었어. 신원을 위조하는 데 시간이 걸렸고, 발신인 불명의 편지를 위빙 상단의 지점으로 보낸다고 해서 네게 전달될 것 같지 않았으니까. 클라우제너 쪽에 나라는 걸 알아볼 수 있는 표시를 해서 보내면, 내 생존이 황후한테까지 알려졌을 테지."

"그래도……, 그래도!"

클레어가 그의 어깨를 주먹으로 때렸다. 그리고 그의 등을 쓸어안고 가슴에 얼굴을 묻으며 다시 울먹거렸다.

"아니야. 무사하니 됐어. 무사하니까 됐어."

"날 안 믿었군. 고작해야 위장된 폭동 같은 걸로 죽었을까 봐."

"호텔이 붕괴됐다면서요. 불이 났다고 들었어요. 행정관이 아직도 구조 작업을 시작도 못 하게 막고 있다고도요. 이쪽에서 사람을 보내도……."

클레어가 두서없이 말하다 말고 흐려진 눈으로 에리히의 얼굴을 올려다보았다. 그리고 두 손으로 그의 뺨을 감싸고 훌쩍이며 말했다.

"얼굴이 왜 이렇게 됐어요?"

"내 얼굴이 뭐가 어때서?"

"얼굴밖에 볼 것도 없으면서, 왜 이렇게 험해졌어. 진짜……. 누구 맘대로."

멈춘 것 같았던 눈물이 도로 방울져서 뚝뚝 떨어졌다. 클레어가 엄지로 에리히의 눈가와 볼을 어루만졌다. 에리히가 그 손가락을 제 입술로 깨물었다.

클레어는 아랫입술을 꾹 물었다. 에리히가 그녀를 끌어당겨 제 무릎에 앉히고 안주머니를 뒤졌으나 깨끗한 손수건이 없었다. 그는 별수 없이 손등으로 클레어의 뺨을 훔쳤다.

"그러는 너야말로, 얼굴이 반쪽인데. 나 때문인가?"

"그렇다고 하면, 좋아할 거죠? 어이없어, 진짜. 아니거든요."

클레어가 비로소 헛웃음 비슷한 것을 입가에 머금었다. 그제야 에리히도 따라 웃듯 비로소 미소를 머금었다가, 클레어의 말에 도로 미간을 구겼다.

"아니, 어찌 보면 맞긴 하네. 당신, 오늘부터 머리 길러요."

"무슨 소리야?"

"아이 낳을 때 당신 머리채 잡을 거니까."

클레어가 웃음과 울음을 뒤섞인 얼굴로 말했다. 에리히가 멈칫했다. 그가 머릿속으로 날짜를 셈하는 것을 깨닫고 클레어는 말해 주었다.

"안 믿었어요? 이제 2개월이래요."

"진짜였군?"

에리히가 되묻고는, 다음 순간 미친 사람처럼 클레어의 두 뺨을 붙잡고 키스를 퍼부었다.

"읍, 으읍! 그만……, 응……!"

숨이 틀어막힌 클레어가 호흡을 제대로 하지 못하고 버둥거렸다. 몸부림치든가 말든가 에리히는 원껏 그녀에게 키스하다가 기어이 정강이를 한 대 더 맞고서야 놓아주었다.

"의사가 절대 안정하라고 했다고요!"

흥분한 나머지 그녀를 거의 덮쳐 누르려던 에리히가 움찔해서 동작을 멈췄다.

"소식은 들었을 거 아니에요? 안 믿었어요?"

"나는, 전략적 선택일 수 있을 거라고……."

에리히가 그로서는 드물게도 말을 더듬었다. 클레어가 다시 주먹을 휙 들었다.

그는 반사적으로 뒤로 젖혀지려는 고개를 애써 제자리에 두었다. 하지만 클레어가 중간에 멈췄기 때문에, 한 대 때렸다기보다는 그가 클레어의 주먹 위에 톡 턱을 가져다 대는 셈이 되었다.

어처구니가 없어서 클레어는 허허 웃고 말았다. 화가 풀린 건 아닌데, 웃음은 웃음대로 나왔다.

아니다. 사실 기뻤다. 살아 있어서, 싸우고 화내고 언성을 높일 수 있다는 게. 두 번 다시 이 모습을 못 볼 거라 생각했으니까.

그녀는 에리히의 허리를 끌어안았다.

"전략적 선택이라니. 안 믿었다는 소리잖아요. 말 돌리는 솜씨만 늘어 가지고."

"역시, 주먹 쓰는 걸 배웠나? 교사는 막시밀리안인가?"

"이미지 트레이닝만 몇 주를 했는데요. 역시 턱을 날려 버렸어야 했어. 당신 때문에 내가 속상한 걸 생각하면 진짜."

에리히는 그녀를 마주 두 팔로 껴안았다가 다시 안아 들어 조심스럽게 소파에 내려놓았다. 그러자 클레어가 그를 끌어당겨 곁에 앉혔다.

"상황이 상황이었으니까. 클라우제너를 지키기 위한 수단일 거라고 생각했어."

"내가 클라우제너를 뭐 하러 지켜요? 당신도 없는 마당에."

지켜야겠다고 생각했던 주제에 클레어는 퉁명스럽게 말했다. 그 소리에 에리히가 웃는 얼굴로 대답했다.

"너는 네 품에 들어온 건 절대 못 놓지."

자신이 없어서 그 부귀를 손에서 놓아 버렸다면, 그건 그것대로 기쁜 일이었을 테지만 말이다.

클레어는 얄밉게 그의 뺨을 다시 꼬집어 당겼다. 에리히는 전혀 굴하지 않고 웃고 있었다. 행복해 보였다. 클레어는 한숨을 내쉬었다.

"나도 짐작 못 했으니까 봐주는 거예요."

"고마워."

봐주는 걸 고맙다고 말하는 것처럼 들리지만, 그게 아니라는 걸 클레어는 알고 있었다. 에리히가 말하면서 그녀의 입술에 쪽, 하고 소리 내서 뽀뽀했다. 그리고 또 한 번 뺨에 입술을 눌렀다. 정열적인 키스보다 이런 입맞춤이 더 드물었기에, 클레어는 괜히 어색해졌다.

"당신이 지금 할 말은 그게 아니라 미안하다는 쪽이죠."

"미안해."

"……말 잘 듣네? 어이없어, 진짜. 뭐가 미안한지는 알아요?"

그 말에는 대답이 없었다. 죽은 척한 게 잘못이라는 생각은 안 하고 있는 게 분명했다.

"도대체, 절대 안정이라는 사람한테 여기까지 나오라고 하고. 그나마도 제대로나 알려 줬으면 몰라, 그 편지 대체 뭐냐고요."

서재에서, 일요일까지라니. 일요일까지는 그렇다 치고 서재라는 단어만으로 이 장소를 어떻게 떠올린단 말인가.

이 건물은 밀러 교수의 책 창고였다. 집 바닥을 무너뜨리는 바람에, 부인에게 책과 함께 쫓겨나 따로 서재를 만들기 위해 구한 것이다. 클레어는 대학원생마냥 부려지며 책 정리를 도와주러 오곤 했었다.

영원히 정리가 끝나지 않았지만 말이다. 사실 자신도 도와주러 온다는 핑계로 승마 수업을 빼먹고 여기서 낮잠을 잤다. 어찌나 조용하고 나른한지.

이 소파는 그때도 구멍 나 있었다. 10년 전과 달라진 거라곤 책의 양이 늘어났다는 것뿐이다. 밀러 교수도 이미 은퇴하여 고향으로 갔으므로 이 건물은 오랫동안 비어 있었을 것이다.

에리히가 말했다.

"어쩔 수 없었어. 혹시 중간에 편지를 낚아채는 자가 있더라도 너 외의 사람은 알아볼 수 없는 내용이어야만 했으니까."

"내가 잊어버렸거나 못 알아들었으면요?"

"잘 찾아왔잖아."

클레어는 할 말이 없어지고 말았다. 사실은 그만이 아니라 자신도, 같은 공간에 있었던 시간을 잊은 적이 없다는 것을 증명한 것과 다를 바 없었다. 함께했다는 것과는 달랐어도 말이다.

이제 와서이긴 했다. 그녀는 에리히의 품에 고개를 파묻고 중얼거렸다.

"그런데, 이렇게까지 비밀을 유지해야 한다는 건 클라우제너에 있는 첩자 때문인가요?"

물론 가문의 규모를 생각했을 때 첩자가 있는 것은 당연했다. 디트마어가 납치되었을 때 확인했듯이 호위팀에도 있었으니까. 전부 통제하기에는 관계자 수가 너무 많다.

하지만 에리히가 이 정도까지 보안을 유지하기로 했다면, 예삿일이 아니다. 그가 자신에게 보내는 편지까지 내용을 주의해야 할 정도로 중요한 자리에 첩자가 있다는 뜻이었다.

"내 보좌진에까지 들어와 있었어. 황제 폐하의 행적도 그쪽을 통해서 밝혀진 것 같고."

에리히가 낮은 목소리로 말했다.

황후는 처음에는 황제의 행선지를 몰랐던 것 같다. 황제가 황궁을 빠져나간 직후부터 계속해서 찾고 있었으니까. 알트마이어 쪽에서 정보가 새어 나갔을 가능성은 아주 적었다. 백작 부부를 제외한 사람은 모두 저택 동관에 머무는 사람이 아렌 공왕뿐이라고 알고 있기 때문이다.

황후가 암살 시도의 방아쇠를 당긴 것은 자신이 알트마이어를 방문한 다음 날이다. 에리히도 황후궁과 에른스트에 정보라인을 갖고 있었으므로, 그쪽을 통해서 확인도 이미 마쳤다.

그렇다는 건 그를 뒤따르던 보좌진이나 호위팀의 누군가가 정보를 유출했다는 뜻이 된다. 그날 알트마이어에 황제가 와 있다는 것을 알게 된 것은, 그를 따라 후원까지 들어온 소수뿐이기 때문이다.

"그전에도 아렌 공왕 전하와 함께 있을 거라는 추론 정도는 하고 있었겠지. 하지만 추론만으로 저질러 버리기에는 지나치게 큰일이잖나. 내 쪽 스파이를 통해서 확신을 얻고 나서 시작한 거야."

알트마이어 저택이 공격당했다는 소식을 듣는 순간, 그는 그 사실을 깨달았다. 그래서 그는 곧바로 호텔 최상층에 불을 지르고 2차 폭발을 유도한 다음 빠져나왔다. 그리고 근위대장 로건에게 황제의 종적을 숨기라고 지시하고, 엘리엇과 보호해야 할 다른 사람들도 모두 클라우제너의 눈에 띄지 않는 루트로 피신시켰다.

"그놈은 잡았어요?"

"붕괴된 건물에 묻혀 있지."

에리히가 싸늘한 목소리로 말했다. 클레어는 잠시 말이 없었다. 마음속은 어지러웠지만, 그녀는 이제 남을 비난할 자격이 없었다. 에리히와 엘리엇이 거기 묻혔을 뻔했다는 걸 상상하면, 그것의 열 배 넘는 인간을 파묻어도 좋다고 생각하고 있다.

무사해서 다행이다. 다시 생각하면서 그녀는 에리히의 손을 끌어다 손바닥에 입술을 눌렀다.

"잘했어요."

"칭찬받을 줄 몰랐는데."

"당신이 무사한 게 훨씬 중요하죠. 그러면 황제 폐하의 시신이라는 것도 가짜겠군요."

"그건 이쪽에서 조작할 필요도 없었어. 황후가 만든 것 같더군."

"어쩌면 아랫사람이 만들었을 수도 있겠어요. 이렇게 중요한 일을 제대로 수행하지 못했다면, 처벌이 두려울 테니까."

황제의 최근 모습을 아는 자는 극히 드물고, 화재에 휩쓸려 죽었다면 얼굴을 뭉개기도 쉽다. 조작은 간단한 일이었다.

"나는 폭동을 일으킨다면 남부 아렌에서 시작할 거라고 생각했었는데, 안이한 판단이었던 셈이지."

"황제가 황궁을 벗어났기 때문에 이렇게 돌발적인 행동에 나선 걸까요? 지금까지 황후는 이런 식으로 행동하지 않았잖아요."

클레어는 결국 그녀가 의회를 장악하는 방식으로 움직이리라고 생각했었다. 그녀는 오랫동안 로멜 우월주의와 예산, 경제적 이득을 통해서 선거권자의 지지를 획득해 왔다.

황제와 직접 부딪치는 것보다 황제를 어딘가에 밀어 치워 두고 물밑에서 지배하는 쪽이 낫다. 황후의 권위는 비공식적인 것이며 황제를 기반으로 하기에 그에게 맞설 수 없으나, 의회는 그렇지 않기 때문이다.

표면에서 갈등을 지우고 지금까지처럼 의제를 선점하며 묵살하는 쪽이 훨씬 오래 권력을 잡을 수 있다. 디트마어와 자신을 처리할 작정이었다는 것을 고려하면 더 그랬다. 그러면 하원에서 황후에게 저항할 사람은 몇 명 남지 않았을 테니까.

에리히가 고개를 저었다.

"폐하는 지금 정상적인 사고를 하고 있다고 보기 어려워. 엘리엇을 만나 돌발 행동을 할 가능성이 있다는 것을 고려해 보면 황후의 선택도 틀리진 않았지. 황권은 멀쩡히 살아 있어."

"그렇군요. 하긴, 명분을 생각해 봐도 그렇네요. 반역죄보다 강력한 명분은 없으니까."

"군 통수권의 문제도 있지. 수도의 군대는 포섭한 것 같지만, 다른 곳에 주둔한 군대는 황명 없이 움직이지 않아. 그러니 리누스가 즉위해야 비로소 다른 곳에 주둔한 군대도 장악할 수 있지."

그러고 나면, 그 누구도 저항할 수 없을 것이다. 황후의 계획은 틀리지 않았다. 잘 실행되기만 했다면 말이다.

"내가 거기 있는데, 감히."

에리히가 차갑게 말했다. 클레어는 찬찬히 생각을 정리하며 그에게 물었다.

"뭘 할 생각이에요?"

살아 있는 황권을 휘두를 작정이라면 황제의 사망을 가장할 필요가 있을까?

"황후를 폐위하는 건 간단한 일이 아니라서 증거가 필요해. 제러드가 죽었을 때도 정황이 분명했지만, 아무것도 할 수 없었으니까."

이번 일에도 아마 증거는 남지 않았을 것이다. 공식적으로 황후가 한 일은 황제가 시해되었다는 소식을 듣고 계엄령을 내린 것뿐이다. 그러니 명분을 잡기 위해서는 황후를 돌이킬 수 없는 곳까지 몰아넣는 수밖에 없다. 황제가 살아 있다는 것을 알더라도 황후는 수레바퀴가 굴러가는 것을 멈출 수 없을 때까지.

클레어는 황권이 살아 있으니 황제가 황후를 치는 것이 가장 빠르다는 말에 납득하면서도 조금 복잡한 기분이 되었다.

"황제 폐하가 그걸 해낼 수 있는 상황이긴 한가요? 아편 중독인 건 둘째 치고, 칩거한 지가 그렇게 오래되었는데."

"지금 당장 나서실 수 있는 상태는 아니야. 노력하고 계시지만, 시간이 좀 필요해."

"당신은 어떻게 할 작정인데요?"

"이제부터 전권 대리인 자격으로 북방군에 갈 거야."

에리히의 말에 클레어는 고개를 끄덕였다. 황후가 하는 짓을 생각해 보면, 북방 주둔군을 아렌으로 보내 인종 청소를 하거나 학살을 일으켜도 놀랍지 않다. 그러니 일단 군을 움직이지 못하게 하는 게 가장 중요했다.

그리고 클라우제너를 가지고 황후와 맞설 게 아니라면, 아예 정보를 숨기는 것이 나았다. 그래야 저쪽에서 대응책을 내지 못하고 불완전한 정보에 혼란을 일으킬 것이다.

"남방군은 어떻게 되나요? 알트마이어와 인접한 지역부터 남쪽으로 소요 사태가 계속 번지고 있다고 들었어요. 황후가 그걸 이유로 명령을 내렸으면 거부하기 힘들 텐데요."

"그쪽으로는 아렌 공왕께서 가셨어. 황명이 전달될 때까지, 모든 일을 소강상태로 접어 두실 거야."

"그러면 괜찮겠네요."

아렌 왕가가 황실에 통치권을 양도한 지 오래되었으나, 아렌의 연로한 사람들이 왕가를 얼마나 존중하는지는 클레어가 더 잘 알았다. 아니, 노인만이 아니다. 그녀의 부모님만 해도, 공왕을 마주하면 무릎을 꿇고 감격할 사람들이었다.

'젊어도 사실 많이들 그렇지. 아렌에서 계속 살았던 사람은 더 그렇고.'

땅에 뿌리내리는 법을 잊어버린 클레어 자신이 예외적인 거지, 대부분 그럴 것이다.

그러니 공왕이 갔다면 염려 없다. 남방군은 대부분 아렌인이고, 행정관도 마찬가지였다. 황명이 내려간 것도, 내각에서 전쟁 결의를 한 것도 아니니, 공왕의 뜻을 존중하여 시간을 끄는 것 정도는 충분히 하고도 남을 것이다.

이건 대개 영지에 머물러 있는 아렌 귀족들도 마찬가지다. 그 대부분은 아직도 자기 영지의 행정에 대한 거부권을 갖고 있었고, 지역 유지로서 상당한 영향력을 행사하고 있다. 이미 무어 공작이 한 차례 아렌 귀족들을 묶어 놓았으니, 남방군의 발목을 잡는 일은 더욱 수월하리라. 문제는 사우스랜드뿐이었다.

"공왕께서 사우스랜드와 수도를 갈라놓으실 거야."

"알았어요."

클레어는 생각에 잠긴 채 대답했다. 에리히가 그녀를 끌어당겨 제 무릎 위에 앉혔다. 그리고 이마에 흘러내린 머리칼을 다정하게 쓸어 넘기며 말했다.

"그러니 넌 이제 그만해도 돼."

"……."

클레어는 멈칫했다. 에리히의 말이 무슨 뜻인지 바로 알아듣지 못했기 때문이다. 그녀가 화를 낼 거라고 생각하기라도 한 듯 에리히가 다시 부드러운 목소리를 냈다.

"네가 짊어질 일이 아니야."

"내가……."

클레어는 갈라진 목을 틔워 말을 하려다가 문장을 완성하지 못하고 그만두었다. 그리고 그가 이미 자신이 내린 명령을 전부 알고 있다는 사실을 깨달았다. 하긴, 클라우제너가 그의 행적을 몰랐던 것이, 그가 클라우제너의 정보를 파악하지 못하고 있다는 것과 같은 뜻은 아니었다.

클레어는 눈을 내리깐 채 겨우 말했다.

"당신 말처럼, 이제야 겨우 현실적으로 하고 있는데, 왜요. 내가 가진 힘 좀 휘두르는 게 어때서."

진짜로 묻는 말이 아니었기 때문에 말투는 고집부리듯 딱딱했다. 에리히가 그녀의 목덜미에 입술을 누르고, 머리와 등을 어루만졌다.

"미안해."

그것만으로도 다시 눈물이 날 것 같아서 클레어는 입술을 깨물었다.

"난 후회 안 해요."

"네가 복수할 일은 처음부터 발생하지 않았어."

"나는, 내가 잘못 생각하고 있었어요. 당신 말이 맞아요. 내가 하려던 일은 탁상공론이고, 이상주의고."

클레어는 에리히의 옷깃을 잡고 잠시 말을 멈췄다. 지금은 그럴 생각 없는데, 또 눈물이 솟아올라 입술을 적셨다.

에리히의 입술이 가볍게 그 눈물을 빨아 마시듯 입술 위에 닿았다. 클레어는 그가 제 고개를 젖히려는 걸 거절하고 고개를 저었다. 말을 해야 하는데, 눈물 때문에 목이 막혀 도저히 목소리가 나오지 않았다.

"그렇, 게는……."

"미안해."

문장을 이루지 못하는 사이에 머릿속이 곤죽이 되어 무슨 말을 하려던 것인지도 불분명해졌다. 에리히가 다시 그녀에게 사과했다. 그 사과의 이유도 클레어에게는 불분명하게 느껴졌다.

에리히가 한 손으로 그녀의 뺨을 잡아 고정시켜 눈을 들여다보면서 말했다.

"네가 나누어 주어야 할 만큼 괴로운 짐도 아니고, 내가 있는데 네가 그런 일을 할 필요도 없어."

"에리히……."

"나는 네가 이상론을 말하는 게 좋았던 거야."

"그걸로."

계속 사람 트집 잡아 놓고. 그렇게 말하려고 했지만, 이번에도 문장은 끝까지 성립되지 못했다. 하지만 그 말을 알아들은 듯 에리히가 이마를 그녀의 이마에 대고 엷은 웃음을 입술 위로 쏟아 냈다.

"내가 반한 여자는 이렇게 쉽게 패배를 인정하는 사람이 아닌데."

"에리히."

"현실에 굴복해서 무조건 공작님이 옳다고 말하는 시시한 사람이었으면, 나는 네 이름도 기억하지 못했을 거야."

그가 클레어의 뒷머리를 눌러 제 가슴에 기대게 했다. 그리고 아직도 떨림이 멎지 않은 몸을 끌어안은 채 천천히 등을 쓸어내렸다. 그러면서 야유하듯 빈정대는 태도로 말했다.

"설마 내가 군을 몰고 와서 계엄군과 시위대를 전부 쓸어버릴 때까지 가만히 있을 건 아니지?"

"누구 때문이야, 진짜."

클레어가 간신히 목소리를 내고 나자, 에리히가 그녀의 입술을 가볍게 더듬어 다시 입 맞추고, 품에 끌어안은 채 가만히 가늘어진 어깨와 등만 어루만졌다.

그 뒤로는 한동안 둘 다 말이 없었다. 아침 햇살이 살짝 열린 커튼 너머로 들어와 창고 안에 너울거리며 빛으로 선을 그렸다. 모든 곳에 먼지가 쌓여 세상이 흐렸다.

시간이 멈출 듯한 침묵이 고였다. 클레어는 그의 어깨에 얼굴을 묻은 채 어린아이처럼 쌔액쌔액 숨만 깊게 들이쉬었다. 아무것도 하지 않은 채 함께 있을 시간이 더 필요했다. 하지만 이미 아침이 다가와 있었다.

콩콩.

조심스러운 노크 소리가 들렸다. 자리를 피해 주었던 제프가 돌아온 모양이었다.

"각하, 이제 출발하셔야 합니다."

"아."

클레어의 얼굴이 흐려졌다. 에리히의 표정에서 물이 빠지듯, 다정하고 부드러운 부분이 사라졌다. 굳어진 눈가와 입매가 얼음 조각처럼 날카로웠다.

그가 클레어를 안은 채 일어섰다가, 그녀를 소파 위에 다시 내려놓았다.

"이제 가야겠군."

클레어는 그의 손을 잡았지만, 가지 말라고 말할 수는 없었다. 대신 손바닥에 입술을 누르자, 에리히가 괴로운 듯한 신음을 냈다.

"곧 돌아올 거야. 그때까지 몸조리 잘하고 있어."

"알았어요."

"무엇보다도, 당신과 아기의 안전이 제일 중요해. 막시밀리안과 빌헬름이 잘해 줄 거라고 믿지만, 무리하지 말고."

"나는 뭐, 집에 있을 건데. 첩자가 있다고 해도, 저택이 위험한 건 아니잖아요. 당신이나 몸조심해요. 다치지 말고."

클레어가 숨을 한번 크게 들이마시고, 애써서 말했다.

"소식 없으면 무사한 줄로 알고 있을게요. 죽으면 연락해요."

"꼭 그러도록 하지."

에리히가 미소를 짓고 말았다. 그리고 클레어의 빨갛게 변한 눈과 코를 안타깝게 바라보고, 마지막으로 그 입술에 짧게 입 맞추었다.

다시 노크 소리가 들려왔다.

"다녀올게."

"응."

클레어는 고개를 끄덕였다. 에리히가 돌아섰다.

낡은 경첩이 끼이익 소리를 냄과 동시에 햇살이 스며들었다가 다시 스러졌다. 바깥에서 이야기하는 소리가 잠깐 들려왔다. 에리히가 막시밀리안과 인사를 나누는 모양이었다.

클레어는 고개를 숙이고 두 손바닥에 얼굴을 묻었다. 무사히 돌아왔으니 됐다. 엘리엇도 안전하다니 걱정은 없다. 그녀는 에리히가 별일 없이 잘 해낼 것이라는 걸 믿었고, 또 자신도 별문제 없이 지낼 수 있으리라는 것을 알고 있었다.

그런데도 눈물이 쉽게 멈추지 않았다.

역할 교체

클레어는 중간에 슈나이더 백작가에 들러 리나의 마차로 갈 아탔다. 나올 때도 마찬가지였다. 자신의 행적이 노출되면 에 리히를 위험하게 할 수도 있다고 생각했기 때문이다.클라우제 너 공작저에 도착했을 때는 이미 해가 높이 뜰 시간이었다. 날 은 오히려 좀 흐려졌고 비가 추적추적 내리기 시작해서, 클레 어는 조금 염려스럽게 밖을 바라보았다.

에리히가 기차를 탈 때까지 비가 오지 말아야 할 텐데 말이 다. 눈앞에 있다면 비 맞은 생쥐 꼴이 되었다고 웃어 줄 테지 만, 정작 지금 고생스럽다고 생각하니 그런 모습을 보고 싶지 않았다. 아이러니한 일이다.

마차가 저택 후문 앞에서 멈춰 섰다. 클레어는 의아하여 창 에 달린 커튼을 살짝 걷었다. 막시밀리안이 말했다.

"별일 아닙니다."

"별일이 아니라뇨. 집 앞에서 멈춰 섰는데."

클레어는 막시밀리안의 어깨 너머를 내다보려고 애썼다. 앞을 가로막았던 자가 이쪽으로 다가왔다. 그게 리누스라는 것을 알고 그녀는 조금 당황했다. 이 시간에 여긴 어쩐 일일까?

막시밀리안이 문을 닫으라는 듯이 살짝 창을 두드렸다. 클레어는 다시 커튼을 내렸다.

"어쩐 일이십니까, 황자 전하?"

"마차에 타고 있는 사람은 누구지?"

"슈나이더 백작 영애입니다."

나갈 때 계획한 대로 막시밀리안이 그렇게 대답했다. 리누스가 신경질적인 목소리로 되물었다.

"슈나이더 백작 영애를 경이 직접 에스코트하고 있다고?"

"요즘 세태가 흉흉하니까요. 부인께서 영애를 많이 아끼십니다."

"그렇군."

리누스는 무표정한 채 대꾸했으나, 불만을 전부 다 숨기지는 못했다. 막시밀리안은 침착하게 그에게 고개 숙여 인사하고는 물러나려고 했다. 리누스가 그를 다시 불렀다.

"클레어에게 내가 보고 싶어 한다고 이야기 좀 전해 줬으면 좋겠군. 보울러 백작은 그러겠다고 대답만 하고 전달을 안 하는 것 같아서."

"의사에게 의논해 보겠습니다. 지금은 부인의 마음의 안정이 가장 중요한 때라서요."

"잠깐 얼굴을 보고 위로의 말을 하고 싶다는 것뿐이야."

"전하의 말씀은 감사합니다."

막시밀리안의 대답은 거의 철벽이었다. 리누스는 욱했으나 그렇다고 막시밀리안의 멱살을 잡을 수도 없었으므로 얌전히 물러났다.

그가 비키자, 후문이 열리고 마차가 다시 구르기 시작했다. 클레어는 커튼 틈새로 슬쩍 밖을 살폈다. 리누스는 파란 얼굴을 하고 있었다. 마치 바다에서 건져 냈을 때 같은 죽은 얼굴이었다.

클레어는 뒷맛이 씁쓸해진 채 커튼을 완전히 내리고 의자에 몸을 기댔다. 부모의 죄 때문에 자식까지 벌을 받아야 한다고 생각하는 것은 아니지만, 솔직히 황후를 생각하면 좋은 마음이 들지 않았다.

내실로 돌아오자 주치의가 당황한 얼굴을 하고 있었다.

"부인, 어딜 다녀오셨습니까? 그렇게 움직이시면, 아기님에게 좋지 않습니다. 아, 부인, 얼굴이……."

눈만이 아니라 뺨과 입술까지 빨갛게 부은 것을 보고 의사가 당황했다. 클레어는 고개를 저었다.

"괜찮아요. 좀 울어서 그래요."

"부인……."

"미안해요. 걱정 끼칠 생각은 아니었어요. 중요한 일이 있어서 잠깐 나갔다 왔는데, 이제 이런 일 없을 거예요."

그렇게 말하는 목소리도 심하게 쉬어 갈라져 있었다. 주치의는 더더욱 조심스러운 기분이 되어 고개를 숙였다.

클라우제너의 유일한 직계가 되실 아기님이 아무리 귀한 몸이라 해도, 차마 이런 상태의 부인에게 몸을 조심하셔야 한다든가 하는 잔소리는 할 수 없었다. 누구보다도 그녀 자신이 가장 아기를 귀하게 여기고 있을 터였다.

"한 시간 후에 진료 좀 부탁드릴게요. 딱히 배에 통증이 있거나 하진 않은데, 피곤하긴 해서……."

"예."

주치의의 대답을 듣고 나서 클레어는 욕실로 가서 따가운 얼굴과 먼지 묻은 몸을 가볍게 씻었다. 그리고 옷을 갈아입으러 드레스 룸으로 들어갔다.

요안나가 서둘러 그녀의 뒤를 따랐다. 막시밀리안과 그레이 이외의 사람에게는 전혀 이 소식을 알리지 않았기 때문에, 그녀도 클레어가 어딜 다녀왔는지 몰랐다. 침실이 텅 비어 있는 것을 발견했을 때는 적지 않게 당황했었다.

"클레어 님, 진짜로 괜찮으세요?"

"응. 좀 울긴 했는데, 괜찮아. 오히려 기분은 훨씬 나아."

요안나는 주의 깊게 그녀를 살폈다. 목은 쉬었지만 확실히 어조는 어제보다 훨씬 가벼웠고, 감정을 눌러 담는 느낌도 없었다. 돌아보는 호박색 눈동자가 반짝거렸다.

"이 앞에 리누스가 와 있던데, 자주 찾아와?"

"네. 사실 사고 소식이 전해진 다음 날부터 거의 매일 오세요."

요안나가 조심스러운 얼굴로 대답했다. 그는 저택 대문 앞에서 억지로 클레어를 만나려 드는 방계 친척과 마주쳐 크게 싸운 일도 있었다.

"만나지 않으실 거라고 생각해서 굳이 말씀드리지 않았어요."

"그래."

"클레어 님……."

요안나가 또다시 묘한 얼굴로 그녀를 바라보았다. 클레어가 멍한 얼굴을 하는 대신에 곰곰이 생각에 잠긴 표정을 하는 것이 얼마 만의 일인지 모른다.

"괜찮아. 내가 걱정을 많이 끼쳤지."

"아뇨."

"우선 뭘 좀 먹어야겠어."

클레어의 말에 요안나가 환한 얼굴로 대답했다.

"네! 뭐, 특별히 원하시는 게 있으실까요? 제가 바로 전할게요. 그러고 보니 주방에서 딸기를 들여왔어요."

"딸기 철이 되려면 아직 몇 달 더 있어야 하지 않나?"

"남쪽 끝에서는 이제 수확이 시작되나 봐요. 그러고 보니 무화과 절임도 있어요. 그것도 이번에 같이 가져왔다는데, 과육이 생생하게 살아 있는 게 아주 질이 좋더라고요."

클레어는 주방에 고맙고 미안한 기분이 되었다. 그녀가 특별히 무화과를 좋아한다고 한 적도 없는데, 그래도 고향의 맛이리라고 생각해서 신경 써서 가져왔으리라.

한창 입덧이 심할 시기였다. 다만 그동안 속이 울렁거리고 뒤집히는 것이 입덧 탓인지, 스트레스 탓인지 분간이 되지 않았다. 그리고 먹어야 한다는 마음도 그리 들지 않아, 대충 먹는 둥 마는 둥 했다. 하지만 이제 먹어야겠다는 생각이 들었다.

아기가 귀하지 않아서 그동안 먹어야겠다는 생각을 하지 않은 것이 아니라, 그런 생각까지 할 겨를이 없었기 때문이다. 하지만 정신이 들자 제일 먼저 몸을 돌봐야겠다는 생각이 들었다. 자신이 건강해야 아기를 무사히 낳고, 또 가족을 뒷받침할 수 있을 테니까.

그리고 해야 할 일이 많았다.

"우선 레몬차를 좀 마시고 싶어."

"레몬차요?"

바로 어제도 거부했던 것이라 요안나가 눈을 동그랗게 떴다. 클레어가 고개를 끄덕였다. 딱히 레몬이 먹고 싶다는 느낌까지는 들지 않았지만, 새콤달콤한 게 조금 나을 것 같았다.

"꿀도 좀."

먹을 수 있을지 없을지는 모르지만, 당분을 보충하고 싶었다. 그리고 푹 자고, 얼굴을 상쾌하게 하고, 그다음 새로 모든 일을 시작할 것이다.

기다렸다는 듯이 순식간에 집사가 트롤리를 가져왔다. 접시 위에는 티 푸드 대신 귀여운 꽃 모양의 설탕 과자 두 개가 놓여 있었다. 하얀 꽃잎이 벚꽃처럼 보였다.

"주방에서 일부러 아무런 냄새도 나지 않게끔 주의해서 만들었다고 합니다."

"아. 고맙다고 전해 줘."

클레어는 조그만 꽃을 입 안에 넣었다. 적어도 눈이 즐거운 건 확실했다.

단맛에 구역질이 조금 올라왔지만, 구토하기 전에 꽃이 녹아 목구멍으로 흘러 들어갔다. 클레어는 레몬차를 한 모금 마셨다. 생각보다 먹을 만했다.

사실 진짜 먹고 싶은 건 귤이었다. 그리고 매콤한 거. 클레어는 막국수를 떠올렸다. 그거라면 잘 먹을 수 있을 것 같은데. 하지만 지금처럼 내내 굶다시피 했던 상황에서 그걸 위에 넣으면, 위장이 곧바로 죽음을 호소하리라는 생각이 들었다. 있지도 않았지만 말이다.

'고춧가루…….'

그녀는 간절히 생각했다. 에리히가 있으면 그거라도 구해 오라고 발가락으로 명령할 텐데. 대단하신 분이니 세상에 없는 것도 만들어 오시겠지. 그런 생각을 했더니 기분이 좀 나아졌다.

"단것이 드시기 편하시다면, 부드러운 케이크나 이런 것도……."

"아니, 딱히 그렇지는……. 아, 그러고 보니 딸기 빙수는 좀 먹을 만할 거 같기도 하고."

"빙수요? 셔벗이 아니고요?"

"우유를 얼릴 수 있지?"

공업용 냉장고가 이미 존재하는 시대였다. 셔벗이 있으면 빙수도 가능하다. 일반인은 쓰기 어렵겠지만, 클라우제너 공작 부인께서 우유를 얼리고 싶으시다는데 불가능할 리가 없었다. 집사가 약간 긴장한 얼굴로 말했다.

"가능합니다."

"그러면 그거 얼려서 대패로 갈아다 줘."

"대패요?"

이번에도 생각지도 못한 레시피에 요안나가 눈을 굴렸다. 클레어는 레몬차에 뒤이어 또다시 설탕을 입에 머금고 웅얼거렸다.

"딸기랑 섞어 먹을 거야."

"알겠습니다."

맛이 짐작되는 주장이었으므로, 집사는 공손히 대답했다. 클레어는 차를 모두 마시고, 쿠션 사이에 파묻힌 채 말했다.

"요안나, 웨슬리 경에게 편지를 한 통 썼으면 좋겠어."

"사우스랜드 곡물상의 웨슬리 경을 말씀하시는 게 맞나요?"

"그래. 내가 내일 좀 보잔다고 해. 몸은 괜찮아. 어차피 이 거실에서 만날 거야."

"네."

요안나가 밝은 목소리로 대답했다. 역시 클레어 님에게는 무기력한 모습보다 이런 모습이 훨씬 어울렸다.

차가운 이슬비가 바다에 떨어지며 자글거리는 소리를 냈다. 부두에서 우산을 받쳐 들고 선 헤르만 루덴도르프는 감상에 휩싸여 있었다.

"재밌긴 하네."

그와 비슷한 감정을 느낀 듯, 곁에 서 있던 요한 크로지크가 중얼거렸다. 그가 클라우제너 공작의 편지를 가지고 루덴도르프로 온 것은 한 주 전의 일이다.

수도에 있던 요한에게 편지를 배달한 전령은 그 내용을 몰랐을 터이나, 그 안에는 만일 전령이 믿을 만하지 않다고 판단된다면 알아서 처분해도 좋다는 허락이 적혀 있었다. 그리고 서명만 적힌 백지가 함께 있었으니, 한 번은 클라우제너의 식솔을 마음대로 해도 좋다는 전권을 사실상 허락받은 셈이다.

다행히 정보는 유출되지 않았다. 전령은 요한에게 전달된 편지의 내용을 몰랐으며, 그 봉투 안에 루덴도르프로 보내지는 편지가 있다는 것도 몰랐다.

요한은 공작의 지시대로, 전령을 돌려보낸 다음 편지를 직접 들고 왔다. 재밌다면 재밌는 일이다. 클라우제너에서 정보가 유출되었기 때문에 공작은 자신의 힘을 손에서 놓고 아내의 힘에 의지하는 상황이 되었다.

역으로 클라우제너 공작가는 회임한 부인을 중심으로 똘똘 뭉쳐 있으니, 지금 상황은 공작과 부인이 서로 자리를 바꿔 앉은 듯이 보였다.

정략결혼을 한 부부의 정치적 입장이 같으리라는 보장은 없다. 귀족의 결혼은 종종 가문 간의 동맹이며, 반대로 말하면 동맹이 깨져 적이 되는 것도 가능하다. 사실 클라우제너 정도의 가문이라면, 친모와 아들이 정적이 되는 것도 이상할 게 없었다.

하지만 클레어와 에리히는 정치적 입장만이 아니라 인생 전체가 묶였다. 섬겨야 할 숙녀를 지키기 위해서는 그 남편도 지켜야 한다는 지금 상황에 헤르만으로서는 미묘한 기분이 들긴 했지만 말이다.

'어차피 나나 요한이나 각하의 명을 거부할 입장도 아니지만……. 이걸 공사 구분이 확실하신 거라고 해야 할지.'

헤르만은 어렴풋이 그런 생각을 떠올렸다. 공작은 대놓고 그렇게 노려봐 놓고 정작 자신과 요한에게 명령하고 지시를 내리는 일에는 아무런 부담도 느끼지 않는 것 같았다.

'이게 치정을 소재로 삼은 연극이었다면 좀 더 진흙탕이었을 텐데.'

그런 생각을 떠올리고 있는데, 요한이 문득 그를 돌아보고 물었다.

"왜 그런 눈으로 쳐다보십니까?"

"아니, 경은 이중 첩자였는데도 불구하고 정말로 부인의 신뢰를 많이 받게 되었구나 싶어서."

그 말에 요한이 인상을 찌푸렸다. 헤르만이 트집 잡는 것이라고 생각했기 때문이다. 트집이 맞긴 했다. 물론 헤르만은 진심으로 의아하다고 생각하지는 않았다.

크로지크 백작가의 명운은 클레어의 손에 달린 데다가, 요한은 어차피 수도로 돌아갈 수 없었다. 헤르만은 여전히 많은 사람과 많은 편지를 주고받고 있었는데, 덕분에 황후가 계엄령을 내린 그 순간부터 배신자를 정리하고 있다는 사실도 알고 있었다. 만일 요한이 수도에 남아 있었다면 그 역시 정리되었을 것이다. 공작이 편지를 보내 요한을 이곳으로 보낸 것에는 그 이유도 있었으리라.

이번에는 요한이 헤르만을 트집 잡았다.

"그런데, 여기는 엘리엇 경을 숨기기에는 너무 에른스트의 코앞이 아닙니까?"

"등잔 밑이 어둡다는 말도 있고, 체면치레밖에 모르는 에른스트 공작 부부를 생각하면 사교계의 거부감을 무시하면서까지 여기로 밀고 들어오진 못하지 않겠나?"

헤르만은 태연하게 그렇게 말했다. 애초부터 클라우제너 측의 사람이 루덴도르프로 숨어들리라고는 생각하지 못할 것이다. 클레어가 루덴도르프의 인장 반지를 가지고 있다는 것을 아는 사람은 극소수뿐이다.

"황제 폐하께서 황궁 밖으로 걸음 하신 게 거의 7, 8년 만일 텐데, 알트마이어에 이어 두 번째로 방문하는 영지가 된 셈이로군요."

"가문의 부흥을 고모님과 완전히 다른 방향으로 성공시킨 셈이지. 이거 기분이 묘한데."

헤르만은 황실에 대한 충심 따위는 거의 갖고 있지 않은 종류의 인간이었지만, 감개를 느끼지 않을 수 없었다. 루덴도르프는 쇠락의 길을 걷던 가문이고, 거기서조차 쫓겨났던 자신이 이제는 클라우제너 공작의 부탁을 받아 황제를 보호하게 되었으니 말이다.

"근데 이 부두에 배를 무사히 댈 수는 있는 겁니까?"

"부두 전체가 다 못 쓰게 된 것은 아니니까. 마침 비가 와서 수리공들도 나오지 않았으니, 보안을 유지하기에는 더 낫기도 하고."

"그건 그렇군요."

요한이 맞장구쳤다가 잠시 후에 다시 말했다.

"그런데 우산을 큰 걸 쓰고 나오셨군요."

그러는 요한은 빈손이었다. 레인코트를 입고 있었지만, 이슬비라 해도 제법 오래 맞고 있으니 결국 머리부터 어깨까지 상당히 젖었다.

헤르만은 빙긋 웃었다. 우산을 쓰는 게 남자답지 못하다고 생각하는 로멜 남자들이 적지 않았으니, 요한은 지금 빈정거린 셈이다. 하지만 그는 그런 일에는 전혀 신경 쓰지 않았다. 그런 사람이 많을수록 자신이 이득을 볼 수 있는 법이다.

"잘 모르는 것 같은데, 요한, 공작 부인께서는 합리적인 사람을 좋아해."

"내가 언제 공작 부인 이야기를 물었습니까?"

요한이 발끈했다. 그때 마침 증기선 한 척이 천천히 항구 안으로 들어섰다. 헤르만과 요한은 배가 부두에 접안하기를 기다렸다.

항구는 텅 비어 있었기 때문에 접안에 시간이 오래 걸리지 않았다. 선원들이 능숙하게 배 사다리를 내리는 동안 위에서 아이가 고함지르는 소리가 들렸다.

헤르만은 조금 떨어진 자리에서 대기하고 있던 마차 쪽으로 향했다. 그리고 마차 문을 연 다음 커다란 우산을 기울여 마차에서 내리는 사람이 빗방울을 맞지 않게 신경 썼다.

"고맙군."

빅토리아 대공이 그의 손을 잡고 내렸다. 시녀가 허둥지둥 우산을 폈다.

배 사다리를 점검하는 선원에 뒤이어 내려온 것은 아이였다. 정확히는, 뛰어내리려는 엘리엇을 낚아채 안은 윌리엄이었다.

"엘리엇, 제발 좀……."

초췌한 그의 목소리가 하소연하듯 가늘었다. 엘리엇이 손발을 바둥거리며 외쳤다.

"이모할머니한테 갈 거야!"

빅토리아 대공은 그 모습을 보고 미소를 머금었다. 윌리엄은 굴하지 않고 엘리엇을 단단히 붙들어 안은 채 하선하여 땅바닥에 아이를 조심스럽게 내려놓았다.

"이모할머니!"

빅토리아 대공은 기꺼이 두 팔을 벌렸다. 엘리엇은 짤따란 다리로 전력으로 빅토리아 대공의 품에 달려들었다.

"억……!"

본디 애정 표현을 거침없이 하는 편이 아닌 그녀는 처음으로 마음에서 우러나는 사랑을 크게 표현하려다가 그만 연약한 관절과 다리뼈에 타격을 입고 말았다.

여기까지 예측하고 있던 헤르만이 넘어지려는 그녀를 부축했다. 빅토리아 대공은 간신히 아이고 소리를 내뱉지 않고 체면을 지키는 데 성공했다.

"그사이에 또 컸구나."

그럼에도 불구하고 뿌듯한 마음이 들어 빅토리아 대공은 엘리엇의 머리를 쓰다듬었다. 엘리엇이 설움 폭발한 얼굴로 그녀의 다리에 얼굴을 비볐다.

"이모할머니, 이모할머니!"

"무슨 서러운 일이라도 있었던 게로구나."

빅토리아 대공은 웃으면서 엘리엇의 머리를 쓰다듬었다. 비 때문에 습기 먹은 금발이 병아리 솜털처럼 빅토리아 대공의 손가락에 감겼다.

"흐윽."

엘리엇은 세상 서럽게 울먹였다.

지난 며칠 동안 엘리엇은 살면서 가장 많은 참을성을 강요당했다. 엄마도 없는데, 아빠까지 몇 밤 자고 온다는 손가락 약속도 없이 어리광 부리지 말고 얌전히 있어야 한다는 말만 하고 떠나 버렸다.

마사도 걱정거리가 많은 사람처럼 한숨만 내쉬고, 안아 주긴 하지만 마음이 다른 곳에 가 있는 사람 같았다. 제임스 할아버지는 안아 주기는커녕 무서운 얼굴을 하고 자신에게 남처럼 고개를 숙였다.

찰스 외삼촌은 아예 겁먹은 사람처럼 멀찍이 떨어져서 머리도 쓰다듬어 주지 않았다. 어리광을 받아 주는 건 황제 할아버지뿐이었다. 하지만 무시무시한 대장님이 버티고 서서 만나게 해 주지 않았다.

후크 선장님이나 윌 아저씨는 여전히 좋아했지만, 바쁘다며 잘 놀아 주지 않았다. 새로 만난 엘레나 부인은 친절했지만 엄격해서, 자꾸 윌 아저씨를 혼냈다. 그게 자기 때문인 것 같아서 엘리엇은 괜히 서러웠다.

엘리엇은 엘리엇 경이라고 불리는 게 싫어졌다. 역시 아빠가 없어져서 그런 것 같았다.

"이모할머니, 나 소원 하나만 들어주세요."

엘리엇은 커다란 눈동자에 눈물을 그렁그렁 담고 빅토리아 대공에게 하소연했다. 이모할머니를 만나러 간다고 해서 얼마나 기뻤는지 모른다.

"소원? 무슨 소원?"

"아빠 좀 혼내 주세요."

빅토리아 대공은 입을 조금 벌린 채 엘리엇을 바라보았다. 엘리엇은 위대한 존재라도 올려다보듯이 당연히 가능하리라고 믿고 소원을 빌었다.

"이모할머니는 아빠의 이모니까 할 수 있잖아요. 눈물 쏙 빠지게 울 때까지 혼내 주세요."

엘리엇은 한번 화낼 때 무섭게 화내서 울려야 한다는 에리히의 가르침을 잘 기억하고 있었다. 엄마의 이모가 없는 게 너무 억울했다.

빅토리아 대공은 몹시 곤란해졌다. 엘리엇은 순진무구한 얼굴로 그녀가 당연히 에리히를 혼낼 수 있을 거라고 믿는 듯했다.

어째야 하나. 혼낼 입장도, 능력도 없다고 말할 수는 없고, 그렇다고 이렇게 서러워하는 아이에게 더 참으라고 말하기도 미안했다.

어차피 금방 잊어버릴 거라고 생각하며 빅토리아 대공은 다정하게 말했다. 부모가 아닌 것의 장점이 무엇인가. 그냥 예뻐만 해도 된다는 거였다.

"우리 엘리엇이 무척 화가 났구나. 어떻게 혼내 줄까?"

"엉덩이를 때려 주세요."

"아빠가 네 엉덩이를 때린 적 있니?"

빅토리아 대공이 놀라며 되묻자 엘리엇이 움찔했다. 사실 자기도 그렇게 혼나 본 적은 없었다. 제임스 할아버지가 때때로 엉덩이를 때려 줘야 한다고 말하는 것을 들었을 뿐이다. 그럴 때마다 엄마가 화를 내서, 오히려 제임스 할아버지가 엉덩이를 맞은 사람처럼 도망가곤 했지만 말이다.

엘리엇은 시무룩하게 고개를 숙였다.

"아니요."

"나중에 꼭 할머니가 엄마, 아빠에게 네가 많이 슬퍼하더라고 전해 주마.”

그러자 엘리엇이 갑자기 툭 눈물을 떨궜다. 빅토리아 대공은 아이를 조심스럽게 보듬어 안았다.

“엄마랑 아빠랑 둘 다 거짓말쟁이야. 세상에서 날 제일 사랑한다고 해 놓고.”

자기들끼리만 놀더니, 자기들끼리만 어디 가고.

공왕 할아버지도, 로저 아저씨도 보고 싶었다. 그 둘이라면 분명히 같이 화내 줬을 것이다.

뒤따라온 마사가 무릎을 꿇고 엘리엇을 빅토리아 대공에게서 떼어 내 안아 올렸다. 그리고 송구스러운 듯 빅토리아 대공에게 사죄하고 엘리엇의 등을 쓰다듬었다.

“지금은 두 분 다 바쁘시니 어쩔 수 없어요.”

“이렇게 엘리엇 경이 슬퍼하시는 걸 알면 부인께서도 불안하고 슬프실 겁니다.”

헤르만도 위로의 말을 건넸지만 엘리엇은 흥 하고 고개를 홱 돌렸다. 헤르만은 엄마의 친구다. 지금은 엄마 편드는 사람은 다 보기 싫었다.

“슬퍼하라구 해요. 나는 나쁜 아이가 될 거니까.”

뾰로통하게 부풀린 볼이 귀여워서 빅토리아 대공은 웃고 말았다.

“아주 단단히 토라졌네.”

“이모할머니도 미워!”

이 마음을 풀어 주려면 아마 두 부부는 꽤나 마음고생을 해야 할 것이다. 웃는 빅토리아 대공을 보고 엘리엇이 더욱 울상이 되었다.

그때 창백한 얼굴의 중년 남자가 느릿한 걸음으로 배 사다리를 밟아 내려왔다.

빅토리아 대공과 엘리엇을 제외한 사람들이 일제히 몸을 숙였다. 남자들은 바지가 젖는 것을 개의치 않고 한쪽 무릎을 꿇었고, 여자들은 치맛자락을 펼치며 다리를 구부려 절을 올렸다.

엘리엇을 안고 있던 마사가 얼른 뒤로 물러나 거리를 벌렸다. 에리히의 엄중한 지시가 있었기에 황제는 엘레나 부인과 의사가 모두 동석한 자리에서만 엘리엇을 만날 수 있었다. 그것도 발작할 우려가 있으니 반드시 적당한 거리를 두라는 지시가 있었다.

"조지."

이미 소식을 들었음에도 빅토리아 대공은 조금 흔들리는 목소리로 황제의 이름을 불렀다.

아마 그녀는 황제에게 가장 크게 실망한 사람 중 하나일 것이다. 연을 끊고 두 번 다시 만나지 않을 작정이었다.

네 명의 형제들 중 그가 가장 중요한 위치에서 태어났다. 나머지 형제들은 일평생 그에게 양보하는 법과 그의 것을 탐내지 않는 법을 가장 우선으로 배웠다.

그러나 정작 그는 아무것도 해내지 못한 채 사적인 감정에 파묻혀 시들었다. 얼마나 오랫동안 고통을 겪어 왔는지 모르는 바는 아니었고, 또 그가 아편에 중독된 과정에서 음모가 개입

되었으리라 짐작도 했지만, 그럼에도 불구하고 스스로를 포기한 것은 그 자신이다.

빅토리아 대공은 마지막으로 만났을 때 했던 대화를 선명하게 기억하고 있었다.

'생각해 보니, 제가 견뎌서 이겨 내는 것에 무슨 의미가 있겠느냐 싶습니다.'

'의미가 없다니. 너는 제국의 황제다.'

'정무는 내각이 돌볼 겁니다. 그거면 됐습니다. 지혜로운 자들이 많으니 그들이 알아서 하도록 내버려 두세요. 내각이 강해지면, 내가 죽은 뒤에도 그 여자가 마음대로 하지 못할 테니.'

'조지!'

'그게 마음에 들지 않으시면, 누님께서 왕관을 가져가시겠습니까? 그랬다가 에리히나 베티나에게 물려주셔도 괜찮을 겁니다. 아니…….'

황제는 길게 꼬리가 늘어지는 듯한 어조로 말하다가 갑자기 미친 사람처럼 말을 쏟아 냈다.

'아니, 아니, 안 됩니다. 제러드의 권리는 그 누구도 빼앗아 갈수 없어. 누님도, 맨프레드도, 에리히도 안 됩니다.'

그럴 정도라면 차라리 분노에 몸을 맡기고 가서 황후를 쏴 죽여 버리기라도 할 것이지. 그 결과로 내전이 일어난다 해도 원한은 갚을 수 있었을 것이다. 그랬다면 적어도 제 감정과 분노에 대한 책임은 지는 셈이었다.

하지만 그는 저 자신에 대한 책임조차 내팽개치고 아편 연기 속으로 도피했다. 다정한 헨리에타가 복수를 원치 않았으리라는 말로 핑계 대기에는, 너무 무책임하게 스스로를 포기하지 않았는가.

하지만 그래도 동생은 동생이었다. 제 발로 걸어 나올 작정을 한 것만으로도 됐다. 그녀는 기꺼이 두 팔을 벌려 그를 맞이했다.

"빅토리아 누님."

황제는 조금 휘청거리기는 했지만, 그녀에게 똑바로 다가와 오랜만에 해후한 누이를 포옹했다.

"안색이 오히려 나빠졌구나."

"마음이 어지러워서 더 그런 것 같습니다. 그래도, 노력하고 있습니다."

그가 느릿하지만 또렷한 목소리로 말했다.

"난 네가 평생 결심을 세우지 못할 줄 알았다."

"일어나야죠. 일어나야죠."

황제가 제 결심을 되풀이하듯이 같은 말을 몇 번이나 반복해서 중얼거렸다. 그리고 아직 끌어안을 수 없는 아이 대신 누이를 꽉 끌어안았다.

"누님, 들으셨습니까? 엘리엇이 제러드의 아들이랍니다."

그가 낮은 소리로 속삭였다. 편지로는 전해 듣지 못한 소식에 깜짝 놀란 빅토리아 대공의 몸이 굳었다.

"뭐?"

"에리히가 확언했습니다. 증인도 있답니다. 제러드가, 죽기 전에 신부를 얻어 아이를 가졌답니다."

"그럴, 그럴 수가……!"

빅토리아 대공이 목쉰 소리로 내뱉었다. 엘리엇이 제러드를 떠올리게 했던 많은 순간이 어지럽게 머릿속에서 교차했다. 황제가 물기 어린 목소리로 말했다.

"제가 일어나야죠. 정신 차리고, 이번에는 지킬 겁니다. 제러드의 자식을 제가 아니면 누가 지키겠습니까? 제가……."

그가 떨리는 입술로 중얼거렸다. 사실 양육도, 보호도, 제가 아니라 에리히에게 맡겨 두는 게 나으리라고 아직 머리 한쪽에 남아 있는 합리가 말했다. 하지만 25년간 그를 잡아 묶었던 강박은 그렇게 순순하지 않았다.

지금까지 황후에게 넘기고 싶지 않아 억지로 틀어쥐고 있던 모든 것을 아이에게 줄 것이다. 제가 가진 것은 제러드의 권리이니 그 누구에게도 줄 수 없다고 생각했지만, 제러드의 것은 아이의 권리니까.

그러기 위해서는 정신을 차리고 제 기능을 해야 한다. 그는 손바닥에 피 나도록 주먹을 쥐고 자꾸만 도피하려는 자신을 붙들어 맸다.

의사의 정성스러운 보살핌이 있어도 오히려 신체 기능은 점점 떨어지고 제정신을 차리기 어려웠다. 고열과 발한에 시달리며 쉬지 않고 구토를 했다.

그래도 아이를 안아 보기는 해야 할 것 아닌가. 그 고운 아이를 무릎 위에 앉혀 얼러 볼 것을 생각하며 그는 견디고 있었다.

내가 네 할아비라고 말하고, 네 아버지가 얼마나 영리하고 선량한 이였는지, 얼마나 많은 사람들의 사랑을 받았는지 일러 줄 것이다. 그리고 아이의 엄마가 얼마나 용감하고 고운 이였는지 듣고, 또 행복하게 잘 자라 왔는지도 물을 것이다.

그는 여전히 왕관에 대한 책임에 대해서는 생각지 않았다. 제국 따위도 아무래도 좋았다. 그가 황권을 쥔 채 숨어 아무것도 하지 않은 동안, 그들은 스스로 자신의 운명을 결정했다.

하지만 에리히는 제러드의 유지를 외면할 수 없다고 말했다. 프란츠 알트마이어가 손과 얼굴을 버리고, 시종과 호위들이 목숨을 던졌던 그 유지. 사실 자신에게 가장 많이 호소했을 텐데, 네 행복을 생각하라며 외면했던 그것.

그것을 아이에게 가장 좋은 형태로 돌려줄 것이다. 제러드가 살아 있다면 틀림없이 제 아이를 위해서 그렇게 했을 테니까.

"젠장. 이게 말이 되나."

요안나가 보낸 편지를 쥔 채 사우스랜드 곡물상의 웨슬리 경은 당황하여 어쩔 줄을 몰랐다. 하지만 편지를 몇 번이나 보아도 '클라우제너 공작 부인이 최대한 빠른 시간 안에 만나고 자 하니 방문해 달라'라는 내용이 적혀 있었다.

"대체 왜 날?"

그는 진짜로 클라우제너 공작의 암살과는 관계가 없는 사람이었다. 물론 율리아라고 하는 시녀의 명령으로 공작 부인을 위협하는 음모에 한몫 낀 것은 사실이다. 하지만 공작과는 관계없다. 비슷한 시기에 그런 암살 계획이 있으리라는 걸 그가 알 리가 없지 않은가. 그는 황후의 금고이지, 칼이 아니다.

"너무 염려 마십시오, 아버지. 비탄에 잠겼던 공작 부인이 일어나서 제일 먼저 하는 행동이 람스베르크 의원이나 자신의 추문에 대한 복수는 아닐 겁니다. 게다가 이제 와서 그 문제에 대한 원한을 이야기하기에는 시간이 너무 애매하게 지나지 않았습니까?"

그가 자랑으로 여기는 아들 옌스 웨슬리가 말했다.

"공작 부인이 대체 무슨 생각인지 나는 짐작조차 할 수가 없구나."

"제 생각에, 현재 시점에서 충분한 양의 식량을 확보하지 못한 게 아닐까 싶습니다. 클라우제너 공작가에서 석탄 공급 계약을 취소하지 않았습니까? 하지만 그게 매입자에게만 타격이 있는 것은 아니니까요."

"하긴……. 클라우제너령은 거의 모든 소비재를 외부에서 사들여야 하는 곳이지."

"네. 판매를 금지했으면 그만큼 떨어진 수입을 보충해 주거나 저렴하게 공급해 줘야 할 겁니다."

물론 많은 귀족이 그런 일에는 관심이 없었다. 그러나 클라우제너 공작 부인은 그런 사람이 아니다.

웨슬리 경은 초조하게 담배를 꺼내 들었다. 아들의 말은 얼핏 듣기에 일리가 있었으나, 충분하지 않았다.

"하지만 그게 사실이라고 해도 하필 우리부터 제안을 넣을 리가 없어. 공작 부인은 이미 우리 상단의 진짜 주인이 누구인지 알고 있을 테고, 원한도 있는 셈이 아니냐. 그리고 무엇보다도, 진짜로 거래 협상이 목적이라면 회임한 공작 부인이 나를 부르는 게 아니라 담당자가 왔겠지."

웨슬리 경의 마음을 편안하게 해 주려고 했던 옌스는 쓴웃음을 지었다.

"제가 가서 만나 보고 오겠습니다."

"공작 부인께서 부른 건 나야."

"공작 부인은 합리적인 성품이라고 들었습니다. 제가 아버지 대신 갔다고 해서 크게 노하지는 않을 겁니다. 그리고 제가 위빙 상단의 카슨 씨와도 친분이 좀 있으니까요."

"아."

웨슬리 경이 생각났다는 듯이 감탄사를 냈다.

"그렇지. 그런 인연이라도 좀 있으니 낫구나."

"네. 그러니 너무 걱정 마시고, 제게 맡겨 주십시오."

사실 옌스는 그게 큰 보탬이 되리라고 생각하지 않았다. 게다가 아버지가 아직 눈치채지 못한 염려도 하나 갖고 있었지만, 지금으로서는 말해도 소용없는 일이다.

✦

똑똑.

"들어와."

어차피 누구인지 알고 있었기 때문에, 클레어는 노크 소리를 듣자마자 대답했다. 오렌지색과 노란색이 섞인 메리골드 꽃다발을 쥔 손이 먼저 들어왔다. 그리고 신호라도 하듯 꽃다발을 한 번 흔든 뒤에 로저가 얼굴을 불쑥 내밀었다. 클레어는 어이가 없어서 웃었다.

"뭐 하는 거야?"

"지금까지 보냈던 제 축하의 마음이 먼저 도착했다는 의미입니다."

"나 참. 고마워."

로저가 싱긋 웃고 성큼성큼 침대 쪽으로 다가와 꽃다발을 건네주었다. 클레어는 그것을 받고 조금 놀랐다. 전부 메리골드인 게 아니라 사이사이에 똑같은 색의 오렌지와 레몬이 숨어 있었다.

"입덧에는 신 게 좋다고 들어서요."

"신경 써 줘서 고마워."

좀 더 갖고 있고 싶었지만, 요즘에는 꽃향기에도 구역질이 났기 때문에 클레어는 그것을 하녀에게 넘겼다.

날이 서늘했지만 창문이 전부 열려 있는 것도 그 때문이다. 가신들이 보낸 꽃다발도 전부 치우고, 침실에 놓인 것은 이제 과일 바구니뿐이었다.

"진짜로 신경 쓴 건 이게 아닌데요."

로저가 장난스럽게 웃었다. 클레어는 고개를 갸웃거렸다.

곧 하녀들이 트롤리 두 대를 밀고 들어왔다. 그 위에는 작고 예쁜 유리그릇이 열두 개씩 놓여 있었는데, 그릇마다 은으로 된 티스푼 하나와 서로 다른 맛 아이스크림이 들어 있었고, 밑에는 이름표가 붙어 있었다. 클레어는 깜짝 놀라 반사적으로 말했다.

"……31!"

"네?"

"아니."

로저의 반문에 클레어는 어색하게 고개를 저었다. 로저가 갸웃거릴 차례였다. 31이라니, 의미 불명의 숫자다.

뭐, 중요한 일은 아니었다.

"블룸 남작님 말씀을 들어 보니, 요즘 거의 얼린 우유 간 것만 드시고 있다고 해서요. 차갑고 달콤한 게 넘기기 쉬우신 것 같고, 이것도 맛에 따라 드실 만한 게 있고 아닌 게 있을 것 같아서요."

"일종의 샘플러네. 역시 네가 감각이 좋아."

"그렇죠?"

로저가 싱글거렸다. 전 같았으면, 자신이야말로 역시 좋은 남편감이 아니겠느냐는 농담을 덧붙였겠지만, 이제 그는 그럴 수 없었다.

처음에는 귀족에게 결혼 따위가 뭐 그리 중요하겠느냐고 생각했었다. 어차피 진짜로 옆자리를 욕심냈던 것도 아니고, 이왕이면 눈 좀 달라고 아우성친 것뿐이었으니까.

제일 중요한 것은 자신이 그녀가 선택한 파트너라는 점이었다. 그리고 그녀를 가장 잘 이해하는 사람은 자신이리라는 자부심도 있었다.

그러나 이제 위빙 상단의 우선순위는 밀려났다. 그리고 공작과의 결혼이 단순히 아이를 위한 것도, 심지어는 귀족답게 이루어진 것이 아니라는 사실도 예전부터 알고 있었다. 끼어들 자리는 처음부터 없었으며, 그녀를 가장 잘 아는 사람도 자신이 아니다.

표정과 감정을 위장하고 농담을 건넬 수 없는 것은 아니었지만, 선을 넘어갈 수는 없었다. 살짝 밟고 서 있는 것도 이제는 안 된다는 것을 알고 있었다.

그래서 그는 재미없는 배려를 덧붙였다.

"녹기 전에 맛을 보십시오. 드실 만한 게 있으면 저택 주방에 가져다 둘 테니까요. 그러고 보니 냉장고를 새로 들였더라고요."

"주방까지 갔다 왔어? 고마워. 아, 이거 괜찮네."

입 안에 들어오자마자 사르르 녹았다. 결과적으로 우유와 과일이니 비슷할지도 모르지만, 내내 빙수만 먹고 있던 터라서

식감이 바뀌는 것만으로도 기분 전환이 되었다. 로저가 미소를
지었다.

"다행입니다."

자신이 가져온 것을 그녀가 만족스러워할 때 기쁜 마음이
드는 것은 당연한 일이지만, 입에 뭐가 들어가는 게 기쁘다는
것은 또 새로운 기분이었다.

클레어는 몇 개에는 구역질했지만, 대부분은 꽤 맛있게 먹
을 수 있었다. 오랜만에 살 것 같았다.

"그동안엔 좀 어땠어? 계엄령 때문에 위빙 상단에도 타격이
상당할 것 같은데."

"아무래도 사치품 시장이니까요. 하지만 괜찮습니다. 그동
안 벌어 놓은 게 많이 있지 않습니까? 오히려 채권자들 중에 잡
혀가는 사람이 좀 있어서 갚을 시간이 좀 늘어난 것 같기도 하
고요."

"농담할 일이 아닌데."

"농담으로 드린 말씀이 아닙니다. 생각보다 꽤 있습니다. 이
번에 노예계 사태가 벌어지고 나서, 선거권자 중에서도 항의
서한을 보내거나 하원 의원을 만난 사람이 꽤 많습니다. 솔직
히 좀 놀랐습니다."

로저가 진지하게 말했다.

황후가 한 일은 로멜에만 이득인 것이 아니다. 자산가 계급 전
반에게 이익이었으므로, 로멜 우월주의로 인한 사회적 손해를
메꾸고도 남을 만큼 금전적 이득을 본 자가 많이 있었을 터이다.

선거권이 재산세를 기준으로 주어진다는 것을 고려했을 때, 황후는 의회를 장악하기 위해서 올바른 전략을 취했던 셈이다.

클레어가 약간 웃었다.

"사람은 도덕적으로 보이고 싶어 하니까."

물론 천박함을 자랑처럼 휘두르는 자가 간혹 있기는 하나, 대부분은 그랬다. 합리와 이성을 자랑으로 삼는 자산가 계급의 시민들이라면 더욱 그러하고, 그가 로멜 출신이라면 더더욱 그러했다.

로멜 우월주의가 만들어 낸 사회적 압력이 오히려 딜레마를 제공하는 셈이다.

『황실과 귀족이 또다시 시민을 노예로 삼으려 한다.』

이 문장은 자신의 사업장에서 가혹한 노동을 시키는 자들에게조차 호소력이 있었다. 선거권을 획득해 낸 지 얼마 되지도 않았다. 이것은 제국 시민에 대한 중대한 도전이었다.

"아편의 해악에 대해서 알려질수록, 노예 계약이 자유의사로 이루어진 거라는 개소리는 못 하게 되겠지. 연단에서 논리로 이길 자신이 없는 자는 모두 입을 닥칠 수밖에."

클레어는 잠시 울리히를 염려하긴 했다. 그가 또다시 흥분해서 허튼소리에 휘말리면 곤란할 것 같기도 했다. 편지라도 한 장 써 둬야겠다. 그런 생각과 함께 클레어는 그 일을 미뤄 두었다. 그 문제는 이미 자신의 손을 떠났다.

그때 집사가 들어왔다.

"마님."

"무슨 일 있어요?"

"방문객이 있습니다."

그가 명함을 한 장 클레어에게 건네주었다.

"옌스 웨슬리……. 웨슬리 경의 아들인가?"

"예."

집사가 대답했다. 로저가 의아하게 물었다.

"사우스랜드 곡물상을 만나기로 하셨습니까?"

"그래."

"일을 하시려고요?"

"일이라고까지 할 만한 건 아니고……."

클레어는 헛기침을 했다.

'설마 내가 군을 몰고 와서 계엄군과 시위대를 전부 쓸어버릴 때까지 가만히 있을 건 아니겠지?'

에리히가 그렇게까지 말하고 갔는데, 진짜로 가만있을 수 있을 리가 없다. 그를 걱정하지 않는다고 주장하고, 맨날 얄밉다, 제멋대로다, 자기만 잘난 줄 안다고 욕하긴 했지만, 그녀는 그가 무능하다고 생각한 적은 한 번도 없었다.

'질 수는 없지.'

클레어는 오랜만에 마음속으로 그런 생각을 했다. 보나 마나 지는 쪽은 죽는 날까지 굴욕당할 게 분명했다. 하지만 그 이야기를 로저에게 직접 할 수는 없었다.

"책상 앞에 앉아서 서류 처리를 하는 것도 아니고, 그냥 방문하는 사람을 잠깐 만나겠다는 것뿐인데. 시작한 일은 끝내야 하니까."

"남에게 못 맡겨서 결국 스스로 하셔야 하고요?"

"딱히 사업 이야기는 아니야. 너한테 못 맡겨서 그러는 것도 아니고. 꼭 지금 만나야 할 이유가 있어."

대외 활동을 시작하자마자 제일 먼저 만난 것이 사우스랜드 곡물상이라는 기록을 남길 생각이었다. 그걸 저쪽에서도 눈치 챈 모양이다. 본인을 불렀는데, 아들을 보낸 것을 보면 말이다.

"도대체 무슨 음모를 꾸미려고 하시는 건지."

로저가 한숨을 내쉬었다.

"섭섭합니다. 저는 남작님이 오랜만에 절 만나고 싶어서 부르신 줄 알았는데, 이제 보니 제가 웨슬리 경과 아는 사이니까 입회하라는 의미로 부르신 거군요."

"그럴 리가. 공개적으로 제일 처음 만나는 외부인이 웨슬리 경이 되니까, 네가 서운해할까 봐 널 먼저 부른 거지."

"제가 외부인입니까? 그렇다고 하기에는, 저 정문으로 통과도 못 하고 뒷문으로 하인처럼 몰래 들어왔는데요. 제가 손님이 아닌 줄 알았죠."

"손님 아닌 것도 맞고."

클레어는 미소를 지었다. 로저가 한숨과 웃음을 섞은 채 화제를 돌렸다.

"그런데 얼굴을 조금 꾸미시는 게 좋겠습니다."

"화장하라고?"

"아니요. 얼굴이 밝으셔서, 지금 이대로 만나시면 옌스에게 알리고 싶지 않은 정보를 주시게 될 겁니다. 눈치가 있는 사람이라서요."

클레어는 로저를 유심히 바라보았다. 그녀는 에리히가 살아 있다는 것을 아무에게도 알리지 않았다. 지금으로서는 편지를 전달한 그레이와 함께 갔던 막시밀리안만 알고 있는 셈이다.

하지만 로저는 이미 알아챈 것 같았다. 어떻게 알았느냐고 되물을 필요는 없을 것이다. 로저는 눈치가 빠른 편이고, 또 자신과도 오래된 사이이니까.

그는 비밀을 지킬 것이다. 하지만 굳이 입 밖에 내어 남에게 말하는 것이 좋을 리 없었으므로 클레어는 설명은 생략하고 말했다.

"그래서 널 부른 거기도 해. 혼자 있었다는 것보다는 너하고 함께 있었다고 하면 조금 나을 것 같아서."

"이런, 남자의 순정을 너무 막 다루시는 거 아닙니까? 진짜 정부로 삼아 주시지는 않으면서 대외적으로만 그 역할을 해서 나중에 사형당할 포인트만 쌓으라니요."

"무슨 소리야? 친구를 만나서 기분이 좋아졌다는 게 뭐가 어때서?"

로저가 그 말에 미소를 짓고 말았다.

"그렇게 말씀하시니 또 제가 친구 행세를 안 해 드릴 수는 없겠군요."

"뭐, 여러모로 신뢰 문제도 있고. 네가 나보다는 웨슬리가와 는 친분이 있으니까."

클레어는 마지막 아이스크림을 입에 넣고 침대에서 일어섰 다. 산딸기 맛이 입 안에서 사르르 녹았다.

로저가 손을 내밀었다.

옌스는 긴장한 채로 클라우제너 공작저의 응접실로 안내되 었다. 델포드 남작이 대단한 사람이라는 것을 이제는 인정하지 않는 사람이 없지만, 웨슬리처럼 상업으로 신흥 부자가 된 계 층에게는 그야말로 우러러볼 만한 황금의 손이었다.

위빙 상단 초창기에는 남작이 돈을 댔을 뿐이고 실질적으로 는 카슨 부자가 일으킨 사업이라거나, 귀족이 직접 뛰어들었으 니 장벽이 낮아 그렇다고 폄하하는 자도 있었지만, 이제는 감히 누구도 그런 말을 하지 못한다. 지금 같은 상황이 아니라면, 개 인적으로 그녀를 접견하는 기회는 다시없는 영광이었으리라.

'하지만 실제로는 정치적인 문제겠지.'

어떻게든 아버지에게까지는 불똥이 튀지 않게 해야 한다.

오래 기다리지 않아 남작이 로저의 에스코트를 받아 응접실 로 나왔다. 옌스는 벌떡 일어서서 그녀에게 고개를 숙였다.

"뵙게 되어 영광입니다, 델포드 남작님."

"만나서 반갑군요."

그는 내밀어진 손에 부드럽고 공손하게 입술을 대면서, 살그머니 클레어의 안색을 살폈다. 극도의 비탄이나 슬픔에 잠겨 있는 기색은 느껴지지 않았다. 뺨은 홀쭉하고 병색이 조금 있었으나, 임신 중인 데다가 쓰러졌던 것을 고려했을 때 이만하면 건강해 보였다.

옌스는 조심스럽게 말했다.

"폐가 될지도 모른다고 생각했지만, 회임 축하를 드리지 않을 수도 없어서 옷감을 조금 가지고 왔습니다."

응접실 한쪽에서 하인이 선물을 들고 서 있다가 클레어가 돌아보자 공손히 고개를 숙였다. 아기 싸개나 기저귀로 쓸 만한, 아무런 처리도 거치지 않은 보드랍고 고급스러운 순면이었다. 로저가 농담처럼 말했다.

"아니, 옌스. 너무한 것 아닌가? 내가 있는데, 남작님에게 선물로 옷감이라니?"

"먹을 것은 함부로 선물할 수 없고, 입덧 중에는 꽃도 불편하게 느끼는 분이 있다고 들었습니다. 그냥 성의 표시입니다."

"고마워요. 신경을 많이 쓰셨군요."

클레어가 담담하게 말했다. 옌스의 말이 옳다. 지금은 외부에서 들어오는 음식이든 꽃이든 가까이할 수 없는 입장이었다. 금전적으로는 얼마 되지 않겠지만, 그런 것까지 신경 써서 골랐다는 의미였다.

분위기가 조금 부드러워졌다. 클레어는 그에게 자리에 앉으라고 권하고, 자신이 상석에 앉았다.

"우리가 아마 완전히 초면은 아니죠?"

"예, 재작년에 에이블리 자작령에서 열렸던 상단 연합회 모임에서 뵌 적이 있습니다. 물론 저는 수행원으로 아버지를 따라간 것뿐이라 아쉽게도 인사만 드렸었습니다."

"대단하시군요. 그때는 수행원이었는데, 이제는 대리인이라니. 경쟁자가 무척 많으셨을 텐데요."

클레어의 말에 옌스는 긴장한 손끝을 움직이지 않기 위해 애써야 했다. 곧바로 이렇게 치고 들어올 줄은 몰랐다.

사우스랜드 곡물상은 당연히 상속으로 이어지는 보통 상단과 다르다. 진짜 주인이 따로 있기 때문이다. 물론 형식상 옌스에게 이어지기는 하겠으나, 능력을 증명하지 못하면 이름을 빌려주는 사람으로 전락한다. 경영은 다른 사람에게 맡겨질 것이다.

옌스는 조심스럽게 대답했다.

"저는 상단 대리인을 할 수 있는 입장이 아니지만, 아버지는 저를 신뢰하십니다."

"웨슬리 경을 대신해서 왔다고 말씀하실 생각은 없나 보군요."

"송구합니다."

"그렇다고 해도, 의심을 피해 갈 수는 없을 텐데요."

옌스는 잠시 대답하지 못하고 얼었다. 서로 사정을 다 알고 있다고는 하지만, 이렇게 직설적으로 말할 줄은 몰랐다.

"가혹하시군요."

이건 웨슬리 가문 입장에서는 외통수였다.

클라우제너 공작 부인의 요구를 거부할 수는 없었다. 무슨 심각한 내용도 아니고, 그냥 만나러 오라는 것이니 더 그랬다. 적당히 핑계를 대서 거절할 수도 없다. 웨슬리 경이 황후의 시녀 율리아의 계획에 손을 보탰기 때문이다. 만남을 거절한다면, 그 일에 대한 사죄조차 거절하는 것으로 보일 수 있었다.

하지만 만나면? 무슨 대화가 오고 갔는지 황후가 알고 싶어 할 것이다.

그래서 옌스는 부친 대신 자기가 왔다. 그는 사우스랜드 곡물상의 대리인이 될 수 없다. 사실 부친의 의논 상대로서 여러 가지 이야기를 듣기는 하지만 공식적으로 사우스랜드 곡물상에 대한 정보를 알고 있는 것이 아니다.

그러니 클레어가 무엇을 요구하더라도 거부하기 쉽다. 또 황후가 의심하더라도 부친이 클레어를 만난 것보다 훨씬 여파가 작을 수밖에 없었다.

클레어가 희미하게 미소를 지었다.

"가혹하다니. 웨슬리 경이 나와 디트마어 경에게 하려고 했던 일을 생각하면 감히 그런 말을 하지 못할 텐데."

"죄송합니다. 그 일에 대해서는 드릴 말씀이 없습니다. 저희 아버지에게 선택지가 있었던 게 아니라고 변명하고 싶지만, 그걸 남작님께서 이해해 주실 필요는 없으시지요."

옌스가 고개를 숙였다.

"저는 각오가 되었습니다."

"자아, 남작님, 그만하시죠. 종종 젊은 남자를 무릎 꿇게 하고 싶어 하시는 건 압니다만."

로저가 끼어들었다.

클레어는 어이없다는 듯 그를 쳐다보았다.

"아니, 왜 말을 그렇게 이상하게 해?"

"제가 뭘요?"

"아니. 그렇게 말하면 내가 무슨 젊은 남자 무릎 꿇리는 걸 즐기는 것 같잖아. 협상할 때 상대를 막론하고 이쪽이 우위에 서려고 노력하는 건 당연한 거 아니야?"

로저가 어깨를 으쓱했다. 클레어는 한숨을 내쉬었다. 웨슬리가를 몰아세우려던 건 사실이었지만, 이 자리에서 사죄를 받으려고 그런 것은 아니었다.

옌스가 진짜로 무릎을 꿇어야 하나 하고 엉거주춤 서 있는 것을 보고 그녀는 급격히 피곤해진 기분으로 손을 내저었다.

"아니, 이런 이야기를 하려던 건 아닌데. 어쨌든, 불편하니까 그냥 앉으세요."

"예."

"제안을 하려고 했어요. 뭐 어차피 웨슬리 가문의 이야기이니, 옌스 씨가 자부하는 만큼 아버지의 신뢰를 받고 있다면 말하지 못할 것도 없겠지요."

옌스는 침을 꼴깍 삼켰다.

클레어는 차분한 목소리로 말했다.

"황후를 배신하면, 웨슬리 가문이 사우스랜드 곡물상을 차지할 수 있도록 도와주겠어요."

"……황후 폐하에게 등을 돌리는 건 저희에게는 너무 위험한 일입니다."

"그럼 반대로 말하죠. 웨슬리 가문이 사우스랜드 곡물상의 실질적인 주인이 되고자 한다면, 황후를 배신할 수밖에 없어요. 웨슬리 가문은 그런 위험을 감내할 만큼의 야망을 가지고 있나요?"

옌스는 당혹감을 숨기지 못했다. 클레어의 의도를 이해할 수 없었기 때문이다. 직접 손대지 않고 황후에게 의심을 심어 주어 웨슬리 가문에게 보복하려는 것이 아니었나?

그의 눈동자 속에서 생각이 이리저리 구르는 것을 본 클레어가 차분하고 냉정한 얼굴로 말했다.

"그렇게까지 생각할 여유가 없을 텐데요? 내가 지금 웨슬리 가에게 선택지를 제시하고 있는 것처럼 보이나요? 그렇지 않을 텐데."

"델포드 남작님……."

"어차피 의심을 받는 것은 기정사실이에요. 웨슬리 경 본인이 아니라 장남이 왔다고 해서 그 의심을 피할 수 있을 것 같은가요?"

"황후 폐하께서는 현명한 분입니다. 그런 의심을 심어 주기 위해서 남작님께서 아버지를 부르셨다는 것도, 그걸 염려해서 제가 왔다는 것도 이해하실 겁니다."

그건 지나치게 희망적인 생각이다. 옌스 스스로도 그렇게 생각했다. 그럼에도 불구하고, 그에게는 다른 선택지가 없었다.

"허세를 부리는군요. 독선적인 사람이 의심을 거두는 일은 없어요. 이렇게 아버지 대신 뒤집어쓸 작정으로 찾아온 옌스 씨라면 그걸 알고 있을 텐데요."

"송구스럽습니다만, 남작님. 저는 남작님께서 황후 폐하에게 승리하실 거라고 생각하지 않습니다. 저희가 잘못을 저지른 것은 사실이고, 남작님께서 저희 가문을 단숨에 손안에 쥐어 짜부라뜨리실 수 있는 것도 맞지만, 패배할 사람에게 운명을 거는 것은 장사꾼이 할 수 있는 일이 아니니까요."

"승리자에게 충성을 바친다고 해도 보상으로 칼이 돌아온다면, 그게 어떻게 잘한 장사라고 할 수 있겠어요?"

클레어가 가라앉은 시선으로 그를 바라보았다.

"지금은 이해하겠죠. 앞으로도 한동안은 이해해 줄 테고요. 웨슬리 경은 탁월한 관리 능력을 가진 분이니, 대체하기 어려운 인재죠. 하지만 그게 몇 년이나 갈까요?"

황후는 틀림없이 예리한 이성과 빼어난 판단력을 가지고 있었을 것이다. 한때는 사람들을 사로잡아 이끌 만한 카리스마가 있었을 것이며, 적재적소에 사람을 쓰고 남의 충고를 듣는 귀 또한 갖고 있었을지도 모른다.

하지만 끝까지 그런 상태를 유지할 수 있을 리가 없다. 야망을 품고 기어 올라가는 동안에는 온 힘을 다해 자신을 예리하게 갈고닦았을 터이나, 높은 곳에 올라서고 나면 밑에 선 자를 내려다보며 자신이 신이라도 된 듯 착각에 빠지게 되는 법이다. 자신의 능력을 과신하고 있으니 더더욱.

하지만 죽는 순간까지 숭배를 받았든, 끌려 나와 목이 잘렸든, 마지막까지 현명함을 유지하고 있는 자는 없다.

"황후는 결국 언젠가 오늘의 일을 떠올리고, 그것을 핑계로 웨슬리가를 칠 거예요. 이유는 다양하게 있을 수 있겠죠. 마음에 안 드는 행동을 했다거나, 혹은 그 자리를 다른 사람에게 넘겨주고 싶다거나. 아버지를 대신해서 여기까지 온 옌스 씨라면 이미 그 사실을 이해하고 있을 텐데요."

옌스의 얼굴이 창백해졌다. 클레어가 추궁하듯이 말했다.

"어떻게 생각하나요, 옌스 씨? 황후는 과연 클라우제너까지 모조리 잡아먹은 뒤에도 명징한 이성과 웨슬리가에 대한 신뢰를 유지하고 있을까요?"

"……."

옌스는 대답할 수 없었다.

아버지 웨슬리 경은 황후의 판단력을 조금도 의심하지 않았으나 옌스는 벌써 예전부터 아버지가 말하는 황후와 자신이 직접 경험하여 알고 있는 황후의 모습이 서로 너무 다르다는 것을 느끼곤 했다.

그는 전부터도 황후를 의심하고 두려워했다. 그리고 그 두려움 때문에 클레어에게 설득되고 싶었으나, 동시에 그 때문에 감히 당신의 뜻을 따르겠노라고 말할 수 없었다.

"내가 굳이 선택의 고통을 줄여 주기까지 했는데. 웨슬리 경이라면 망설이지 않았을 텐데요."

클레어가 그렇게 말하고, 미리 사이드 테이블에 놔두었던 작은 나무 상자를 옌스에게 건네주었다. 옌스는 조심스럽게 그것을 열어 보고는 숨을 들이켰다. 거기에는 마른 양귀비꽃 한 송이가 들어 있었다.

"람스베르크 의원의 사무실을 방문하면서 웨슬리 경이 이것을 두고 간 것으로 알아요."

"아버지가……."

옌스는 눈을 크게 떴다. 아버지가 디트마어 람스베르크를 끌어내기 위한 미끼로 이용된 것은 알고 있다. 하지만 미끼로서의 역할이라면, 사우스랜드 곡물상의 이름만으로도 충분하다.

양귀비꽃을 넘긴 것은 완전히 다른 이야기다. 아버지는 그때 양쪽 모두에 발을 걸치기로 결정했다는 뜻이었다.

'그때와 상황이 완전히 달라졌지. 황제가 시해되고, 클라우제너 공작이 죽었으니까.'

그때 웨슬리 경은 클라우제너 공작에게 의탁할 생각이었을 것이다. 공작이 황후와 직접 맞서 싸울 작정이라면 말이다.

하지만 황제가 죽었다. 리누스 황자가 즉위할 것이며, 황후는 곧 완전한 황권을 손에 넣게 된다. 빅토리아 대공이나 맨프레드 대공이 계승권을 주장하고 나올 가능성은 거의 없었다. 실질적인 힘이 없기 때문이다. 황후는 아무렇지도 않게 그들을 땅에 묻어 버릴 것이다.

클라우제너에 공작 부인이 남아 있어, 이제 와 황후와 싸우려 한다 해도 그녀가 무엇을 할 수 있겠는가? 배 속 아기의 황위 계승권을 주장한다? 불가능하지는 않으나, 아기가 태어나기도 전에 즉위식이 끝날 것이다.

게다가 아무리 계승법이 아렌인 배우자 소생의 후계자를 우선순위로 밀어 올린다 해도, 갓 태어난 방계 황족과 장성한 황자를 천칭에 올리면 결과는 명백했다.

그러나 웨슬리 가문의 사정도 달라졌다. 아버지가 양쪽 모두에 발을 걸쳐 두려 했다는 것을 황후가 알게 되면, 오늘처럼 편지로 불려 온 것 정도는 비교도 되지 않는 문제가 될 것이다.

클레어가 상자를 내밀었다.

"뒤에 숨어 있던 두려운 주인이 사라져 버리면, 재산은 결국 명의자 거예요. 잘 고민해 보세요."

옌스는 침을 꼴깍 삼켰다. 사우스랜드 곡물상을 진짜로 차지하느냐, 황후에게 숙청되느냐. 둘 중 어느 쪽을 택해야 하는지는 분명했다. 이건 선택지라고 부르기도 어려웠다.

그가 고개를 숙이고 물었다.

"저희가 무엇을 해야 되겠습니까?"

"우선, 양귀비 재배지의 위치부터 이야기해 보죠."

클레어가 냉한 목소리로 말했다.

연극

"부디……, 우리 아이를 부탁해!"

아리아가 끝났다. 가슴에 꽂힌 칼을 움켜쥔 채 독창을 끝낸 남주인공이 마침내 그 자리에 쓰러지고, 무대가 어두워졌다.

환호와 박수에 섞여 분개한 소리가 객석 여기저기서 솟았다. 베일 달린 모자로 얼굴을 가린 채 맨 뒤의 객석에 앉아 있던 리나는 조용히 밖으로 나왔다. 무대 장치는 아예 없었고 의상도 엉망이었으나, 벌써 수십 번은 합을 맞춘 배우들의 연기는 훌륭했다.

"아, 리나."

밖에서 담배를 피우고 있던 연출자가 그녀를 보고 얼른 일어섰다.

"어땠어?"

"잘하더라고요. 그런데, 마지막에만 노래가 있네요?"

"그게 워낙 인기니까."

연출자가 대답했다. 리나가 '하긴.'이라고 중얼거렸다.

클레어가 준 극본은 생각보다 더 인기가 많았다. 이야기 자체가 고전적이라서 딱히 걸러 낼 부분이 없는 데다가, 마음껏 욕할 악역과 기구한 운명의 주인공이 있었다. 아예 마음대로 하라고 각본가 이름도 붙여 놓지 않았으니, 천막 극단에서 각자 자기들 방식대로 고쳐서 공연하기 딱 좋았다.

어쩌면, 계엄령이 아니었다면 이렇게까지 흥행하지 못했을 수도 있었다. 극의 배경은 동화에 가까웠으나 숲에서 칼을 맞고 죽은 왕자가 누구인지, 그 명령을 내린 악독한 왕비가 누구인지 암시하는 바가 분명했다. 이 연극이 시작된 것은 의회에서 아편과 노예계 문제가 제기되었던 시점이었으니, 황후에 대한 적대감이 분출될 출구를 찾은 거라고 봐도 틀리지 않을 것이다.

'예전 같으면 이런 연극쯤은 웃어넘겼을 겁니다. 황후 폐하에게서 여유가 사라졌군요.'

디트마어는 리나에게 그렇게 말했다.

계엄령과 동시에 모든 종류의 공연이 금지되었다. 그러나 이 연극의 중단 명령은 단순한 집합 금지령에 포함된 것이 아니다.

계엄군은 각본가를 찾고 있으며, 예전에 이 연극을 무대에 올렸다는 이유로 극단 하나가 통째로 사라지는 일까지 있었다. 왕비가 벼락을 맞아 산산조각 나는 결말을 낸 극단이었다. 체포된 이유는 다른 것이었으나, 실제로는 이 연극이 원인이라는 것을 모르는 자가 없었다.

그 사실이 알려지자 오히려 인기에 불이 붙었다. 그때까지 그저 진실한 사랑을 방해하는 악독한 계모의 이야기였던 통속극에 의미가 덧붙고 가치가 생겨났다.

예술 애호가가 관심을 가지고, 이런 극본은 길거리에서나 공연할 수준이라며 깔보던 예술 극단과 막대한 예산을 쥔 오페라 하우스의 관계자들까지 눈독을 들였다. 대본이 수정되고 곡이 붙었다. 그다음 악극 대본과 악보가 유출되면서 지하 극장에서 일부가 노래되기 시작했다.

음악은 언제나 호소력이 있는 법이다. 연극에서는 한순간에 끝나 버리는 죽음의 장면이 가극처럼 길어지면서, 비탄과 희망을 함께 고조시켰다.

모든 방향으로 모든 것을 유출한 장본인인 리나가 방긋 웃었다.

"요새는 시위대에서도 저 노래를 부른다고 하더라고요."

"뭐, 그렇지. 얼마 전에도 하츠펠트 후작가에서 구빈원에서 애들을 백 명 가까이 데려갔다는 게 밝혀졌잖아."

연출자가 고개를 절레절레 저었다.

"언제부터 고아들을 그렇게 신경 썼다는 건지."

"급하게 사람이 필요한 거겠죠. 파업 때문에 공장이고 뭐고 거의 다 멈췄잖아요. 그나마 밥이라도 얻어먹을 수 있으니 다행인 거라고 해야 할지도 몰라요. 그쪽에는 아예 식량 배급이 중지됐다면서요."

"쯧. 언제부터 그랬다고, 사람들이 다들 구빈원 아이들 걱정을 해. 노래 때문에 감정 이입이라도 하는 모양이지. 아, 네 이야기는 아니야. 넌 항상 착했으니까."

"마지막 곡이 참 귀에 잘 박히기는 해요."

리나는 제 칭찬을 밀어 두고 평범하게 대답했다. 지금도 누군가가 건물 밖에서 이 마지막 곡인 '우리 아이를 부탁해'를 부르고 있었다. 그건 결국 내 아이와 내 미래를 지켜 내겠다는 노래다. 사람들의 마음을 울리는 데는 이유가 있었다.

"작곡자인 웨슨 씨 말이, 애초부터 일부러 가수 아닌 사람도 부를 만하게 만들었다고 하더라고요."

"별일이네. 구름 위에 사는 것처럼 굴던 예술가 양반이."

"웨슨 씨가 원래 황태자 전하를 좋아했다고 하더라고요. 돌아가신 선황후 폐하도요."

"아, 그런 사람들 많지. 꼭 아렌 사람이 아니더라도. 선황후 폐하는 아주 선량하고 좋은 분이셨거든. 무슨 일이 생기면 황후궁에서 자선을 베풀지 않은 적이 없었어. 그 전에는 아렌 왕궁에서 했었고."

연출자는 아무렇지도 않게 말했다. 이제는 오래된 일이라, 나이 든 아렌인 말고는 그렇게 애틋하게 기억하는 사람이 많지 않았다.

하지만 그녀에 대한 애정은 황태자에게 쉽게 이어졌다. 황태자는 외모는 선대 황제인 조부를 닮았으나 성품은 똑 그 모친을 닮은 듯 자상하여, 구빈원에 나와서 몸소 더러운 아이들을 씻기고 놀아 주는 것을 꺼리지 않았다.

황태자의 최초의 정치적 행보 역시, 화마가 휩쓸고 지나간 빈민가의 집을 정비하는 것이었다. 그러니 그가 죽었을 때 안타까워한 사람들이 얼마나 많았는지 모른다.

황제에 대해서는 호불호도, 평가도 거의 없었다. 존재감이 없었기 때문이다.

일부 사람들은 황제가 의회와 내각에 권한을 넘긴 것을 긍정적으로 평가했다. 그러나 대부분은 지금까지 황제의 존재조차 잊고 있었다. 그리고 이제 황후에게 분노하면서, 그가 제 역할을 다했다면 황후가 이렇게 횡포를 저지를 수 있었겠느냐고 욕하게 되었을 뿐이다.

그리고 딱 그만큼 죽은 황태자를 동정했다. 마치 제 자식이 죽기라도 한 듯이 슬퍼하는 자도 많았다.

연출자가 시니컬하게 말했다.

"그리고 이렇게 말하긴 그렇지만, 미남이었거든. 사람들이 미남 얼마나 좋아하냐. 어릴 때도 진짜 예뻐서 초상화가 장식용으로 팔리기도 하고……."

연출자가 말하다 말고 생각에 잠긴 사람처럼 입을 손으로 가렸다. 리나는 그가 무엇을 깨달았는지 알아챘다. 똑똑한 사람이니, 이 연극이 의미하는 바를 알아챘을 것이다. 그리고 황색 언론에서 뿌린 그 수많은 쓰레기 같은 기사들이 덮어 숨긴 진실도.

하지만 일부러 입을 열지 않았다. 그녀가 미소를 짓자, 연출자가 더듬거리며 말했다.

"아……. 아무튼. 외출은 자제해. 조짐이 안 좋아."

"무슨 일 있어요?"

"조만간 감옥을 부수러 간다는 이야기가 있어. 하비흐 의원이 끌려갔잖아. 지금까지 잡혀간 사람도 상당히 많고. 우선 무기고를 털 거래."

"그게 가능해요?"

"총 가진 사람이 많으니까. 국상을 노릴지, 감옥부터 부술지로 싸우더라고."

연출자는 한숨을 내쉬며 말했다.

"그러니까 너도 이제 이런 데 오지 마. 위험하잖아."

"괜찮아요. 전 백작 영애잖아요. 여기 있는 사람들보다는 제가 훨씬 안전해요. 제가 죽으면 난리가 커질 텐데, 그걸 원하는 사람도 없을 거고요."

"네가 엄청나게 성공하고 출세해 버려서 아무래도 현실감이 없긴 하네. 네가 웨슨 씨 같은 엄청난 작곡가와 아는 사이가 됐다는 것도 그렇고."

"그러게요. 저도 가끔 현실감이 없어요."

리나가 살포시 웃었다.

"그나저나 세상이 이렇게 되어서 어쩌냐. 네가 모처럼 모델로 대성공을 하려던 참인데. 일이 이렇게 되어서."

"계약 기간 기니까 상관없어요. 설마 5년 10년 계속 이런 상태가 이어지진 않을 거잖아요? 너무 염려 마세요."

앙코르가 끝났다. 사람들이 움직이는 소리를 들으며 리나는 후드를 다시 뒤집어썼다.

"몸조심하세요."

"너야말로."

아마 관객들은 이대로 거리로 뛰어나가 시위대에 합류할 것이다.

리나는 그 전에 지하 공연장을 벗어나려 했다. 그러나 계단을 올라가자마자 1층 문 앞에서 대기하고 있던 자가 그녀를 휙 낚아채어 벽 속으로 끌어들였다.

"헉!"

비명을 지르기 전에 입이 틀어막혔다. 리나는 주머니 속에 숨기고 있던 권총을 움켜쥐었다.

"소리 지르지 마."

아는 목소리였다. 리나는 깜짝 놀라 돌아보았다.

"스테판!"

초콜릿색 머리의 남자가 일그러진 얼굴로 그녀를 노려보았다.

관은 높은 단상 위에 놓여 있었다. 상복을 입은 황후는 단상

위를 올려다보고 있었다. 아니, 사실 관을 보고 있는 것은 아니다. 그녀는 생각에 잠겨 있었다.

'답답하군.'

관 속에 들어 있는 것은 진짜 황제가 아니다. 홀쭉하고 마른 금발 머리 남자의 몸은 똑 황제처럼 보이긴 했으나 얼굴형이 달랐고, 몇 가지 신체적 특징도 없었다.

비록 그녀가 황제와 진짜로 결혼 생활이라고 할 만한 것을 했던 것은 아니지만, 남편의 얼굴을 아예 알아보지 못할 리는 없었다. 연령이 비슷하며 지배 가문 출신의 공녀였으니, 사실은 소꿉친구이기도 했다.

'내가 진짜 속을 줄 알았단 말인가. 어리석은 것.'

그녀는 속으로 냉소했다. 아니, 냉소당할 대상 중에는 그녀 자신도 포함되어 있었다.

문제는 시신을 황제의 것이라고 위장한 것이 자신의 수하인지, 근위대장 로건인지 분간할 수 없다는 점이었다. 전자든 후자든 치명적이었으므로, 이 시신을 황제의 것이라고 가져온 자를 이미 처형했으나, 그렇다고 일이 해결되는 것은 아니다.

'어차피 근위대를 습격한 시점에서 이미 돌이킬 수 없었어.'

지금은 그때 일을 되새기며 후회할 때가 아니었다. 그리고 다시 생각해 봐도, 조용히 사그라지느냐, 기회를 잡기 위해 도박을 하느냐 중 한쪽을 택해야 한다면 자신은 후자를 택했을 것이다.

하지만 황제와 로건만이 아니라 에리히도 살아 있다고 봐야 옳을 것이다.

붕괴된 건물의 구조 작업을 3주나 지연시켰다. 아무리 강건한 남자라도 살아남을 수 없도록. 이제 겨우 잔해를 헤쳐 내기 시작했고, 나오는 것은 모두 시체뿐이다.

하지만 황제가 빠져나가 지금까지 소식도 없이 모습을 감추고 있는 것이 과연 로건 혼자 할 수 있는 일일까? 그럴 리가 없다. 살아서 달아난 것부터 계속 침묵하고 있는 것까지, 황제가 할 만한 일도, 로건이 할 만한 일도 아니다. 에리히가 개입했을 것이다.

'아렌 공왕이 곧바로 남부로 간 것도 아마…….'

남부 아렌은 지금 일촉즉발의 상태였다. 사우스랜드에 있었던 대규모 양귀비 재배지가 발각되면서, 그때까지 파업과 집회에 집중하던 공인 길드가 사보타주를 시작했고, 반군이 조직되려는 움직임도 있었다.

하지만 진압 명령을 받은 남방군은 엉덩이를 뭉개고 앉아 움직일 줄을 몰랐다. 처음에는 국상 중에 군사 행동은 부적절하다든가, 남방군 사령관이 조문을 위해 수도에 올라올 작정이라는 말을 하더니, 이제는 출진 준비를 할 거라면서 뭉개고 앉아 움직이지 않았다.

수송 열차의 석탄고가 텅 빈 것도 고의일 것이다. 어쩌면 반군 쪽에 탄약을 유출하고 있을 수도 있었다. 그러나 진짜 이유는 아렌 공왕의 지시라는 것을 황후도 잘 알고 있었다.

하원 의원들이 연명하여 양귀비 재배지에 대해 조사하라는 청을 올렸다. 황후는 토지 소유주를 조사하되 밭을 모두 태워 버리라고 명했으나, 그러자 이번에는 전부 태워서 증거를 없애려는 거 아니냐고 의심하는 자가 압도적으로 많았다.

사우스랜드 곡물상은 개답게도 먹이를 주는 자에게 꼬리를 치러 갔다. 웨슬리는 제멋대로 수도의 창고를 열어, 자선이라는 이름으로 전부 베풀어 버렸다. 이는 곧, 황후가 준비했던 군량이 사라졌다는 의미였다.

덕분에 수도는 다소나마 안정을 되찾았다. 차라리 무장봉기가 일어나 쓸어버릴 기회를 노리고 있던 황후로서는 불편해졌다. 한때 신뢰하던 자가 이런 식으로 배신할 줄은 미처 생각지 못했다. 결국 장사치가 하는 짓거리란 그런 법이다.

그녀에게 지금 남은 수단은 황제가 돌아오기 전에 먼저 북방군을 장악하는 것뿐이었다.

황후는 이마를 짚었다. 국상 절차를 끝내야 즉위식을 치를 수 있다. 하지만 한 달의 조문 기간은 지켜야 한다. 그나마도 최소한이었다. 전례대로라면 각지의 영지에서 영주들이 올라올 시간을 주기 위해 석 달은 걸렸을 테니까.

'리누스가 황태자였으면, 긴급 사태라는 이유로 무시할 수 있었을까?'

자문해 보았지만, 답이 없는 이야기다. 황제는 역시 끝까지 방해밖에 되지 않는 작자다.

그녀는 좀처럼 생각이 쉽게 이어지지 않는 것을 느꼈다. 마음속이 복잡한 탓이다. 도박은 이어지고 있으며, 테이블 위에 던진 카드보다 손에 들어오는 카드가 점점 나빠지고 있다.

황후는 돌아서서 밖으로 나가려다가 문득 물었다.

"리누스는?"

"외출하셨습니다."

"어디로?"

보좌관이 민망한 얼굴로 고개만 숙였다. 그걸로 답을 유추하고 황후는 짜증스럽게 혀를 찼다. 보나 마나 클라우제너 공작저에 갔을 것이다.

리누스는 여전히 황후의 골칫거리였다. 잠깐은 제정신을 차린 것 같더니, 결국에는 이 꼴이다. 대체 클레어 델포드에게 이렇게까지 집착하는 이유를 알 수가 없었다. 목숨을 구해 줬다고는 하지만 보은을 하려는 것처럼 보이지도 않고, 잠깐 머무는 사이에 정이 들어 봤자 얼마나 쌓았겠는가. 남녀 관계는 더더욱 아닐 터였다.

에리히의 것이 탐나서 그런다면, 차라리 힘을 얻으려고 애써야 한다. 냉정하게 말해서, 클라우제너를 처리한 후에 사로잡아 강요하는 것이 유일한 방법이리라.

에리히가 진짜 죽었다 해도 마찬가지였다. 클라우제너의 후계자를 품은 여자를 그리 쉽게 꾀어낼 수 있겠는가.

"하⋯⋯."

황후는 탄식을 숨기지 못했다. 그래, 솔직히 말하자. 설령 에리히가 탈출하지 못하고 붕괴된 건물에 묻혀 있다고 하더라도, 클레어를 상대하는 것은 쉽지 않은 일이었다.

황후는 죽은 자를 애도하는 마음 따위는 조금도 없는 태도로 밖으로 나섰다. 빈전에 들른 것은 그냥 자신의 실패를 확인하고 찬찬히 사색할 시간이 필요했기 때문이다.

문 앞에서는 아우구스타만이 아니라 에티호넨 백작과 에른스트 소공작, 라멜로프 하원 의원이 기다리고 있었다.

"무슨 급한 일이라도 있는 모양이지?"

"황자 전하를 뵈려 했으나 계시지 않아 황후 폐하께 왔습니다."

"쯧."

황후가 혀를 찼다. 에른스트 소공작이 살그머니 그녀의 눈치를 보았다. 하지만 그녀는 무표정하게 말했다.

"용건을 말해 보게. 내가 처리할 수 있을지도 모르니."

"북방군에 황자 전하께서 직접 가시는 게 좋겠다는 건의를 드리려고 했습니다."

에티호넨 백작이 말했다.

"국상 중에 황자 전하께서 자리를 비우시는 게 좋은 일은 아니지만, 북방군 사령관을 확실하게 움직이려면 그러는 편이 나을 것 같습니다. 서두르면 일주일 정도면 다녀오실 수 있으니까, 발인에는 늦지 않으실 겁니다."

"국상 기간은 조금 더 끌 수 있으니까요. 빅토리아 대공이 움직이지 않는 것이 마음에 걸립니다."

황후는 고개를 끄덕였다. 빅토리아 대공은 장례식에도 참석하지 않을 작정인 것처럼 보였다. 지금까지는 그래도 리누스의 계승을 지지해 주던 이 중 하나였는데, 확실히 태도가 바뀌었다. 그리고 그녀가 황실의 가장 어른인 만큼, 그 태도 변화는 다른 귀족들에게도 영향을 미칠 것이다.

'조카와 동생은 다를 수 있지.'

제러드의 죽음은 눈감았어도, 황제 시해는 그러지 않을 모양이다. 어쨌거나 악재였다.

"사람은 만나고 있나?"

"예방을 청하는 자들이 많지만, 모조리 거절하고 있습니다. 자기 영지로 돌아갈 마음도 없는 것 같고요."

빅토리아 대공은 과연 황제의 생존을 알고 있을까?

모를 일이다. 알기 때문에 굳이 자기 영지로 돌아가거나 사람을 모아 저항하려고 하지 않는 건지, 아니면, 반대로 모르기 때문에 리누스를 지지하지는 않아도 굳이 저항까지는 하지 않고 조용히 혼자 애도하기로 한 건지.

황후가 구부린 검지와 중지를 움직거렸다. 마음 같아서는 주먹을 쥐고 싶었으나, 그 정도로 감정을 표출할 수는 없었다.

"생각해 볼 만한 일이군. 북방군 문제는 내가 리누스와 의논해 보겠네. 라멜로프 경은 무슨 일인가?"

"위빙 상단도 창고를 열었습니다. 명목은 빈민 구제입니다만, 태반이 반역자들에게 흘러들어 갔을 겁니다. 위빙 상단만이 아니라 포목상 대부분이 행동을 같이하고 있습니다."

"클라우제너는?"

"모든 가산을 봉인한 그대로입니다."

"감찰청이 움직일 거야. 사우스랜드 곡물상과 위빙 상단, 그 외에 델포드 남작이 소유하고 있거나 영향을 받고 있는 상회를 전부 압류하도록 했네."

"민심이 악화될 겁니다."

"어쩔 수 없어. 실제로 반군에게 협조하고 있는 것이기도 하고."

황후는 억양 없는 목소리로 말했다.

"리누스가 즉위하고 나면 끝나는 게임이야. 어차피 조금만 지나면 모두 잊을 텐데."

헨리에타 황후가 죽었을 때도, 제러드가 죽었을 때도 그랬다. 돈을 풀고 흥밋거리를 던져 주면, 금세 시선은 그리로 몰리게 마련이다.

자유니 정의니 이상적인 소리를 부르짖기는 쉽지만, 결국 인간은 남보다 자기가 더 낫다는 점에서 기쁨을 누리는 법이다.

제 몸에 나는 상처 하나가 더 아프고, 제 주머니에서 나가는 돈 한 푼이 더 아까운 것들이, 언제까지 도덕적 우월감 때문에 가혹한 상황을 버티겠는가. 지금은 싸움이 성립하고 있으니 하나로 모여 있지만, 곧 뿔뿔이 흩어질 것이다.

아우구스타를 제외한 다른 이들이 용건을 끝마치고 공손히 먼저 물러갔다. 그제야 아우구스타가 입을 열었다.

"북방군에는 제가 가겠습니다. 황자 전하께서 가시는 것만은 못하겠지만, 그래도 제가 황후 폐하의 대리인으로서는 제일 설득력이 있을 테니까요."

황후는 이상한 기분이 되어 아우구스타를 바라보았다. 그녀는 아주 오랫동안 자신의 심복이었으며, 이 세상에 아우구스타를 믿지 못한다면 믿을 수 있는 사람이 전혀 없다는 것을 알고 있었다.

그럼에도 불구하고 마음이 불편해졌다. 문득 빅토리아 대공이 머물러 있는 장소가 루덴도르프라는 사실이 새삼스럽게 떠올랐다.

황후는 아우구스타가 자신을 위해서 무슨 짓을 했는지 알면서도 그런 생각을 떠올렸으며, 동시에 그녀가 자신의 생각을 알아채기를 바랐다. 그리고 자신이 아우구스타의 두려움을 맛보기를 바란다는 것을 깨달았다.

저열한 짓이다. 실제로 공포를 주어야 할 대상은 따로 있다. 지금 타인의 두려움을 바란다는 것은 자신이 그만큼 자신감을 상실하고 있다는 뜻이었다.

눈을 내리깐 아우구스타는 아직 황후의 생각을 깨닫지 못한 것 같았다. 황후는 감정을 숨기고 갈라진 목소리로 대답했다.

"아니, 리누스와 이야기해 보는 게 좋겠어."

"알겠습니다."

"그러고 보니 스테판은 요즘 어디에 있지?"

아우구스타가 조심스럽게 고개를 숙였다.

"멀리 떠나도록 지시했습니다. 황자 전하께서 돌아오셨으니까요."

"그렇군."

황후는 혼잣말처럼 중얼거리고, 천천히 걷기 시작했다. 아우구스타가 그녀를 반보 뒤에서 따랐다.

이 머리 위에 관을 올리겠다고 결정했던 젊은 시절에는 죽은 뒤의 일 같은 것은 생각하지 않았다. 이 손에 쥘 수 있는 것은 모두 쥐어 누리면 만족할 줄 알았다. 차라리 관 속에 가지고 들어갈 것에 대해서 생각했으면 했지, 남길 것에 대해서는 떠올린 적이 없었다.

하지만 이제는 남긴 것을 받을 아이가 필요했다. 자신의 분신이 되어 함께 행동할 자가 필요했다.

아이러니하게도 그녀가 가장 가까이에서 성장을 지켜보았던 것은 제러드였다. 그리고 그다음은 에리히와 베티나다.

'그 셋 중 하나만 내 자식이었더라도 좋았으련만.'

아니, 스테판이었어도 좋았으리라. 어느 누구든 다스리느라 힘들었을 테지만, 그래도 보람 있는 일이었으리라.

그러고 보니 제러드의 아들이라는 그 아이는 어떨까? 이렇게까지 큰 사건이 되었는데도 아직까지 그녀는 그 아이를 한 번도 보지 못했다.

순수한 호기심이 들었다. 클레어 델포드와 에리히는 그 아이에게 만족하고 있을까?

황후는 씁쓸하게 생각하며 침궁으로 되돌아갔다.

클라우제너 공작저의 경계 태세는 아직도 엄중했다. 보울러 백작이 정문에 차려 놓은 천막 사무실도 건재했다. 그러나 전처럼 외부인의 출입을 전면 금지하지는 않았다. 공작 부인이 안으로 들이라고 말하는 사람도 있고, 그 외에도 몇몇 사적인 용건으로 드나드는 방문객이 있었다.

하지만 그 손님 중에 리누스는 포함되어 있지 않았다.

"이해할 수 없군. 그냥 이야기를 전해 달라고 하지 않았나."

리누스가 신경질적으로 말했다. 보울러 백작은 감정을 드러내는 사람이 아니었으나, 리누스는 그가 자신을 노려보고 있다는 착각을 느끼고 있었다.

"황공하오나 황자 전하, 염려해 주시는 마음은 감사하지만, 회임 중인 데다가 건강이 좋지 않으신 부인께서 사람을 만나지 않는다는 것이 그렇게 놀랄 만한 일입니까?"

"설마 클레어를 감금하고 있는 것은 아니겠지?"

"무슨 말씀을 그렇게 험하게 하십니까? 공작 부인께서는 후계자를 품고 계시는 귀한 몸이시며, 공작가의 모든 것을 다스리는 여주인이십니다. 부인께서 만나고자 하신다면 막을 이유가 없지요."

"절대 안정을 취해야 하는 임부이니, 자네들이 제대로 소식을 전하지 않은 채 눈과 귀를 가로막고 있어도 이상하지 않다는 생각이 들어."

"그런 일은 없습니다."

보울러 백작이 철통처럼 웃는 얼굴로 대답했다. 리누스는 그 말을 받아들일 수가 없었다. 클레어가 자신에게 이렇게까지 할 이유가 없었다.

아니, 이유가 있는 것은 알고 있다. 그러나 그냥 위로의 인사를 하고 싶다는 것뿐 아닌가. 그녀와 이야기하고 싶었다. 엘리엇에 대해서, 또…….

그때였다. 저택에서 집사가 나와서 공손히 고개를 숙였다.

"리누스 황자 전하. 보울러 백작님."

리누스는 전혀 기대하지 않은 채 피곤한 눈으로 집사를 바라보았다. 그러나 집사는 지난 몇 주 동안 그가 간절히 바라던 말을 꺼냈다.

"마님께서 만나 보시겠다고 합니다."

리누스는 그 자리에서 펄쩍 뛸 정도로 흥분했다.

형제

리누스는 얼굴을 찡그린 채 안주인의 거실에 들어섰다. 가슴속이 마르는 것 같기도 하고, 오수로 꽉 차 목구멍으로 넘칠 것 같기도 하다. 어느 쪽이든 구역질이 났다.

객관적으로 말해서 클레어가 자신을 굳이 알은체할 이유가 없다는 사실을 그도 알고 있었다. 엘리엇을 잃은 슬픔에 대해 이야기해야겠다고 생각했지만, 사실 함께 있는 동안 아이에게 그다지 잘해 준 것도 아니었다. 정을 들이려고 애쓴 적도 없다. 오히려 좀 짜증스럽게까지 생각하지 않았던가.

그럼에도 불구하고 그는 자신이 아주 오랫동안 아이를 알고 보살펴 왔다는 착각을 느꼈다. 물론 그것이 사실이 아니라는 것을 리누스도 알고 있다.

동시에 그는 기묘한 불편감을 느꼈는데, 그것이 책임감이리라고 그는 스스로 생각했다. 엘리엇은 제러드의 아이였고, 자신이 만일에 진짜로 제러드의 동생이라면 아이는 당연히 자신의 아이가 되었을 것이다. 에리히가 아니라.

아니, 그런 생각에 사로잡히는 것은 이상한 일이다. 그는 제러드의 동생이 아니고, 에리히도 제러드의 형제이기에 아이의 양부가 된 것이 아니다.

그러면 클레어 때문에 이런 기분이 되는 건가? 그것도 이상한 일이다.

클레어가 꽤 미인인 것은 사실이지만 그렇다고 해서 미칠 정도로 아름다운 것도 아닌데 어째서 이렇게까지 그녀가 보고 싶었는지 알 수가 없었다. 처음부터 호감을 가지고 긍정적인 감정을 쌓은 상대도 아니었는데.

그녀가 먹인 것이 식사가 아니라 실은 다른 것이었던가. 설령 그것이 어두운 바닷물 속에 가라앉아 있던 의식을 휘저어 떠오르게 했다고 할지언정, 인생의 전반을 바꾼다거나 어머니에 대한 증오를 누르게 할 만한 것은 아니다.

그러면 이 초조함의 원인은 무엇인가. 그냥 에리히에게서 빼앗고 싶은 건가?

그럴지도 모른다. 그를 변하게 만든 것을 자신이 차지하여 이 목구멍 밑으로 가득 찬 욕구를 만족시키고 싶은 걸지도 모른다.

고작해야 여자 하나로 그게 될 리가 없었다. 만일에 자신이 열등감을 지우고 에리히나 제러드가 되고 싶다면, 혈관의 피를 모조리 바꿔 넣는 것이 가장 확실한 방법이다.

그것이 불가능하니, 지금 황제의 빈전에 엎드려 울부짖으며 마치 사랑받았던 아들이기라도 한 양 자신과 세상을 모두 속이는 것이 좋을 것이다.

그는 미친 사람처럼 쉬지 않고 거실을 서성거렸다. 클레어를 만나고 싶었으니, 이제 곧 바라던 일이 이루어지는 셈인데도 여전히 발밑에 땅이 아니라 물이 있는 것 같았다.

그것도 이상한 일이다. 전에는 땅 위에서 물속에 잠겨 있는 것처럼 숨쉬기가 어려웠는데, 이제는 물 위에 선 채 목이 말랐다.

"리누스."

리누스는 휙 뒤를 돌아보았다. 클레어가 문 앞에 서 있었다. 창백한 얼굴이었다. 임신을 했다고 들었지만, 아직 겉으로 보이는 변화는 없었다. 오히려 전보다 살이 빠진 듯, 어깨가 한층 가늘어 보였다.

그는 그녀에게 성큼성큼 다가섰다. 그러나 그가 미처 인사를 건네기도 전에 막시밀리안이 가만히 손을 뻗어 사이를 가로막았다.

"막시밀리안!"

리누스는 분노가 치솟은 나머지 도리어 하얗게 변한 얼굴로 언성을 높였다. 그러나 막시밀리안은 얼굴 근육에 미동 하나 없이 부드럽게 말했다.

"황공합니다, 전하."

굳이 변명조차 하지 않았다. 리누스는 그를 노려보았다.

"지금 나를 의심하는 건가?"

"예민한 시기니까 네가 이해해."

클레어가 담담하게 말했다. 리누스는 쑥 들어간 눈으로 그녀를 바라보았다.

"앉아."

"……."

그는 미묘한 질투에 사로잡힌 채 그녀를 바라보았다.

"클레어."

"계속 나를 보고 싶다고 했었다면서? 무슨 일이니?"

"전해 들으면서도 만나 주지 않았던 거야?"

"여러 가지 일이 있었잖아. 꼭 만나야 할 일이 있었던 것도 아니고."

"언제든 밥을 같이 먹어 주겠다고 했으면서."

"고작해야 밥 때문에?"

클레어가 어이없다는 듯이 되물었다.

"지금 네가 할 일은 그런 게 아닐 텐데. 우리가 이제 한가하게 밥이나 같이 먹을 사이도 아니고."

그녀의 목소리는 차가웠다. 리누스는 서운한 마음을 씁쓸하게 되씹었다. 루덴도르프의 별장에 있을 때와 지금은 상황이 전혀 달랐고, 그때와 지금 말하는 밥도 전혀 다른 것이다. 클레어의 입장에서는 당연하다.

엘리엇이 마음으로부터 에리히의 자식인지는 모르겠으나, 클레어의 아이인 것은 확실했다. 제 아이를 잃은 여자가 원수의 자식에게 마음 쓸 이유가 없다. 게다가 배 속 아이의 아비

또한 그의 어머니가 죽었을 가능성이 높다는 것을 생각하면 더욱더. 그녀가 무엇 때문에 자신에게 호의를 보이겠는가?

그럼에도 불구하고 리누스는 부당한 억울함을 느꼈다. 아니, 아이 자체에 대해서조차도 그랬다.

"그냥 이야기가 하고 싶었던 것뿐이야. 위로도 하고 싶었고. 축하는, 지금 할 수 있는 상황이 아니겠지만."

"……그래."

"엘리엇이 알면 서운해했겠다고 생각했어."

리누스는 말하면서 비로소 자신이 배신감을 느끼고 있다는 사실을 깨달았다.

배신감이라니. 그건 그가 느껴야 할 것이 아니다. 그녀의 배 속에 들어 있는 아이가 에리히의 자식이라서는 아니다. 오히려 그건 별로 중요하게 느껴지지 않았다.

그러면 엘리엇이 가여워서 이런 생각을 하는 건가? 친자가 생기면 클레어는 제 자식에게 더 마음을 기울이게 될 테고, 엘리엇에게는 서럽고 억울한 일이 되리라.

하지만 설령 그렇다 해도, 역시 자신이 배신감을 느낄 일은 아니다. 걱정이라면 모를까. 엘리엇이 제러드의 아들이라서 마음이 쓰이는 것이라고 할 수는 없다. 클레어가 제러드를 배신한 것도 아니지 않은가.

그의 복잡한 마음은 짐작도 못 하는 듯, 클레어가 아무렇지도 않게 말했다.

"둘째 생기면 첫째가 힘들어한다고 하긴 하더라. 내가 잘해야지."

"어."

"그런 이야기를 하러 왔니?"

"……."

리누스는 침묵했다가 어렵게 입을 열었다.

"나는 그냥, 이야기가 하고 싶었어. 널 해치고 싶은 마음은 없어. 엘리엇도 마찬가지야. 솔직히 에리히가 아니었으면."

"리누스, 날 너무 화나게 하지 말아 줄래?"

클레어가 그의 말을 끊었다. 지금 이렇게 집에 들여 이야기를 나누는 것도, 엘리엇과 에리히가 다친 곳 하나 없이 무사하다는 것을 알기 때문이다. 그렇지 않았다면, 이 얼굴을 마주 볼 생각도 하지 않았을 것이다.

"엘리엇을 염려했다는 건 충분히 전해졌어. 위로하러 와 주고 싶었다는 것도. 고마워. 하지만 그걸 황후 폐하께서 기꺼워하시진 않겠지."

"어머니와는 상관없어."

"없을 수가 없잖아?"

클레어가 나직한 목소리로 말했다. 솔직히 그녀는 지난 몇 주 동안 리누스 개인에 대해서는 거의 아무런 생각도 하지 않았다.

그리고 리누스가 진짜로 엘리엇을 염려할 거라고도 생각하지 않았다. 함께 있었던 짧은 시간 동안 상대에게 관심을 표시했던 것은 그가 아니라 엘리엇 쪽이다. 오히려 왜 그렇게 애타

게 자신을 만나려 했는지 이해할 수 없었다.

"나한테 결백을 증명하려고 해도 아무 의미 없어."

"……나는 딱히."

"리누스. 나는 원래는 부모의 잘못을 자식이 받아야 한다거나, 아니면, 단지 태어났다는 것만으로 어떤 권리나 의무를 갖고 있다거나 하는 그런 주장을 싫어해."

클레어가 말했다. 태어났다는 이유로 가질 수 있는 절대적인 권리는 인간답게 살 권리뿐이고, 의무도 마찬가지로 인간답게 살 의무뿐이다. 백 년도 더 전에 위대했던 선조의 피를 이었다는 이유로 남의 목숨을 좌지우지할 권리를 갖는 것도, 남의 삶을 온전하게 만들 의무를 지는 것도 이상한 일이다.

"어차피 인간은 다 거기서 거기고, 좋은 집에서 태어나든 못된 부모에게서 태어나든 똑같이 인간으로서의 도리를 다해야 된다는 점에서는 다를 바가 없으니까. 그런데 요즘에 생각이 좀 달라졌어."

리누스는 그녀가 무슨 말을 하려고 하는 건지 바로 알아듣지 못하고 그녀를 바라보았다.

"부모의 죄가 자식과 별개라고 할 거라면, 자식이 그 결과물을 취해서도 안 되지. 죄의 대가로 호의호식하는 건 공범이라고 할 수 있겠더라고."

"무슨 말이 하고 싶은 거야?"

"황제의 관을 쓰게 될 사람은 네 어머니가 아니라 너야, 리누스. 네가 주도권을 잡고 생각을 돌리면, 이 모든 일을 온건한 방향으로 풀어 갈 수도 있겠지."

클레어는 리누스의 눈동자를 똑바로 바라보며 찬찬히 말했다.

"그럴 마음이 있다면, 도와줄게. 저번에도 그 말 하려고 했던 거였어."

"……."

리누스의 입술이 경련을 일으켰다. 그는 숨 막힌 사람처럼 쌔액 숨을 들이쉬었다.

"너도 나보고 황제가 되라는 거군."

"그렇게 들리니? 전혀 아니야. 네가 권리를 갖고 태어났다면, 의무도 다하라는 거야. 황후 폐하의 아들이기를 거부할 거라면, 그녀가 주는 것도 거부해. 그래야 내가 너를 원수로 여기지 않지."

클레어는 자신이 에리히처럼 말하고 있다는 것을 알고 있었다. 리누스의 눈가가 붉게 물들었다. 분해하는 것 같기도 하고, 울 것 같기도 했다.

"내가 네 뜻을 따르면."

"……."

"나를 받아 줄 거야?"

클레어는 리누스가 무슨 이야기를 하는 건지 곧바로 알아듣지 못했다. 받아들여 달라니, 그게 무슨 소리인가?

"널 용서해 주길 바란다는 거야?"

"……."

리누스는 자신이 억지를 쓰고 있다는 것을 알고 있었으므로, 쉽게 대답하지 못했다. 이 순간에는 클레어가 제 자식을 사랑하는 어머니라는 것이 무척 화가 났다. 야심을 만족시키고 싶어 하는 사람을 상대로라면, 황제가 될 사람이라는 것이 매력으로 작용할 수도 있었을 텐데. 하긴, 그런 사람이었다면 자신은 여기 와 있지 않을 것이다.

클레어는 싸늘한 얼굴로 리누스를 바라보았다.

"네가 네 어머니에게서 벗어나고 싶은데도 벗어나지 못하는 거라면, 나는 그걸 도와줄 용의가 있고, 또 네 어머니와 너를 별개의 존재로 보려고 노력하긴 할 거야. 그렇게 되면 용서하거나 용서하지 않거나 하는 일은 굳이 필요하지 않겠지."

"클레어……."

"그게 아니라면, 내 남편과 자식의 목숨값으로 널 죽여도 모자라지 않지."

그나마 이렇게 말할 수 있는 것도, 에리히와 엘리엇이 무사하다는 사실을 알고 있기 때문이다. 그게 아니라면, 리누스부터 무너뜨리려고 했을 것이다.

리누스는 황후가 밟고 서 있는 명분과 힘이라는 두 개의 기둥 중 한 축의 핵심이다. 그리고 어느 쪽 기둥이 약한가를 생각해 보면, 명백히 리누스가 가장 약한 고리다.

오히려 에리히는 어린 시절을 알고 있는 사촌이라 그런지 마음을 쓰고 있는 것 같지만, 클레어는 더 냉혹해질 수도 있었다.

"그럼에도 불구하고 현실적인 이유로 너를 용서하려고 노력해 보겠다는 거야. 아니, 그래. 사실 내가 용서하거나 말거나 그리 상관있는 사이도 아니긴 하지."

클레어는 냉한 무표정으로 말했으나, 리누스는 그 마음을 들여다볼 수 있었다. 그녀는 자신을 남이라고 생각해서 인내심을 발휘하고 있는 것이다. 그리고 할 수 있는 한, 다정하고 공정하게 생각해 준 거라는 것도 알고 있었다. 그럼에도 불구하고 그는 서운함을 느꼈다.

차라리 클레어가 배신감을 느끼고 분노와 원망으로 펄펄 뛰었다면 훨씬 마음이 만족되었으리라. 그래서 그는 충동적으로 말해 버렸다.

"좋아해."

"뭐?"

클레어는 무슨 소리를 들었는지 잘 이해하지 못하고 눈만 깜박거렸다. 너무 말도 안 되는 헛소리라서 귀를 의심했다. 리누스가 침착한 얼굴이 되었다. 일단 한 번 말해 버리고 나자 오히려 마음이 편안해진 탓이다.

"널 좋아해. 널 원해."

"너 미쳤니?"

"나도 알아. 미친 거 같은 소리라는 거. 하지만 이제 말 못 할 이유가 없잖아?"

"하."

클레어가 기가 막힌 숨을 내뱉었다. 리누스는 거의 즐겁기까지 한 기분으로, 그녀의 얼굴이 노기 때문에 달아오르는 것을 지켜보았다. 그녀가 자신을 집중하여 봐 준다는 게 이렇게 기쁜 일일 줄 몰랐다.

"너 정말 뻔뻔하구나. 미친 게 아니고서야 어떻게 나한테 그 딴 소리를 해?"

클레어가 탁 막혔던 목을 틔우며 겨우 말했다. 그녀의 손이 팔걸이를 움켜쥐었다. 하도 어이가 없으니 모욕당한 기분까지 들었다.

"대체 얼마나 날 우습게 봤으면. 하, 진짜 기가 막혀서."

리누스가 자신에게 호감을 갖고 있다는 건 알고 있었다. 겉으로는 입에 불평불만을 달고 있었어도, 실은 자신이 잔소리하는 것을 좋아한다는 사실 역시 알고 있었다. 어린아이가 투정 부리는 것과 비슷한 것이다. 자신을 염려하는 것을 확인하고, 떼쓰는 게 어디까지 통하는지 살핀 것이다.

그런 식의 애정을 갈구하는 그에게 솔직히 미안한 마음이 있었다. 처지가 안쓰러운 데다가 비록 친동생은 아닐지언정 에리히가 동생으로 여기는 사촌이기도 했고.

하지만 이런 허튼소리를 할 줄은 몰랐다. 에리히가 죽은 것으로 알고 있다고 해도 변명이 되지 않는다. 그가 에리히를 조금이라도 형으로 여겼다면, 이런 소리를 할 수는 없는 거였다.

애당초 진짜로 자신을 여자로 보는 것도 아닐 터였다.

"네 뜻은 충분히 알아들었어. 돌아가."

클레어는 싸늘하게 내뱉고 자리에서 일어섰다. 더 이상 상대하고 싶지 않았다.

"널 모욕하려는 게 아니야, 클레어. 나는 그냥 네게."

리누스가 그녀의 손목을 잡으려 했다. 클레어는 손을 홱 피했으나 그럴 필요도 없었다. 소파 곁에 서 있던 막시밀리안이 리누스의 손목을 중간에 잡아챘다. 리누스가 그를 노려보았다. 막시밀리안은 대꾸도 하지 않고 조용히 그의 시선을 맞받았다.

클레어는 그냥 나가려다가 다시 리누스 쪽으로 몸을 돌렸다. 그리고 내뱉듯이 말했다.

"나는 네 엄마가 아니야."

리누스가 그 자리에 얼어붙은 듯이 멈췄다. 열이 어렸던 붉은 눈동자가 당황한 듯 혼란스럽게 흔들렸다.

클레어는 더 이상 그를 상대할 가치를 느끼지 못했다. 싸우고 화내는 것도 그럴 만한 상대여야 하는 것이다. 진짜 어린아이라면 어른의 도리로서 감싸 주어야 할 테지만, 리누스는 이미 스무 살이다.

자신이 현대적인 감각으로 그를 어리다고 생각했지만, 그의 위치를 생각해 보면 실은 훨씬 더 어른이어야 한다. 스무 살이면 성인이며, 하물며 그는 황제의 관을 써야 할 사람이었다. 에리히처럼 황족의 의무 따위를 따지고 싶지는 않았지만, 잘못 낳아 잘못 키웠다고 부모를 원망하는 것으로 끝내면 안 될 처지가 아닌가.

하지만 그조차도 말하고 싶은 마음이 들지 않아 클레어는 발걸음을 돌렸다. 리누스가 그녀를 뒤따라오려고 했지만, 막시밀리안이 그의 손목을 쥔 손을 놓기는커녕 악력에 힘을 주었다.

"이거 놔, 아악!"

손목뼈가 부서지는 듯한 통증에 리누스가 비명을 올렸다. 막시밀리안이 나직한 목소리로 말했다.

"돌아가십시오."

경칭조차 붙이지 않은 채 막시밀리안이 말했다.

슈나이더 백작은 이제나저제나 초조한 기분으로 저택 문 앞에 서 있었다. 외출한 리나가 돌아오기를 기다리는 중이었다. 여러모로 상황이 좋다고 할 수는 없었다. 출입이 금지되지는 않았으나 계엄군이 바로 인근에 주둔하여 백작저를 감시망 안에 넣고 있다.

비록 전통 있는 로멜의 귀족 가문인 데다가 지금까지 비정치적인 쪽에서 명성을 얻었기 때문에, 당장은 귀족원의 눈을 의식한 황후도 아무것도 하지 않고 있다. 그러나 조금이라도 틈이 보이면 숙청될 것이 분명했다.

'어리석음의 대가지.'

그는 마음속으로 생각했다.

카탸 슈나이더가 맡았던 여러 가지 지저분한 일 자체도 문제였으나, 자신이 그녀의 장부를 디트마어 람스베르크에게 넘기고 증언까지 하기로 약속했으니, 황후 입장에서는 눈엣가시일 것이다.

계엄령 때문에 의회가 열리지 못해서 그 일 자체는 흐지부

지된 것 같은 면이 있었다. 하지만 황후가 그 계획을 모르고 있었을 리 없다.

황후만 문제가 아니다. 시위대도 걱정이었다. 귀족이라는 이유만으로 공격당해도 이상할 게 없는 시기다. 실제로 그가 아는 사람 중에도 별장을 털린 사람이 있고, 클라우제너 공작도 죽지 않았던가.

그의 생각을 하면, 백작은 지금도 목이 막히고 눈과 귓속까지 뜨거워졌다. 마음 편히 울지도 못하고 그는 손으로 눈가를 가리고 숨을 몇 번이나 들이마셨다.

사람이 죽고 나면 후회만 기억에 남는 것 같다. 아내를 단속하라는 그의 충고에 불쾌해했던 것과, 리나가 돌아왔을 때 그가 알면서도 숨겼던 것이 아닐까 의심했던 것이 너무 미안했다. 그 모든 일이 에리히에게는 아무것도 아니었으리라는 것을 알면서도, 제가 했던 자잘한 모든 잘못들을 미안해하지 않을 수 없었다.

총명한 아이가 아름다운 소년으로 성장하고, 우아한 남자가 되어 가는 것을 지켜보면서도 어른으로서 해 준 일은 아무것도 없이, 오히려 의지하고 있었구나 하는 것을 새삼 실감했다.

지금도 그랬다. 남겨진 공작 부인과 유복자를 위하는 것이 도리라는 것을 알면서도 리나가 외출하는 것이 이토록 불안하고, 그래서 또 미안했다.

'전 괜찮아요. 편들어 줄 사람이 밖에 많이 있고, 슈나이더 백작 영애라기보다는 벼락출세한 프리마 돈나로 생각하는 사람이 더 많을 테니까요. 그냥 모조리 다 뭉뚱그려서 가십이었으니까요.'

리나는 태연하게 그렇게 말했다. 그 대담성이 대체 누굴 닮은 것인지 모르겠다고 슈나이더 백작은 생각했다.

드디어 마차가 정문에 도착했다. 슈나이더 백작은 안도의 한숨을 내쉬었다. 그리고 리나가 마차에서 내리는 것을 기다리지 못하고, 계단을 밟아 내려가 직접 마차 문을 열었다. 마차 안에서 피곤한 듯 눈을 감고 있던 리나가 문 열리는 소리에 눈을 떴다가 조금 놀랐다.

"아버지."

그녀의 손을 잡아 마차에서 내려 주며 슈나이더 백작이 조심스럽게 물었다.

"일찍일찍이 다니지. 피곤하니?"

"네, 조금요."

"별일 없었고?"

"……"

리나가 곧바로 대답하지 않았다. 슈나이더 백작은 그녀를 불안하게 쳐다보았다. 외출하지 말라는 말은 할 수 없었으나, 나쁜 일이라도 당할까 봐 걱정스러웠다. 그녀가 한숨을 내쉬고 방긋 웃어 보였다.

"별일 없어요. 연극이 부분적으로 오페라를 도입했는데, 아주 훌륭해졌더라고요. 나중에 설명해 드릴게요."

"그래."

"좀 피곤하긴 해서요. 저 쉬러 들어갈게요."

"그래."

리나가 그렇게 말하고 제 공간으로 물러서면, 백작은 차마 아버지라는 이름으로 그 안으로 끼어들 수 없었다.

리나는 백작에게 잘하려고 노력하고 있었으나, 오늘은 그럴 만한 기력이 남아 있지 않았다. 그녀는 발을 질질 끌고 침실로 돌아가 안락의자에 털썩 주저앉았다. 머리가 아팠다.

"아가씨, 목욕물을 준비할까요?"

"아, 부탁해요. 그리고 준비되면 알려만 줘요. 시중은 필요 없어요."

남의 시중을 받을 기력조차 남아 있지 않았기에 리나는 그렇게만 말하고 눈을 감았다.

거기서 스테판을 만날 줄은 몰랐다.

슈나이더 백작가에 들어오기 전부터도 리나는 꾸준히 스테판을 찾고 있었다. 처음에는 오페라 극장의 일에 얽혀 구류되었을 거라고 생각했는데, 구치소에서는 하루 만에 나왔다고 들었다.

초반에는 클라우제너 보안부가 그의 행적을 확보하고 있었지만, 리나가 뭔가를 부탁할 수 있게 된 시점에서는 이미 사라지고 없었다.

살던 집은 정리되었고, 오페라 극장의 개인실에 남은 사물은 버려졌다.

리나는 그것을 챙겨서 창고에 넣어 두었다. 그리고 스테판이 이쪽 업계에 남아 있다면 결국 누군가와 소식이 닿을 거라고 믿고 여기저기에 이야기를 남겨 두었다. 짐을 맡아 가지고 있으니 찾으러 오라고.

하지만 소식은 돌아오지 않았다. 기껏해야 여러 애인 중 한 명의 집에 굴러들어 가 있을 줄 알았는데. 혹시나 싶어 막시밀리안에게도 부탁했지만, 수도를 벗어난 것 같다는 게 마지막 소식이었다.

계엄령으로 난리 나기 전에 안전한 곳으로 갔으면 다행이라고 생각하면서도, 서운한 마음을 누를 수 없었다. 그래도 가족 같은 존재라고 생각했는데, 인사 한마디 없이 떠나 버리다니.

'착각하지 마. 스테판은 어차피 너 같은 건 그냥 부려 먹기 좋은 하녀로밖에 생각 안 해.'

스테판의 애인에게서 몇 번이나 그 비슷한 말을 들은 적이 있었다. 그 애인들이 하고 있는 종류의 착각은 한 적 없지만, 어쩌면 가족 같은 사이라고 생각한 것 역시 착각일 수도 있겠다고 그녀는 생각하게 되었다.

그런 상황에서 갑자기 그렇게 나타날 줄이야.

'스테판! 지금까지 어디 있었던 거야? 구치소에서 나왔다는 이야기까지는 들었는데, 그 뒤로 소식을 알 수가 없어서…….'

'네가 지금 날 신경 쓸 때냐? 왜 이렇게 쓸데없이 헤집고 다녀서 일을 복잡하게 만드는 거야? 너, 제정신이야? 아무리 멍청하다고 해도, 지금 시국이 무슨 상황인지도 짐작이 안 가?'

스테판은 그녀를 벽에 때려 박을 기세로 밀쳐놓고 거칠게 말했다.

'내가 말했지! 너같이 못난 건 어디 나오지 말고 조용히 처박혀서 안전하게 남이 시키는 일이나 하고 있으면 된다고!'

'왜 말을 그런 식으로 해?'

'애써서 백작가에 밀어 넣어 줬으면 안전하고 편하게 지낼 생각을 해야지, 도대체 무슨 쓸데없는 일에 머리를 디밀고 다니는 거야?'

'그게 무슨 소리야?'

리나는 깜짝 놀라 되물었다. 그러나 스테판은 들은 척도 하지 않고 제 할 말만 했다.

'너희 아버지와 함께 지금 당장 수도를 떠나. 슈나이더 백작가는 이미 위험한 선을 밟았어.'

'스테판, 너, 황후 폐하의 첩자라는 게 진짜야?'

'빌어먹을. 그런 거에 관심 갖지 말라고 지금 말하고 있는 거 잖아.'

'그건 오히려 내가 할 말이야.'

리나는 그의 팔을 움켜잡고 말했다.

'나랑 같이 가. 그냥 단순히 돈 받고 시키는 일을 하던 거면, 지금 빠져나오는 게 나아. 가능해. 클라우제너 공작 부인께서 도와주실 거야.'

그가 황후 쪽 사람일 거라는 이야기는 이미 들어서 알고 있었으나, 중요한 역할을 하고 있으리라고는 조금도 생각하지 않았다.

스테판은 무용수다. 그의 어머니도 무용수였고, 아버지 쪽은 일찍 돌아가셔서 만난 적은 없지만 역시 무용수였다고 들었다.

황후 같은 사람이 그런 상대를 중하게 쓸 리 없다. 이제 와 생각해 보면, 리나도 스테판의 역할이 어떤 것이었는지 조금은 짐작할 수 있었다. 그는 귀족의 정부나 애인으로 저택에 드나들기도 하고, 호화롭고 방탕한 파티를 열어 약을 퍼뜨리기도 했다.

그리고 스테판 아래에 있던 무용수들은 그의 연줄을 통해 '후원자'를 잡았다. 이제 와 생각하면, 아마 그들도 대부분 황후의 정보원이었으리라.

그런 말단이라면 괜찮다. 그들은 오페라 극장이 망하자 대부분 흩어져 제 갈 길을 찾았다. 아마도 조직이 그들을 찾는 일은 더 이상 없으리라. 하지만 스테판이 조금이라도 중요한 역할을 하고 있었다면, 오히려 더 위험했다.

스테판은 그녀의 걱정을 듣고 어이없다는 듯이 쳐다보았다.

'지금 내가 그게 제일 위험하다고 말하지 않았냐? 내가 할 말이야. 공작 부인이 하는 일에서 손을 떼. 너 지금 공작 부인에게 마차도 빌려주고 있지? 미친 짓에도 정도가 있지. 여차하면 다 네가 뒤집어쓴다.'

'클레어 님은 그러실 분 아니야. 나한테는 은인이시기도 하고. 옳은 일이 아니라도 꼭 필요하시다고 하면 도와드려야 마땅한데, 심지어 올바른 일을 하려고 하시는걸.'

'은인은 무슨. 공작 부인도 다 이익이 있으니까 한 일이지.'

스테판이 코웃음을 쳤다.

'애당초 슈나이더 백작의 딸이라는 건 그냥 네가 제자리를 찾은 것이고, 공작 부인이 그 과정을 도와준 건 당연한 거야. 목숨까지 구해 줬는데 그것도 안 해 주면, 그게 사람이냐?'

'스테판.'

'그 과정에서 꼴 보기 싫은 이리스를 쫓아냈으니, 공작 부인 입장에서는 일석이조였지. 거기다가 다이아몬드 모델이니 뭐

니 하는 것은 전부 공작 부인이 너를 이용한 건데, 속도 없이.'

철썩!

리나의 손이 거침없이 스테판의 뺨으로 날아갔다. 스테판은 빨개진 뺨을 손으로 감싸고 시뻘겋게 화난 눈으로 리나를 노려보았다.

'이용해? 네가 나한테 그런 말 할 자격 있니?'
'리나, 나 지금 화나기 직전이다.'

스테판이 이를 뿌득뿌득 갈며 한 마디씩 내뱉었다. 숨이 닿을 정도로 가까운 거리에서 리나가 그를 노려보았다.

'너, 내가 슈나이더 백작님의 딸인 거 알고 있었지?'
'……'
'언제부터 알았어? 처음부터? 아니면, 수도에 왔을 때부터? 이리스 양이랑 아는 사이가 되었을 때도? 너 사실은 카탸 부인이랑도 아는 사이였지? 경쟁자였잖아?'

리나가 쏟아 내듯 소리쳤다.

'나한테 그날 지하실에 물건 갖다 놓으라고 한 것도 너였어. 별것도 아닌 일을 시켜서 계속 무대 뒤랑 출입구 사이를 오가게

한 건 아무 의도도 없는 일이었니? 그날 클레어 님을 불러들인 건 너였다며?'

'도대체.'

'근데 내가 알기로 그날 너는 오페라 극장에 아예 있지도 않았거든. 네가 클레어 님을 함정에 빠뜨렸잖아!'

그 순간 스테판이 다시 그녀의 입을 틀어막고 벽으로 밀어붙였다. 손이 마치 등을 애무하기라도 하는 것처럼 자연스럽게 쓸어내렸다가 후드를 끌어 올려 리나의 화사한 금발을 가렸다.

입술이 리나의 입가에 닿았다. '가만히'라는 속삭임이 들려왔다. 그가 그대로 몇 걸음 옆으로 옮겨서 복도 안쪽으로 더 깊이 들어갔다.

리나는 깜짝 놀라서 얼었다. 곧 복도로 사람들이 우르르 쏟아져 나와 밖으로 나갔다. 몇몇은 흩어져 제집으로 돌아갔지만, 대부분의 사람은 그대로 무리를 이루어 골목을 함께 걸어갔다. 시위대에 합류하러 가는 건지, 아니면 그냥 감정의 격동을 조금 더 연장하려는 것뿐인지는 불분명했다.

사람이 모두 지나가고 난 다음에야 스테판은 리나의 몸에서 손을 뗐다. 숨기 위해서 그랬다는 것을 알면서도 리나는 달아오른 뺨을 숨기지 못하고 그를 홱 밀쳤다.

스테판이 가라앉은 목소리로 말했다.

'내가 뭘 했든 상관없잖아. 어쨌든 가족 전부 데리고 여기를 떠나. 너희 영지도 불안하니, 하츠펠트 후작령이나 후겐베르크 백작령으로 가는 게 좋겠어. 가서 조용히 있으면 나머지는 내가 어떻게든 알아서 할 테니까.'

'지금까지 어디서 뭘 하고 있었는지 소식 한마디 없다가 갑자기 나타나서 그렇게 말하면, 내가 '응, 알았어' 하고 네 말대로 할 것 같니?'

말하면서도 리나는 깜짝 놀랐다. 자신이 스테판에게 이렇게 말할 수도 있다는 걸 처음 알았던 것이다. 스테판이 '하아' 하고 한숨을 내뱉었다. 그리고 누그러진 얼굴로 리나를 쳐다보았다.

'겁이 없어졌네.'
'지금 비꼬는 거야? 아니면, 내가 너한테 겁먹어야 해?'
'아니. 넌 원래 겁이 없긴 했지.'

스테판이 떨떠름하게 말했다. 그리고 품에서 봉투 하나를 꺼내 리나의 손에 쥐여 주었다.

'그런 거 알 필요 없어. 아무튼 이거만 있으면 수도를 떠날 수 있을 테니까, 가능한 한 빨리 떠나. 미친 사람은 무슨 짓을 할지 몰라.'
'위험하다면, 너부터 수도를 떠나야지. 슈나이더 백작가는 어차피 클라우제너 공작가와는 떼어 놓기 어려워. 아버지가 선대

공작님과 친분이 깊었던 걸 생각하면, 끝까지 의심을 피할 수가…….'

'내가 알아서 한다고 했잖아. 너는 그런 건 신경 쓰지 말고 빨리 떠날 준비나 해. 나는 어차피 못 떠나. 황후가 살려 두지 않을 테니.'

'스테판!'

그녀는 소리쳤지만, 스테판은 그녀의 손을 뿌리치고는 그 자리를 훌쩍 떠났다.

리나는 마차 안에서 봉투를 열었다. 안에 들어 있는 것은 아우구스타가 친필로 쓴 통행증과 정식 직인이 찍힌 위조 신분증이었다.

'스테판, 대체 무슨 일을 하고 다니는 거야.'

리나는 봉투를 움켜쥔 채 절박하게 생각했다. 이걸 클레어에게 말해야 좋을지 아닐지조차도 알 수 없었다.

오래된 석조 복도가 가스등으로 환하게 밝혀져 있었다. 그로버 탑은 감옥이지만, 제법 청결이 유지되어 있었다. 정치범이 주로 수용되는 구역이었기 때문이다.

그건 다시 말해 오랫동안 귀족의 감옥으로 쓰였다는 말이고, 또 다른 말로는 간수들이 함부로 할 수 없는 사람이 머무는 장소라는 뜻이기도 했다.

디트마어는 반대 방향에 있는 진짜 감옥이 얼마나 끔찍한 상황인지 알고 있었기에 불편한 기분으로 간수를 따라 복도를 밟았다. 좀도둑, 살인범, 또는 종종 가난한 자들이 갇히는 감옥은 지하에 있는 옛날 감옥을 그대로 쓰는 곳이 많다. 대체로 습하고 곰팡이 냄새가 났으며 바닥이 오물로 질척거리게 마련이었다.

그에 비하면 이곳은 비록 썰렁하고 삭막했으나 잘 관리된 곳이었다.

"가스등 냄새가 나는군."

그는 좀처럼 의식한 적 없는 것을 깨닫고 혼잣말로 중얼거렸다. 가스등에서 냄새가 나는 것은 당연한 일인데, 실제로는 몇 번 만나지도 않은 클라우제너 공작 부인이 가스등 냄새를 몹시 싫어하는 것이 인상에 박힌 듯했다.

간수는 굳이 대답하지 않았다. 감옥에서 가스등까지 밝혀 놓고 있을 수 있는 건 대단한 특권이다. 그는 디트마어가 흠을 잡는 거라고 생각하지 않았고, 실제로 그렇기도 했다.

곧 목적하던 자리에 닿았다. 간수가 철창의 잠금을 풀어 놓고 자리를 떴다. 디트마어는 철창문을 열고 손님처럼 안으로 들어섰다.

"하비흐 경."

"잠깐만, 지금 기가 막힌 마무리 문장이 떠올라서."

울리히 하비흐는 감옥 안에 놓인 작은 책상 앞에 앉아 글을 쓰고 있었다. 옆에서 보기에도 살은 홀쭉 빠져 있었으나 기분은 좋아 보였기에 디트마어는 기가 막힌 채 그를 쳐다보았다.

'걱정했더니.'

그가 투옥된 것은 보름 전의 일이다. 무모하게도 연설회를 의사당 앞에서 했기 때문이었다. 사실 연설 내용 그 자체보다도 '하원 의원이 연설회를 방해받지 않을 권리'를 주장하기 위해 시작한 일이라고 할 수 있었다.

계엄령이 내려진 데다가 황후가 찾는 자 중 하나였으니, 붙잡혀 가리라는 것은 처음부터 알고 있었다. 디트마어는 그때 울리히에 대한 생각을 완전히 바꿨다. 옛날에는 권력에 눈먼 부나방이라 생각하고 경멸했고, 클레어의 청문회 뒤로는 고마운 협력자이니 잘해야겠다고 생각하면서도 언제든 돌아설 수 있는 기회주의자라고 여겼으나, 이제는 존경할 만한 사람이라는 것을 알게 되었다.

그는 목숨을 걸고 옳은 말을 할 수 있는 사람이다. 게다가 하원 의원의 연설권과 불체포 특권은 절대 침해되어서는 안 된다는 울리히의 신념은, 이유 자체는 다를지언정 디트마어와 크게 다르지 않았다.

……라고 생각했었지만, 하는 것을 보면 역시 자신과 잘 맞는 사람은 아니다.

"회고록을 쓰는 건가?"

"비슷해. 지금이 내 정치 인생의 전성기라고 할 수 있으니. 경에게 지금 맡겨야 가지고 나가서 인쇄를 할 수 있을 것 아닌가?"

역시 잘 맞지 않았다. 디트마어는 살짝 눈살을 찌푸렸다. 그는 명성을 위해 선행하는 사람을 위선자라고 생각하지는 않았다. 그러나 이왕이면 신념을 가지고 이렇게 해 준다면 얼마나 고마울 것인가.

'어떤 마음인지는 이해하지만, 디트마어 경 같은 사람은 흔치 않으니까요. 저를 포함해서 세상 사람은 대다수가 속물 아니겠어요? 제가 경을 존경하는 이유도 그것이지요.'

클레어조차도 그렇게 말했다. 그는 딱히 자신이 대단한 의인이라고 생각하지 않았으므로, 그녀가 자신을 존경한다는 말에 기쁨과 부담감을 함께 느꼈었다.

울리히가 마침표를 찍고 펜 뚜껑을 닫았다. 그리고 일어서서 디트마어에게 손을 내밀었다.

"와 줘서 고맙네."

디트마어는 그 손을 맞잡아 악수를 했다. 울리히가 자기가 앉아 있던 자리를 권했다. 그리고 자신은 침대에 앉았다.

"그런데, 괜찮은 건가? 경이야말로 계엄군이 눈에 불을 켜고 찾고 있을 텐데."

"뇌물을 좀 썼지. 협력해 주는 사람도 있었고."

"공작 부인께서?"

"클라우제너 공작 각하의 소식이 전해진 뒤로 공작 부인은 아무 일도 하지 않고 계셔. 병문안이라도 하고 싶었지만, 슈나이더 백작 영애를 통해서 정중한 거절의 인사만 받았다네."

"경이 지금 남을 방문할 생각을 하다니."

울리히의 타박을 듣고 디트마어는 입꼬리를 경련시켰다. 투옥을 작정하고 의사당 앞에서 연설회를 열었던 사람이 할 말이 아니었다.

"공개적으로 방문하겠다고 한 것도 아니고, 도움을 청하거나 해서 부담을 드리려는 것도 아닌데. 아니, 물론 방문 자체가 부담이 될 수 있다는 건 알고 있네. 그러니까 그냥 말만 해 본 거야."

"그렇구만."

"……."

"그럴 수 있지."

디트마어는 어쩐지 놀림을 당한 기분이라 괜히 떨떠름해졌다. 그는 입을 다물었다가 일어섰다.

"잘 지내고 있는 것 같군. 걱정할 필요는 없다고 전하겠네. 원고는 이리 줘. 꼭 전달해야 할 사람이 있으면 알려 주고."

"아니 아니, 이 사람, 내가 무슨 소리를 했다고 화를 내고 그래? 잉크도 아직 안 말랐는데."

울리히가 황급히 그를 붙잡았다. 경쾌하게 말하고 있었지만, 감옥에 있는 동안 고독하지 않았다면 거짓이다. 바깥소식도 궁금하고.

디트마어도 진짜로 바로 떠날 작정은 아니었기 때문에 도로 자리에 앉았다. 울리히가 어처구니없다는 듯이 웃었다.

"떠본 거였어? 와, 경도 많이 변했군."

"나쁜 상황에 놓여 있을까 봐 어렵게 찾아온 건데, 그냥 봐도 괜찮아 보이는걸. 원고를 쓸 정도의 여력이 있다면 됐어."

"서운하게."

"서운할 건 또 뭐 있나? 아, 경에 대한 평판이 요즘 어떤지 궁금하겠군."

울리히가 싱글싱글 웃었다. 디트마어는 고개를 가볍게 저었다.

"바라던 대로 상징적인 존재가 되었지. 지금 경을 구하기 위해 그로버 탑을 부숴야 한다는 주장이 많아서, 말리는 게 쉽지 않아."

사실상 그가 막고 있지 않는다면, 시위대는 금세 반군으로 화할 것이다. 울리히도 그런 사정을 알고 있으므로 염려스럽게 물었다.

"경은 어떻게 할 작정인데? 언제까지 이렇게 계엄군과 대치할 수만은 없는 노릇 아닌가?"

"봉기를 하더라도 국상일에 하는 게 맞다고 생각해. 그날은 군의 배치도 어느 정도 명확하고, 집회 금지도 불가능할 테니까. 적어도 황후나 황자 중 한 사람을 잡아야만 끝날 일인데, 희생만 생기고 실패할 일을 두고 볼 수는 없지."

"그게 잡는다고 끝나는 것도 아니잖아. 그 전에 군 병력이 보충될 것도 생각해야지. 또, 황자를 잡으면 어떻게 할 건데?

목을 칠 건가? 그래서는 의회가 아니라 반란군이야."

"나도 알아. 현실적으로 어렵겠지."

디트마어가 한숨을 내쉬었다. 시민의 편에 선 하원 의원들은 공화정을 생각하고 있었다. 디트마어 자신도 그게 낫다고는 생각한다.

하지만, 그랬을 때 귀족원의 반발을 막을 자신이 없었다. 황후파에 선 귀족들을 전부 제거한다고 해도, 결국 다른 특권 세력이 커지는 결과를 불러올 뿐이다. 특히나 지금 남방군을 막고 있는 아렌 공왕과 아렌 영주들을 생각하면 더 그랬다.

단순히 세력 다툼만으로는 계산할 수 없는 문제도 있었다. 공화정은 오랫동안 이론으로만 존재해 왔다.

황제가 아무리 지금까지 존재감이 없었다고 해도, 국상의 관이 나가면 그 앞에서 통곡할 사람이 훨씬 더 많았다. 암살당한 황태자의 일이 다시 수면 위로 올라오면서, 제 자식도 아닌 황태자를 위해 눈물짓는 사람은 또 얼마나 많은가.

제국민 대다수는 황실을 당연한 존재로 받아들이고 있으며, 황실을 제멋대로 하려는 황후를 미워하는 것이지, 그 자체를 뿌리 뽑아 없애야 한다고 생각하는 자는 극히 적다. 애정과 충심을 가진 사람이 아직 많이 있었다. 황제가 아무 일도 하지 않았기에, 오히려 구조적 문제는 드러난 일이 없었다.

"역시 빅토리아 대공을 모시는 게 제일 무난하게 수습되겠지."

"나는 경이 좀 더 급진적인 주장을 할 줄 알았는데. 피를 흘려야 그 토양이 돌이킬 수 없는 상태가 되는 법이야."

"경은 그리고 싶은가?"

"아니, 내 이야기는 아니지. 하긴, 누군가 한 명이 굳게 마음 먹고 황실의 자손을 전부 숙청해 버릴 거라면 모르겠지만, 클라우제너 공작 부인이 있는데 누가 감히."

그녀에게 배 속의 아이를 내놓으라고 할 사람이 있을 것 같지 않았다. 일단 제 앞에 있는 디트마어부터 막으려 하리라.

디트마어가 문득 말했다.

"가스등 냄새가 심하지 않나?"

"그런가? 나는 익숙해져서 그런지 별로……."

말하다 말고 울리히가 입을 다물었다. 확실히 냄새가 코를 찔렀다. 디트마어의 안색이 창백해졌다. 그가 철창문을 걷어차듯 열었다.

"이리 나오게!"

"뭐?"

"아무래도 불안해!"

그가 말한 순간이었다.

펑!

폭발음이 들렸다. 복도 반대편 끝에 있는 계단에서 불길이 치솟아 오르는 것이 보였다.

가스등이 터진 것이다. 아니, 가스를 주입해서 터뜨린 게 분명했다.

그로버 탑에서 불길이 솟구쳤다. 스테판은 그 광경을 올려다보았다. 그로버 탑이 보이는 작은 광장에 모여 있던 군중이 웅성거렸다.

'리나가 피했어야 하는데.'

슈나이더 백작가가 피신했다는 소식은 아직도 듣지 못했다. 하지만 더 늦출 수는 없었다. 국상일이 되면 늦어 버린다.

곁에 서 있던 남자가 물었다.

"스테판, 시작할까?"

"그래."

그가 고개를 끄덕이자, 남자가 앞으로 달려갔다.

평민들 사이에 사람을 심고 소문을 퍼뜨릴 수 있는 것이 자기 혼자라고 생각했다면, 델포드 남작은 큰 실수를 저지른 것이다.

황후가 시민들 사이에 아무 일도 하지 않았다고 생각하면 그것은 오산이다. 클라우제너 공작 부인은 타블로이드지로 쏠쏠한 재미를 봤지만 그 타블로이드지가 생성된 배경에는 황후가 있었다.

그녀는 이리스 이전에도 연극과 공연 문화에 상당한 투자를 했다. 한때 스테판이 소속되어 있던 무용단을 만든 것도 그녀가 한 일이다. 귀족과 자산가, 정치인을 대상으로 은밀한 모임을 만들고, 그것에 대한 소문을 새어 나가게 하여 세간의 관심을 끄는 것도 그녀가 했던 일이다.

시민들이 정치나 과학, 그 밖의 사회 문제에 관심을 갖거나 귀족과 황실에 대해서 떠드는 것보다 더 관심을 기울일 만한 다른 분야를 만들기 위해서였다.

이 이야기를 클레어가 듣는다면 황후가 자기 무덤을 팠다고 말할 것이다. 문화는 마음을 성장시키고 교양과 지적 능력에 관여하며, 추문은 신비감을 해소시킨다. 어차피 황족이니 귀족이니 해 봐야 진짜 푸른 피가 흐르는 것도 아니다. 똑같은 인간이라는 것을 인지하면 태생만으로 상대를 존경하고 숭배할 수 없게 된다.

혈통에 통치권을 결부시키려면 그래서는 안 된다. 그러나 아직 거기까지 이해하지 못한 스테판은 자신의 사고의 한계 안에서 이렇게 생각했다.

'결국 사람들이 관심을 기울이면 황후는 패배할 수밖에 없어.'

황제가 살아 있다는 사실이 어떻게 작용할지 스테판은 쉽게 짐작할 수 있었다.

딱히 국부로 섬기던 게 아니라도 시민 대다수는 황제의 죽음으로 인해 감정이 촉발된 상태였다. 연극이 끝날 때마다 사람들은 가여운 황태자를 위해 눈물을 흘렸다.

국상까지 지금처럼 애매한 상태로 질질 끌다가 황제가 살아 돌아오면 끝장난다. 그 상태에서 반역이 선언되면 황후가 이길 가능성은 없다.

황후는 너무 오랫동안 싸워 왔기에 적의 수장 말고는 머릿속에서 지워 내지 못하는 모양이었다.

그러나 연극의 주인공이 대적자를 물리치는 게 중요한 게 아니라 관객을 감동시키는 것이 중요하듯, 이 싸움도 결국 다스려야 될 제국민을 손에 넣지 못하면 패배할 수밖에 없다.

계속해서 반란이 일어나면 황후가 어떻게 감당하겠는가? 힘으로 밀어 버리는 방식으로 대응하려고 해도 그것은 일단 군대를 확고하게 손에 넣어야 가능한 일이다. 하지만 황제가 살아 있는 이상, 그게 성사되기는 어려울 것이다.

아이러니하게도 황후는 황태자가 살아 있을 때 훨씬 예리하고 결단력이 있었다. 그러나 지금은 퍽 둔감했으며, 타성에 젖은 듯 선뜻 아무것도 하지 못하고 망설이고만 있다.

그녀는 이제 도전자가 아니라 수성하는 자였다. 손에 쥔 것을 아까워하긴 해도 무언가를 지키기 위해 각오를 세우는 사람이 아니니, 그것이 그녀에게 긴장감을 유지시키지 못하는 것일지도 모른다.

그러니 먼저 터뜨린다. 국상을 치르고 리누스가 즉위하는 것으로 끝나는 게 아니라, 끝마무리로 즉위식을 치러야 한다.

그래야만.

'내 손으로 죽일 수 있을 테니.'

아니. 자신이 실패할 가능성이 더 크다는 것을 스테판은 알고 있었다. 그는 아직 황후를 믿고 있었다. 신뢰한다는 것이 아니라 그 능력을 말이다.

일이 터지면, 황후는 결단을 내릴 것이다. 그녀는 지금 로멜

끝부터 수도 아래의 중남부 지역에 이르기까지 광대한 지역의 행정권과 수도 인근의 군 병력을 장악하고 있다.

그럼에도 불구하고 스테판 자신도 결단했다. 국상일의 총궐기로 황후가 끌어내려지거나, 황제나 클라우제너 공작이 돌아와 복수하는 것으로는 부족하다. 황후의 최후가 어떻게 되든, 제 손으로 하지 않은 것은 복수가 아니다.

"이대로 두면 하비흐 의원이 죽을 거야!"

"디트마어 경이 저 안에 있어요!"

그가 풀어놓은 바람잡이들이 여기저기에서 고함을 지르기 시작했다. 흥분은 순식간에 퍼져 나갔다.

"구해야 합니다!"

스테판은 거기에 유언비어 몇 마디를 흘렸다.

"이거 황후가 하비흐 의원을 죽이려고 그런 거 아니야? 디트마어 람스베르크 경도 함께 있었으면, 한 번 저질러서 둘을 해치울 수 있는 좋은 기회인 거잖아."

그 말은 군중 속으로 삽시간에 흡수되었다.

안 그래도 울리히는 지금 시민권의 상징 같은 존재가 되어 있었다. 그가 의사당 앞에서 끌려갔기 때문이다. 동시에 그가 하원 의원의 연설권과 불체포 특권에 대해 주장하다가 끌려갔기 때문에 지금 하원도 동시에 시민권의 상징이 되었다.

그런 그가 부당하게 살해될 수도 있다는 사실에 군중은 분노했다.

큰불이 이미 사람들을 흥분시키고 있었다. 하물며 폭음까지

터져서 순식간에 거리는 아비규환이 되었다.

"울리히! 울리히!"

외쳐 부르는 소리가 점차 하나의 울림이 되었다. 그리고 이내 구호가 되었다.

"울리히!"

"그로버 탑을 부수고 의인을 구하자!"

화재에 쫓겨 뛰쳐나오던 수비대와 간수들이 출입문 앞에서 성난 군중과 마주쳐 움찔했다. 노도처럼 사람들이 몰려들었다. 간수 하나가 비명을 지르며 군중 속으로 끌려 들어갔다.

탕!

다음 순간, 겁에 질린 수비대가 발포했다.

한순간 세상이 정적 같은 충격에 묻혔다. 그러나 이번에는 계엄군의 총 앞에 선 시위대처럼 흩어져 달아나지 않았다. 분노가 임계점을 넘은 순간이었다.

간수의 울부짖음과 총소리가 온통 허공에 불꽃처럼 터졌다.

스테판은 흐름에 휩쓸리지 않은 채 군중이 폭도로 변하는 것을 지켜보았다.

그는 강가에 서서 적의 시체가 떠내려오기를 기다리는 것으로 참을 수는 없었다. 황후가 손에 묻혀 온 수많은 오물 중에 자신의 것은 그저 평범한 축에 속할 테지만, 그렇다고 해서 자신이 남에게 그녀를 넘겨야 할 이유는 없었다.

'지금을 위해서 참아 왔으니까.'

황후의 개가 되어 그녀가 시키는 일을 하면서 조금씩 그녀의 돈과 힘으로 자신의 세력을 늘리고, 마침내는 검은 연꽃 조직의 일부가 자신의 말과 황후의 명령을 구별하지 못하게 될 때까지.

그 순간이었다. 뒤에서 누군가가 손을 뻗었다. 스테판은 반사적으로 상대를 밀치며 품에서 권총을 꺼내려 했다. 그랬다가 그는 기겁하여 숨을 들이마셨다. 후드가 벗겨지며 리나의 금빛 머리칼이 허공에 흩어졌다.

그는 사납게 소리쳤다.

"여기서 또 뭘 하고 있는 거야!?"

"내가 할 소리야!"

리나가 그에게 맞서서 언성을 높였다.

감옥이 부서지는 날

그로버 탑 앞의 군중 속에는 사실 무어 공작도 있었다.

그녀는 하녀의 옷을 빌려 입고 호위 한 명만 거느린 채 남몰래 암행하고 있었다. 그러나 황후의 눈을 피해 공왕궁을 빠져나온 이래 계속해서 평민들 틈에 섞여 생활해 왔으므로, 이번 일을 위해 특별히 암행한 것은 아니었다.

움직일 수 없는 클레어 대신 디트마어가 울리히를 면회할 수 있도록 힘을 써 준 것도 그녀였다.

일이 이렇게 될 줄은 생각하지 못했다.

"카우츠키 경, 이걸 대체!"

그녀는 사람들에게 쓸려 가지 않으려고 버둥거리면서 아는 얼굴을 향해 필사적으로 다가갔다. 집회에 참석하고 있던 하원의원 카우츠키는 자신에게 손을 뻗는 무어 공작의 얼굴을 보고 경악하며 소리쳤다.

"각하!"

"이를 어찌하나!"

각하라는 외침에 호위가 한순간 긴장했지만, 카우츠키나 무어 공작에게 관심을 기울이는 사람은 아무도 없었다. 그럴 만한 상황이 아니었다. 카우츠키가 염려스럽게 말했다.

"여긴 어쩐 일이십니까? 몸을 피하십시오!"

"내가 문제가 아닐세. 이걸 대체 어떻게……."

탕, 타당!

연이어 총성이 들려왔다. 이럴 때가 아니었다. 디트마어와 울리히를 생각하더라도, 지금 폭동을 일으켜 수비대와 싸울 것이 아니라 진정하고 탑의 화재를 잡아야 한다.

하지만 흥분과 광기에 빠진 군중을 장악할 수 있는 사람은 여기 없었다. 카우츠키 말고도 하원 의원이 몇 사람 나와 있었지만, 그 누구의 말도 통하지 않았다.

총성이 순식간에 늘어났다. 무기를 가진 시민들이 자신의 무기를 꺼내거나 집에서 가져와 이내 시가전이 되었다. 불타오르는 탑을 뒤에 둔 수비대가 달아나지도 못하고, 그렇다고 앞으로 진격하지도 못한 채 공포에 질렸다.

누군가가 사다리를 가져다가 감옥의 높은 벽에 걸었다. 폭음이 울리기 시작했는데, 이번 것은 가스 폭발이 아니었다. 화약이다. 공사용으로 쓰는 것일 테지만, 효과는 확실했다.

"울리히! 울리히!"

구호처럼 그 이름이 불렸다. 무어 공작은 파랗게 질렸다. 호위가 그녀를 끌어당겼다.

"이대로는 안 돼, 이대로는……! 저들은 대책도 없이 화재 속으로 들어갈 작정인가?!"

"각하께서 지금 어떻게 하실 수 있는 일도 아닙니다! 오히려 지금은 뒷일을 생각하셔야 합니다."

호위는 그녀를 둘러업었다. 무어 공작은 발작하듯 소리를 질렀다.

그때 리누스는 세 명의 친위사단장을 접견하고 있었다.

수도와 그 인근에 주둔하고 있는 친위사단 3개는 제국군의 첫 번째 자리에 놓인 부대였다. 장부상의 숫자는 북방군이나 남방군보다 적을지 몰라도, 훈련 상태나 장비를 감안하면 결코 그보다 약하다고 할 수 없을 것이다.

친위사단장과 참모진을 비롯하여 그 밑의 고급 지휘관 대부분이 에른스트 출신이거나 그 도움으로 출세한 자들이다. 그 밑으로도, 대부분이 황후에게 다양한 지원을 받았다.

에른스트 출신의 황후파가 아니면, 군에서 출세할 수 없다. 이것이 황후가 가장 믿고 있는 힘이다. 클라우제너가 돈으로 성채를 쌓아 올리는 동안 에른스트는 무기로 요새를 만들었다.

'어째서 그냥 힘으로 뒤엎지 않았을까? 이 정도라면 암살 같은 것은 하지 않아도 되지 않았을까?'

리누스는 손등에 키스를 받으며 그런 생각을 했다.

"드디어 만나 뵙게 되는군요. 영광입니다, 황자 전하."

"장성하신 모습을 뵈니 기쁘기 한량없습니다."

"아주 훤칠해지셨습니다."

세 사람이 돌아가며 상찬했다. 리누스는 웃음기 없는 얼굴로 고개를 끄덕였다. 속내가 어지러웠으나 할 일은 해야 했다.

사단장들이 다투어 말했다.

"꼭 한번 뵙고 싶다고 말씀 올리는데도, 황후 폐하께서 안전을 이유로 거부하셔서 몹시 안타까워했었습니다."

"황후 폐하의 말씀이 옳다는 것은 알고 있었습니다만, 아무래도 군인에게는 주군이 중요한 법이라서요. 황자 전하의 얼굴을 한 번 뵙는 쪽이 교육을 하는 것보다 나은 법이지요."

극진한 말이 쏟아졌다. 황제의 관을 쓸 사람은 어머니가 아니고 자신이라는 것을 리누스는 기이할 정도로 실감했다.

그는 표정을 냉담하게 가장했다. 로멜 귀족답게, 아니 황족답게. 아니 황제와 제러드가 황족이라는 것을 생각하면, 그게 진짜로 황족다운 일은 아니다.

그러나 이들이 기대하는 모습이 어떤 것인지는 알고 있다. 사실, 실제로도 냉담한 기분이었기에 표정을 일부러 다스릴 필요가 없었다. 에리히처럼 냉철하게 다듬어진 엄격함을 드러내기보다는 지루해 보이는 표정이었으나, 그것 또한 지체 높으신 분답다고 말하면 그럴 수도 있는 일이다.

에른스트를 따르는 이들에게는 그것으로 충분했다. 수년 동안 모습을 보이지 않은 황자가 실은 잘못되었다는 소문이 상당히 오래전부터 있었다.

어린 시절에 그는 심약한 편이었고, 늘 창백한 얼굴에 마른 몸이어서, 에른스트 공작령에서 양육되는 동안에도 공작 내외의 얼굴이 펴지는 날이 없었다.

하지만 보라. 황자는 고귀한 피가 드러나는 미려한 모습이다. 황후를 따르면서도 어딘가 마땅치 않은 기분을 느끼고 있던 사단장들에게는 적잖이 안심되는 일이었다. 비록 에른스트에서 자랐을지라도, 그는 틀림없이 황실의 자손이다. 적어도 사단장들은 그렇게 알고 있었다.

에른스트의 가신들을 곁에 두는 것은 사단장들에게는 오히려 좋은 일이었다.

'언제까지 아렌 촌놈들을 신경 쓰느라 예산을 낭비할 텐가.'

'클라우제너는 품격이 높을지는 몰라도 너무 무심해. 진짜로 중요한 것이 무엇인지 몰라.'

'황실의 뜻은 알지만, 결국 어미가 아렌인이면 자식도 아렌에 가깝게 키우는 법이 아닌가. 계승법은 지나치게 일방적이야.'

군은 대체로 언제나 아렌에게 적대적이었다. 결혼 병합 전에 있었던 전쟁이 아주 오래된 옛일이라고 해도 마찬가지다. 퇴역 군인들은 늘 가난했으나 그 이유를 위보다는 밑에서 찾았다.

군을 신경 써 주는 것은 에른스트뿐이다. 에른스트가 세울 황제는 진정한 로멜의 황제가 될 것이다.

리누스는 예민한 성미였으므로 이들의 믿음과 기대를 이미 알고 있었다.

전 같았으면, 그것이 몹시 혐오스러웠으리라. 그들이 실질적으로 제게 이득을 가져다줄 자를 원하는 것이라면 황후를 따라야 하고, 온전히 황실에 충성한다면 황제를 따라야 한다. 그러나 그들은 저를 이용해, 충성한다는 위선을 잃지 않은 채 이득까지 취하려 한다.

그냥도 혐오스러운 존재이며, 그 때문에 자신이 태어났다는 것을 생각하면 더더욱 끔찍한 일이다. 하지만 이 순간에 그는 거의 그 일을 생각하지 않았다.

'나는 네 엄마가 아니야.'

그는 머릿속 한구석으로 클레어의 그 말을 계속 떠올리고 있었다. 그 순간 그녀의 머리칼의 흔들림, 칼날 같았던 눈빛, 입술의 움직임까지 모두, 바로 몇 분 전의 일처럼 생생하게 기억할 수 있었다.

'말도 안 되는 소리.'

리누스는 자신이 클레어에게 모성애를 구하고 있다고 생각지 않았다. 아이 키우는 방식이 유난하다고 생각했고, 그게 옳지 않다고 여겼으며, 동시에 클레어답다고 생각했다.

그래, 그것도 우스운 일이긴 했다. 답다, 답지 않다, 그런 말을 할 만큼 그녀와 잘 아는 사이도 아니니까. 그렇다면 이 욕심은 어디에서 오는가?

그는 질투 탓이라고 생각했었다. 엘리엇이 제러드의 아들이라서 갖고 싶은 것과 마찬가지로, 클레어는 에리히의 여자이니 갖고 싶은 것이다. 그들의 피와 외모를 훔치고 싶었듯, 아내와 아이도.

그러니 황후는 자신에게 그들을 주어야 마땅했다. 제러드의 것을 빼앗아 제게 주려는 게 바로 황후가 하려던 일이 아닌가.

그리고 제러드 때에 절망감만 느낀 것과 달리, 에리히가 죽었다는 소식을 듣는 순간 그 마음은 탐욕에서 기묘한 희망으로 화했다. 정당한 주인은 사라졌으니, 자신이 훔쳐도 아는 자가 없으리라.

그러나 지난 몇 주 동안, 그는 에리히에 대해서도, 심지어 제러드에 대해서도 전혀 생각하지 않았다. 그런 적은 처음이었다.

대신 그는 클레어를 생각하고 있었다.

'나는 네 엄마가 아니야.'

그는 또다시 그 말을 생각했다.

자신은 그녀의 태내로 들어가고 싶기라도 한 건가. 그러면 결함 없는 아이로 태어나 모친의 사랑을 받으며 온전하게 살 수 있을 거라고 생각한 건가? 글쎄, 그럴 수도 있을 것이다. 그는 늘 태어나기 전으로 되돌아가고 싶어 했으니까.

그렇게 생각해 보면, 클레어는 그의 삶을 책임져야 했다.

바다에 몸을 던졌을 때, 그는 죽을 수 있었다. 차가운 양수

속에서 그의 몸과 의식을 건져 내고 숨을 불어넣어 살려 놓은 것은 클레어였다.

어머니에게 낳아 달라고 부탁하지 않았듯이, 그는 클레어에게도 살려 달라고 말한 적이 없었다. 그리고 어머니가 그에게 멋대로 완벽한 로멜의 황제가 되기를 기대했다가 실망했듯이, 클레어 역시도 그가 제 뜻을 따르리라 기대했다가 실망한다.

그렇게 생각하자 갑작스럽게 증오심이 치솟아 올랐다.

"야코프 각하!"

그때였다. 누군가가 문을 다급히 두드렸다가 허락 없이 열었다. 제3 친위사단장인 야코프가 당황하여 물었다.

"황자 전하께서 계신데, 이 무슨 무례냐?"

"아, 화, 황공합니다! 하지만 사태가 급박합니다, 야코프 각하! 그로버 탑이 습격당했습니다!"

"뭐?"

야코프가 벌떡 일어섰다. 오늘 밤 수도를 지키고 있던 군병은 제3 친위사단에서 차출된 인원이었다.

"폭도들이 울리히 하비흐의 이름을 외치고 있습니다! 그로버 탑에서 화재가 발생했는데, 아무래도 람스베르크 의원이 거기에 있었던 것 같습니다. 소식이 전해지면서 폭도가 점점 늘어나는 중으로⋯⋯."

"황공합니다, 황자 전하."

전령의 말을 끊고 야코프가 리누스를 향해 고개를 숙였다.

"저는 먼저 나가 보겠습니다."

"잠깐 기다려 봐."

리누스가 일그러진 얼굴로 생각에 잠긴 채 말했다.

"람스베르크는 아직 잡히지 않았을 텐데. 왜 그자가 그로버 탑에 있지?"

"정확한 사실은 아직 알 수 없습니다만, 아마 간수가 압박을 받아서 통과시킨 게 아닐지……."

"아니면, 뇌물이거나."

그건 그렇겠지만, 황자 앞에서 정치범 수용소의 간수가 뇌물을 받고 위험 분자를 통과시켰으리라고 말할 수는 없었으므로, 전령은 고개를 숙였다. 야코프가 미소 짓는 얼굴로 무마하려고 했다.

"염려 마십시오. 둘 다 한꺼번에 잡아들이면 될 일입니다. 게다가 폭동에도 분명히 일조했을 테니, 이번에는 하원 의원의 면책 특권 같은 소리도 할 수 없을 겁니다. 반역죄는 그 무엇으로도 덮을 수 없는 법이니까요."

"아니, 나는 람스베르크 따위에게 신경 쓰는 게 아니야. 압력을 가했든, 뇌물을 주었든, 그걸 누가 해 주었겠느냐고 말하는 거지."

"황자 전하……."

누군가가 조심스럽게 그를 불렀다. 입술을 비틀어 말아 올린 리누스가 누구를 지칭하고 싶어 하는지 깨달았기 때문이다.

하지만 그건 쉽게 결정할 일이 아니었다. 차라리 윗사람의 눈에 들려는 음험한 책사라면 모르되, 제국의 총칼인 친위사단장이 할 수 있는 말은 아니다.

아무도 대신 말하지 않았으므로 리누스는 자기 입을 열어 명령했다.

"클라우제너를 부숴."

"전하, 그것은 쉽게 결정하실 일이 아닙니다."

그것은 리누스가 명령하기에는 너무 큰일이다. 황후조차도 단독으로 결정할 수 있는 일이 아니었다. 하지만 리누스는 증오심에 몸을 맡긴 채 눈앞이 붉어지는 착각을 느끼며 말했다.

"디트마어 람스베르크와 울리히 하비흐가 누구의 후원을 받는지는 명백한 일이야. 터무니없는 일처럼 느껴지지만, 클라우제너 공작 부인이 혁명 같은 소리를 입에 담곤 했던 것도 사실이지."

"그것만으로 반역죄를 논할 수는 없습니다. 하원 의원을 후원한 것은 죄가 아닙니다."

"그렇다면, 디트마어 람스베르크 따위가 감히 그로버 탑의 잠긴 문을 열었단 말인가?"

충분히 가능한 일이라고 여겨졌으나, 사단장들은 리누스가 몰라서 묻는 말인지, 당위적인 대답을 요구하는 것인지 분간할 수 없었다. 어쨌든 전자를 요구하면 모를까, 아니라면 그들은 후자로 대답할 수밖에 없었다. 미래의 황제에게 간수가 뇌물을 받고 반역죄로 갇힌 수인을 외부와 접촉시켰다는 말을 할 수는 없지 않은가.

"그렇지 않습니다."

"그렇다면 클라우제너겠지. 공작 부인을 끌고 와."

리누스는 으르렁거리는 듯한 소리로 말했다.

"거부하면 저택 문을 부숴. 부황께서 돌아가신 지금, 내가 제국의 주인이다. 이것은 황명이야."

사단장들은 난처해졌으나 표정을 솜씨 좋게 숨겼다. 전령이 조심스레 물러나는 것을 리누스는 흘끗 쳐다보았다. 아마도 황후에게 가는 것일 테지만, 상관없었다.

제게 권력의 맛을 보여 주고 싶다면, 이 정도도 못 하게 할 리 없었다.

폭동 소식은 클라우제너 공작저에도 빠르게 전해졌다.

사실 일이 벌어지기 몇 시간 전에 이미 클레어는 문제가 생겼다는 것을 깨닫고 있었다. 우선 리나가 남긴 편지가 있었다.

『스테판이 수도에 있어요. 저는 그를 찾으러 가야겠어요.

클레어 님께서 염려하실 것도 알고, 또 아마 도와주실 거라는 것도 알아요. 하지만 이건 모두 저의 개인적인 일이고, 또 저 스스로 감수해야만 하는 일이니까요. 제게는 가족의 일이기도 하니, 부디 너무 책망하지 말아 주세요. 걱정도 하지 마시고요.

이렇게 편지를 남겨 알려 드리는 건 클레어 님이 스테판을 의심하고 있다는 사실을 알고 있기 때문이랍니다.

이 통행증과 위조 신분증은 스테판이 준 것인데, 제게는 필요 없을 것 같아서요. 클라우제너에서는 의미 없을지도 모르지만, 그래도 혹시 모르니 만약의 경우를 대비해서 클레어 님에게 드리고 싶어요.

부디 뜻한 바를 모두 이루시기 바라며, 제가 끝까지 따르지 못해 안타까울 따름입니다.』

클레어는 그 편지를 몇 번 연이어, 반복해서 읽었다. 거기에서 여러 가지 정보가 읽혔다. 스테판 하인즈는 황후의 주구다. 그 문제에 대해서는 에리히와도 이미 의견의 일치를 보았다.

오페라 극장의 사건이 있었을 때 에리히는 그가 단순한 하수인이라고 생각해서 놓아주었다. 하지만 이제 와 돌이켜 그때 일을 조립해 보면, 스테판이 이리스, 혹은 카탸 슈나이더를 해치우려고 클라우제너를 이용한 것은 명백했다.

리나와 좀 더 자세히 그날의 일을 이야기해 보고 나자 더욱 확실해졌다. 스테판은 정보를 주겠다는 말로 클레어 자신을 끌어들였으나 애초부터 만날 마음이 없었다. 대신 리나와 마주치게 했다.

그날 클레어가 죽었든 살았든, 에리히는 오페라 극장을 박살 냈을 것이다. 그로 인해 카탸 슈나이더와 이리스가 끝장나고, 리나가 제자리를 찾았으리라는 것은 명백했다.

그 정도 암계를 세울 수 있는 자가 단순한 하수인일 리 없었다. 에리히는 그에 대한 정보를 알아내려 했지만 쉽지 않았다.

일단 부모 모두 신원이 불분명했다. 유랑 극단을 따라다니다가 남부 아렌에 있는 작은 도시의 무용단에 들어감으로써 비로소 공식적인 기록이 생긴 것 같았다.

스테판은 부모보다 출생도, 신원도 명확하다. 그는 수도의 오페라 극장에서 태어나서 일곱 살 때까지 거기에 있었다. 그 때 이미 명성을 알리기 시작한 모친이 프리마 발레리나로 있었 기 때문이다.

'시기적으로 리나 양을 만난 건 이때 일이겠지. 아무 말도 않 던가?'

'리나는 아무것도 모르는 것 같더라고요. 친모에 대한 기억도 거의 없었으니까요. 스테판 하인즈가 그때부터 황후의 수중에 있었다고 생각하세요?'

'모친부터 대를 이어 섬겼을 가능성이 있지.'

'그때는 황후도 꽤 젊었을 텐데, 프리마 발레리나를 수하 로……? 아니, 당신 보니까 될 거 같기도 하네.'

클레어는 에리히와 그런 대화를 하면서 한숨을 내쉬었었다.

그 의견은 오래가지 못했다. 스테판의 모친은 남편이 죽은 후 일을 그만두고, 은퇴하여 시골에서 죽을 때까지 조용히 지 낸 사실을 알아냈기 때문이다 스테판이 무용수 일을 시작한 것 역시 그 뒤의 일이다.

'어쨌든 확실한 건, 스테판 하인즈가 보통 경우는 아니라는 거야. 하인즈는 심지어 어머니의 성씨야. 흔한 일은 아니지.'

에리히는 그렇게 말하면서 초상화를 하나 보여 주었다. 요절했다는 스테판의 부친은 판으로 찍은 듯 아들과 똑 닮은 매혹적인 미남이었다.

어쨌든 스테판이 황후의 수하로서 암약하고 있었다는 건 부정할 수 없는 사실이다. 심지어 아우구스타의 친필로 쓰인 통행증과 위조 신분증을 쓸 수 있을 정도라면, 보통 위치는 아닐 것이다.

"리나는 스테판에 대해서 어디까지 알고 있었을까?"

클레어는 통행증을 흔들면서 말했다. 가족이라고 하면서도 그녀가 스테판에 대해 잘 알고 있다는 생각이 들지 않았다.

하지만 그건 그럴 수도 있는 일이다. 자신도 여동생이 무슨 마음으로 황태자를 만나고, 무슨 일을 하려 했는지 아직도 모르고 있지 않은가.

사랑과 이해는 아주 가까이에 있는 감정이지만, 반드시 동반되는 건 아니었다. 클레어는 완전한 이해에 대해서 생각하면서 에리히를 떠올렸으나, 아마 자신들도 그러지는 못할 것이다.

그는 자신에 대해서, 사실은 아무것도 모르니까. 클레어는 문득 결혼 서약서에 썼던 옛 이름을 떠올렸다. 그가 그것의 의미를 이해하는 일은 영원히 오지 않을 것이다.

생각에 잠겨 있는 그녀에게 막시밀리안이 물었다.

"찾아서 보호할까요?"

"글쎄……. 걱정은 되지만, 이렇게까지 말하는데 그냥 두는 게 옳지 않을까?"

리나는 어린아이가 아니고, 스테판도 리나를 걱정하는 것은 사실인 것 같다. 서운한 마음이 들기는 했으나, 편지를 남겨 주었으니 됐다.

리나의 인생은 리나의 것이다. 그녀가 제 가족을 구하러 가겠다는데, 친구에 불과한 자신이 무슨 권리로 막을 수 있겠는가.

"그보다도 스테판 하인즈가 하려는 일이 문제인데요. 이런 걸 주면서까지 빨리 떠나라고 하는 걸 보면, 무슨 일을 저지르려는 것 같은데."

요안나가 말했다. 클레어는 똑같이 염려스러운 얼굴로 고개를 끄덕였다.

"한다면 국상일 전이겠지."

디트마어는 자신의 명예를 위해 피를 보고 싶어 하는 종류의 사람이 아니다. 그의 계획대로라면 국상일에 황제를 애도하는 행렬이 곧 평화로운 시위가 되리라. 요구 역시 시민권의 전면적인 확장과 의회 해산권의 폐지 정도일 것이다. 리누스가 서약에 서명하면, 그것만으로도 시위대는 해산할 터였다.

황후도 그것을 모를 리가 없었다. 지금 시민들은 하나로 완성된 조직이 아니다. 밀고자와 내통자가 숱하게 많았고, 굳이 황후가 심지 않았어도 애초부터 그녀를 따르는 시민도 많았다.

그러나.

"황후는 그렇게 못 하지. 애초부터 자기애 때문에 시작한 일인데, 자존심을 꺾고 그런 요구를 받아들일 리가 없어. 심지어 서명하는 당사자가 본인이 아니라 리누스일 테니 더더욱."

리누스라는 이름을 입에 담는 것만으로도 클레어는 불쾌한 기분을 느꼈다. 뒷맛 씁쓸하고, 자신이 죄인이 된 것 같은 기분이 들기도 했다.

"그러면 어떻게 할 거라고 생각하세요?"

"나라면, 꼭 그렇게 할 거라는 건 아니지만, 국상일이 되기 전에 먼저 폭동을 유도할 거야. 친위 사단이 있으니까, 북방군이 적대 세력에게 붙기 전에 먼저 반역으로 쓸어버리는 게 낫지 않겠어? 터지기 전에 김을 빼는 거지."

클레어는 그렇게 말하면서, 자기가 말하는 방식이 에리히와 비슷하다고 생각했다. 그였다면, '자신이 그렇게 하겠다'라고 말했겠지만 말이다.

그로버 탑에서의 폭동이 전해진 것은 요안나와 그런 이야기를 하고 있을 때였다. 클레어는 놀랐으나, 당황하지는 않았다. 언젠가 그럴 줄 알았기 때문이다.

"정치범 수용소잖아. 있을 법한 일이 생긴 거지. 울리히 경은 아주 어깨가 으쓱해지겠군."

"그런가요?"

"역사에 이름을 남기게 될 테니."

클레어는 태연하게 말하면서도 통행증을 움켜쥐고 일어섰다. 배 속의 아기를 생각하면 쉽사리 움직일 수 없었다. 유산기는 일단 진정되었으나 그래도 조심해야 했다.

정문에서 보울러 백작이 보낸 사람이 달려온 것은 그때였다.

"마님! 큰일 났습니다! 무어 공작님께서 오셨습니다!"

"무어 공작님?"

너덜너덜해진 호위의 등에 업힌 무어 공작이 응접실까지 곧바로 안내되었다. 그녀가 흙먼지와 땀에 뒤엉킨 얼굴로 굴러떨어지듯 내려섰다. 클레어는 깜짝 놀라 물었다.

"이게 다 무슨 일인가요, 무어 공작님?"

"남작, 그로버 탑에서 폭동이 일어났네!"

"소식은 들었어요. 거기 계셨나요?"

"그래! 그로버 탑에 불이 나는 바람에 흥분이 퍼져서 생긴 일이야. 아마 밀정이 일부러 사람들을 부추긴 것 같네!"

"있을 법한 일이죠."

클레어는 차분하게 말했다. 무어 공작이 그녀를 부여잡으려고 했지만, 그 전에 요안나가 부드럽게 끼어들어 자신이 무어 공작을 부축했다.

"그냥 불이 아닐 거야! 폭음이 나면서, 갑자기 한 층에서 연기와 불길이 확 터지듯이 솟구쳤어!"

클레어는 숨을 들이마셨다. 가스등이 폭발한 건가? 그러면 울리히가 위험했다. 그 생각을 끊듯이 무어 공작이 소리쳤다.

"람스베르크 의원이 거기 있네! 이건 암살이야!"

"아."

클레어는 휘청거렸다.

개인적인 감정 따위를 생각하지 않아도 이것은 큰일이다. 디트마어가 없으면, 시위대는 구심점을 잃을 것이다. 게다가 지금 상징이 되어 있는 울리히까지 잃는다면, 시위대는 이끄는 사람도 없이 무의미하게 물소 떼처럼 무작정 돌진할 것이다.

그것을 노리고 저지른 일이리라. 모든 일이 끝난 다음 황후의 정적이 될 사람이 없도록.

클레어는 막시밀리안을 돌아보았다. 막시밀리안이 앞질러서 말했다.

"안 됩니다."

입도 떼기 전이라, 허를 찔린 클레어는 어색하게 막시밀리안을 바라보았다. 그러나 그는 미동 없는 얼굴로 입을 다물었다. 클레어는 이번에는 요안나를 바라보았다. 요안나가 눈치 빠르게 무어 공작을 보고 말했다.

"일단 들어가세요, 공작님. 씻고 쉬시는 게 좋겠어요."

무어 공작은 클레어와 막시밀리안이 중요한 이야기를 하려는 것을 알아챘지만, 클라우제너의 방침을 결정하기 위한 것이라면 자신이 낄 자리가 아니었으므로 순순히 요안나를 따라 안으로 들어갔다.

응접실에 클레어와 막시밀리안, 빌헬름만 남았다. 클레어는 찬찬히 두 사람을 돌아보았다.

"안 됩니다."

막시밀리안이 다시 말했다.

"그 어떤 경우에도, 부인의 안전을 우선하라는 것이 각하의 명이셨습니다."

"일단 의논을 하려고 했는데요."

클레어가 약간 난처한 듯한 웃음을 머금고 말했다.

"상황이 이러니 내가 안전 가옥 쪽으로 옮겨 가면 어떨까요? 아무래도 규모 큰 상아궁보다는 그쪽이 방어하기에도 더 좋을 것 같은데."

"옳은 말씀입니다."

빌헬름이 대답하고, 막시밀리안도 고개를 끄덕였다.

"안전 가옥들의 위치 자체는 대부분 황후궁에서도 파악하고 있겠죠?"

"그렇다고 전제하는 게 안전할 겁니다. 하지만 아무래도 이 저택처럼 큰 범위를 경호하는 것보다는 구멍이 적겠죠."

"탈출이 용이한 장소였으면 좋겠군요. 리나 양이 준 통행증이 있으니까, 만약의 경우가 생기더라도 도망치기 쉽겠죠."

사실 이것까지 쓰지 않더라도, 대개는 돈으로 해결될 것이다. 제아무리 친위 사단이니 계엄군이니 해도 뇌물이 통하지 않을 리 없다고 클레어는 생각했다. 빌헬름이 말했다.

"지금 그냥 먼저 수도를 빠져나가시는 쪽은 어떻습니까? 폭동이 설령 작은 규모로 끝난다고 해도, 이제 이 이상 수도에 머물러 계실 필요는 없습니다."

"장거리 여행을 아기가 견딜 수 있을지 어떨지 모르니까요.

만약의 경우라면 어쩔 수 없겠지만, 가능하면 움직이고 싶지 않아요."

"예."

빌헬름이 안타까운 얼굴로 고개를 숙였다. 클레어는 막시밀리안을 돌아보고 말했다.

"내가 안전 가옥으로 이동한 다음이라면 어떤가요? 가 줄 수 있을까요?"

"……."

"에리히가 나를 걱정하는 마음은 알지만, 디트마어 경이 죽는다면 나는 몹시 실망할 거예요. 그가 진짜로 죽어 버렸다면, 이제까지 해 온 일이 전부 무용해지니까요. 부탁해도 안 될까요?"

막시밀리안이 한숨을 쉬었다.

클레어가 무슨 말을 하는 건지 모르는 게 아니었다. 줄곧 옆을 지켰는데, 그녀가 무슨 생각으로 움직이는지 모를 리가 있겠는가.

하지만 막시밀리안은 보수적이고 고지식한 편이었다. 더불어, 클레어의 행동을 알고 있다는 게 꼭 그녀의 신념을 이해하고 동의한다는 뜻은 아니다.

그러나 그녀가 부탁이라고 말했다. 에리히의 명령은 절대적이지만, 여주인의 명령 역시 그러했다. 사실 우선순위를 따진다면 그녀를 보호하는 걸 우선시하는 쪽이 옳을 것이다. 문제는, 클레어의 실망한 얼굴을 보고 싶지 않다는 것이었다. 그건 클라우제너 공작 역시 마찬가지이리라.

빌헬름이 제안했다.

"사람을 푸는 것은 어떻습니까?"

"아니요. 클라우제너의 호위 병력이 여럿 폭도와 섞여 있으면 반역 누명을 쓸 수도 있으니까요. 게다가 어지러운 상황이니, 제가 가서 보고 오는 게 낫겠습니다."

막시밀리안은 결국 그렇게 말했다.

"안전 가옥까지 직접 모실 겁니다. 그다음 확인만 해 보고 오겠습니다. 하지만 람스베르크 의원이 진짜로 가스 폭발에 휘말린 거라면, 뒤늦게 가도 어쩔 수 없을 겁니다."

"고마워요."

클레어가 비로소 미소를 지었다. 막시밀리안은 무심코 그녀를 따라서 미소했다. 그녀는 이번에는 집사를 호출한 뒤 말했다.

"노이만 의장님을 모셔 와요. 내가 할 이야기가 있으니."

원래는 이렇게까지 개입할 생각은 없었다. 자신을 다스릴 권리가 자기 자신에게 있듯이, 역사를 결정하는 것도 그 시대 사람들의 과업이다.

하지만 클레어는 이제 부평초처럼 세상의 흐름 위에 올라타서 떠갈 수는 없었다. 가족이 있다. 자신의 패배가 아이들의 죽음으로 이어질 수 있다. 조금이라도 나은 세상을 제 아이들에게 물려줄 의무가 있었다.

그러니 그녀 역시도 이 시대의 한 사람인 것이다.

그때, 클라우제너 공작저의 정문을 지키고 있는 보울러 백작은 친위사단의 제복을 입은 전령의 모습을 보고 크게 긴장하여 직접 문 밖으로 나갔다. 저택을 둘러싼 경호원들이 무기를 쥐었다. 보울러 백작은 손을 들어 일단 정지를 신호한 다음, 전령에게 외쳐 물었다.

"용건이 뭔가?"

"제1 친위사단의 슈뢰더 경으로부터, 막시밀리안 자작님에게 전언이 있습니다!"

전령이 외쳤다. 막시밀리안으로부터 슈뢰더라는 이름을 미리 들은 바 있으므로 보울러 백작은 그를 통과시켰다. 슈뢰더는 친위사단 안에 있는 막시밀리안 라인의 장교였다.

전령은 긴장과 땀에 전 얼굴을 하고, 낮은 목소리로 보울러 백작에게 빠르게 말했다.

"지금 제3 친위사단의 2개 대대가 이쪽으로 오고 있습니다. 리누스 황자 전하께서 클라우제너 공작 부인을 반역죄로 체포하라는 명령을 내리셨습니다."

보울러 백작의 안색이 변했다. 이건 있을 수 없는 일이다. 증거도, 재판도 없이 고위 귀족을, 그것도 지배 가문을 체포할 수는 없다. 이것은 전쟁을 해 보자는 뜻이었다.

"슈뢰더 경에게, 고맙다고 전해주게."

"예."

전령은 곧바로 다시 뒤돌았다. 보울러 백작은 경비를 강화하라고 명령한 다음, 서둘러 저택 안으로 뛰어 들어갔다.

그로버 탑의 폭도는 순식간에 시위대에서 시민군으로 돌변했다.

애초부터 무혈로는 원하는 것을 얻어 낼 수 없다고 주장하던 일군의 무리가 있었다. 디트마어가 아니었다면, 그들은 벌써 총칼로 무장하고 황궁을 향해 진격했을 것이다.

모아들인 무기와 화약이 손에서 손으로 건네졌다. 진작부터 오늘의 일을 기다렸던 과격파들은 전혀 망설이지 않았다. 그로버 탑의 수비대가 발포하여 피가 흐른 뒤로, 흥분은 성난 소 떼처럼 군중을 몰아붙였다. 거리에 사람들이 온통 쏟아져 나왔다.

리나는 거기에 휩쓸리지 않았다. 스테판이 그녀의 멱살을 잡은 채 흐름에서 벗어나 가까운 골목으로 들어갔다. 리나는 그가 자신을 성문 쪽으로 이끄는 것을 눈치 채고 발버둥 치며 그의 손을 잡았다.

"혼자서는 안 가!"

"빌어먹을, 대체 왜 이렇게 말을 안 들어? 내가 너한테 뭐 큰 거 바랐어? 그냥 얌전히 좀 있다가 안전한 곳으로 가라고 몇 번을 말했어?"

스테판은 언성을 높였다. 곧이라도 리나를 바닥에 내팽개치기라도 할 기세였다.

"망할, 혼자 못 가겠다면, 클라우제너 공작 부인에게 붙어 있기라도 하라고!"

지금 이러고 있을 때가 아니었다. 그는 황궁으로 가야 했다. 상황이 되어 가는 것을 보고, 소강상태가 일어난 곳을 부추기거나 계엄군의 구멍을 더 크게 뚫어야 한다. 말이 좋아 시민군이지, 제대로 된 조직도 없는 군중이 훈련이 잘된 친위 사단을 상대로 어디까지 해낼 수 있겠는가. 그러니 그가 황궁으로 길을 인도해야 한다.

리나가 아니었다면, 벌써 움직였을 것이다. 그러나 그는 지금 오도 가도 못 하고 있었다.

리나가 그의 허리를 꽉 끌어안고 버렸다. 그녀는 스테판의 계획을 몰랐으나, 그가 뭔가 흉흉한 이유로 자신을 떼어 놓으려 한다는 것만은 알고 있었다.

아니, 사실 항상 그랬다. 스테판은 중요하고 끔찍한 일을 할 때마다 자신을 떼어 놓았으니까.

"대체 무슨 짓을 하려는 거야! 처음에 소리 지른 바람잡이들, 너랑 아는 사이지? 대체 왜 이런 짓을 하는 거야?!"

"나는 아무 짓도 안 했어. 내가 아니라도 어차피 사람들은 더 참지 않았을 거야."

"아무리 폭발 직전이었다고 하더라도, 사람들은 참고 있었어. 설마 그로버 탑에 불을 지른 것도 너야? 디트마어 씨를 해쳤어!?"

리나가 친밀하게 부르는 호칭에 스테판의 안색이 얼어붙었다. 마치 얼음으로 머리를 맞기라도 한 것 같은 표정이었다.

하지만 한순간에 불과했다. 생각해 보면, 그는 그 일을 리나에게 따질 자격이 없었다. 아니 오히려, 이제야 왜 리나가 이러는지 알 것 같은 기분이 되었다.

"미안하게 됐군. 그가 선한 사람이라는 것은 알지만, 상황상 어쩔 수 없었어."

"너, 뭔가 오해했지. 나는 디트마어 씨와 그런 사이가 아니야. 왜 네가 이런 짓을 하는지 알고 싶을 뿐이야!"

리나가 고함을 질렀다.

"이렇게 하면 죽는 사람이 나올 거라는 걸 알고 있었잖아! 왜 그랬어!"

스테판이 그녀의 양 손목을 잡아 거칠게 제 몸에서 떼어 놓았다. 그리고 순진한 얼굴을 향해 참을 수 없는 분노와 증오를 느끼며 말했다.

"아무것도 모르는 주제에 내 인생에 간섭하려 들지 마."

"말해 주지 않으면 몰라! 당연한 거 아냐? 내가 아무것도 모른다면, 그건 모두 네 탓이야!"

리나의 말에 스테판은 신음하듯 목을 울렸다. 맞는 말이었다. 그는 리나에게 중요한 말을 한 적이 단 한 번도 없었다.

리나는 운이 나쁜 애였다. 만일에 그녀의 할머니가 숨어든 곳이 하필 그의 어머니 집이 아니었다면, 그녀는 마르고트 에른스트의 눈에 띄지 않았을 것이다.

아니, 그래. 그게 리나의 목숨을 구하기는 했다. 카탸 보르얀스가 끌어들인 폭력배 따위가 어떻게 감히 에른스트의 감시를 뚫고 들어올 수 있겠는가.

세상일은 어떻게 굴러갈지 알 수 없는 법이다. 그의 어머니는 리나를 구했다. 그러나 그 사건은 카탸와 황후를 연결했으며, 백작 영애는 하녀 옷 속에 숨겨졌다.

그러니 그녀를 제자리로 돌려보냈다. 그건 스테판이 어머니 대신 져야 할 책임 중에 하나였으니까.

이제 그녀에게 남은 용건은 없었다. 그러니 가장 중요한 일을 책임져야 할 때였다.

"이러지 마, 스테판. 난 널 알아. 넌 사실은 속이 깊고 다정한 사람이잖아. 네가 왜 이러는지 모르겠어."

리나가 간절히 말했다. 푸른 눈동자가 슬픔으로 젖어 있었다. 스테판은 주먹을 쥐었다. 귀찮게 굴지 말라고 말해야 하는데, 그는 아픈 목으로 중얼거렸다.

"넌 몰라. 나는, 내가……."

그는 낮은 목소리로 속삭였다.

"황후의 자비로 살아 있으니까."

죽이지 않은 것을 자비라고 말한다면, 분명히 황후는 그에게 자비를 베풀었다. 그의 아버지에게도.

자신이라면 죽였을 것이다. 고귀한 귀부인이 그저 두어 번 품었을 뿐인 천한 남자를 살려 두는 것도 어리석은 일이지만, 그의 아버지는 그 이상으로 어리석었다.

그는 자신이 운 좋게 총애받은 하룻밤의 상대라는 것을 인식하지 못했다. 황후의 정부가 되었다는 게 황제의 자리에 오를 수 있다는 게 아니건만, 제 자식이 황제가 되고 그러면 황궁에 들어가 살 수 있으리라고 믿었다.

그때까지 돈과 권력에 몸을 내준 적이 없는 것도 아닐 텐데, 홀리기라도 한 건지, 아니면 상대가 너무 고귀해지자 그 위광에 넋을 놓은 건지. 그게 권력자에게 붙은 기생충과 무엇이 다른가. 남의 권위를 빌려 자신을 치장하려는 사람은 얼마든지 있다.

다만 여우는 제 뒤를 따라오는 것이 범이라는 것을 알기라도 했었는데.

황후가 그냥 만족을 얻고 나서 아버지를 죽여 버렸다면, 어머니는 춤을 그만둘 필요도, 시골로 숨어들 필요도 없었을 것이다. 자신이라면 그랬을 것이다. 어차피 두 번 찾지도 않은 상대가 아닌가.

하지만 그러지 않았기에 그와 어머니는 일평생을 저당 잡혔다.

그럼에도 불구하고 역시 황후는 자비를 베푼 것이다. 그가 살아남은 20년의 세월 동안 황후는 언제나 그를 죽일 수 있었다.

아우구스타는 그에게 너무 필사적이 되지 말라면서 이렇게 말했다.

'황후 폐하께서는 네 생각보다 널 더 아끼신단다.'
'터무니없는 말씀입니다.'
'터무니없다니. 그렇지 않아. 황후 폐하께서는 능력과 야심이 있는 사람을 좋아하시고, 너는 영민하고 아름다운 청년이니까.'

글쎄, 황후가 그의 얼굴을 마음에 들어 한다는 것은 의심할 여지가 없었다. 한순간이나마 그녀를 미치게 했던 것이 이와 거의 같은 얼굴이었으니까.

내면이 텅 빈 것이었으니, 그 흥미는 기껏해야 일주일도 가지 못했지만 말이다. 황후에게는 대화 상대도 되지 못하는 고양이를 키우는 취미가 없었다.

'아이러니한 일이기는 하지. 벤자민이 너처럼 똑똑하기까지 했다면, 아마 황후 폐하께서는 그를 사랑하지 않으셨을 테니.'

아무래도 좋았다. 솔직히 알고 싶지도 않았다. 그는 능력을 증명했으며, 거기에는 용모를 통해 만드는 힘도 포함되어 있었다. 그러나 그 능력을 평가해 준 것조차도 자비다.

리나는 숨 막힌 얼굴로 그를 올려다보았다. 그녀는 스테판의 얼굴에 들끓는 증오를 읽을 수 있었고, 그가 하는 말과 감정 사이의 일그러짐을 이해했다. 그 때문에 질문은 명확하지 못했다.

"왜?"

왜 증오가 아니고 자비라고 부르는가. 무엇 때문에 증오를 품었는가. 그 질문을 더듬거리며 묻자 스테판이 그녀를 내려다보았다.

"누군가의 자비로 생존을 잇고 있다는 건, 반대로 말하면 그 자비 없이는 살 수 없다는 뜻이니까."

자신이 넘겨주지도 않았는데 목숨이 타인의 손에 쥐어져 있다는 건 끔찍한 일이다.

황후의 첩자가 된 것은 자비가 거두어져도 살아남을 구멍을 뚫기 위해서였다. 쓸모를 증명하여 자신의 삶과 자신이 책임져야 할 다른 두 삶을 물 위로 건져 올려야 했다.

이제 하나 남았다.

"그러니까 꺼져. 이건 내 일이야."

스테판은 사납게 내뱉었다. 리나가 손을 선선히 놓았다. 놓으라고 소리 질렀던 주제에 스테판은 제 풀에 놀라, 오히려 그녀를 밀쳐 내고 떠나지 못하고 움찔 그 자리에 굳었다.

리나가 후드 자락을 만지작거리며 말했다.

"알았어."

단단하고 맑은 목소리였다. 스테판은 그녀가 어떨 때 그런 목소리를 내는지 알고 있었다. 그는 대체로 리나를 마음대로 다루었으나, 이럴 때는 도저히 꺾을 수 없었다.

"그러면 이제."

"널 막을 거야."

리나가 말했다. 스테판은 어처구니없다는 듯이 그녀를 쳐다보았다.

"네가 뭘 할 수 있다는 거야? 벌레 하나 못 죽이는 주제에."

"노력은 해 봐야지. 네가 내 말을 들어주지 않겠다고 하니까, 다른 방식으로 애써 볼 수밖에."

리나가 그를 올려다보고 말했다. 그 단호함에 스테판이 입술을 몇 번 달싹거리기만 하고 선뜻 거친 말을 꺼내지 못했다.

"너 혼자서 멋대로 날 휘두르게 내버려 두진 않을 거야. 내 인생은 내 거고, 나는 네가 더 이상 죄 짓는 것을 보고 싶지 않아."

그렇게 말하고 리나는 빠른 걸음으로 골목을 빠져나갔다. 그러면서 클레어를 떠올렸다.

그녀가 보기에는 세상에 못 할 것이 없을 듯한 클라우제너 공작을 향해서도 클레어는 틀렸다고 말한다. 누가 이기나 보자고 마치 내기라도 하듯, 농담처럼 웃고 말하지만, 사실은 진지하게 서로 다른 방향으로 움직이고 있다는 사실을 리나는 알고 있었다. 그리고, 그래도 사랑할 수 있다는 것도.

리나는 자신도 그렇게 할 수 있다는 것을 알았다. 처음부터 스테판을 감싸서 모두 용서해 줄 마음은 없었다.

그렇게 가라고 소리 질렀던 주제에, 이번에는 스테판이 당황해서 그녀를 쫓아가 붙들 때였다.

"어쩌려는 거야!"

"나는 어디서든 신원을 증명할 수 있어."

그녀는 얼굴이 아주 잘 알려진 유명 인사다. 용모도, 목소리도, 남이 따라 할 수 없었으므로, 그것은 신용의 다른 이름이었다. 과거에 이리스가 아편의 시작점이었던 것과 마찬가지로. 그녀는 이제 이리스와 같은 자리에 서 있었기 때문이다.

다만 그녀로부터 시작될 것은 아편이 아니라 다정한 목소리일 것이다.

리나는 즉석에서 연설하는 사람들 사이로 끼어들어 갔다. 스테판은 그녀를 잡으려 했으나, 정체를 들킬 우려 때문에 결국 물러서고 말았다.

처음에 몇몇은 리나가 단상 위로 올라가는 것을 막으려 했다. 그러나 그녀가 후드를 확 걷는 순간, 모든 사람이 찰랑거리며 빛이 흐르는 금빛 머리칼을 향해 시선을 돌렸다.

리나는 자신이 여러 의미를 띨 수 있다는 것을 알고 있었다. 그녀는 클레어 델포드의 입이 될 수 있었고, 디트마어와도 교류가 있었으며, 그녀 자신이 잃어버렸던 아이였다.

연설을 할 자신은 없었으므로 그녀는 천천히 입을 열어 노래를 시작했다.

'우리 아이를 부탁해.'

멜로디는 순식간에 군중으로 퍼져 나갔다. 이미 시위대에서 종종 불렸던 곡이므로, 공연에 간 적 없는 사람이라도 모르는 이가 없었다. 고저가 크지 않은 음조는 흥분을 가라앉혀서, 마구 흩어져 각자 원하는 방향을 향해 질러 대던 소리를 하나로 합쳤다.

총이 버려지지는 않았다. 그러나 총구를 내린 사람들은 비로소 원래 계획을 기억해 낸 것 같았다.

스테판은 조금 멍청한 기분이 된 채 그 모습을 바라보다가, 문득 총성이 완전히 멈춘 것을 깨달았다.

이유는 알 수 없으나 계엄군이 발포를 멈췄다.

그는 손톱이 손바닥을 파고들어 피를 내도록 주먹을 쥔 채 망설였다. 그러나 결국 그는 황궁을 향해 달려가고야 말았다.

북방군

그로버 탑이 불타고, 제3 친위사단이 움직였다. 그 보고가 전서구의 발목에 매달려, 거기서 기차로 아홉 시간 거리에 있는 바우어부르크 시에도 전해졌다.

시청에 있는 집무실 상석에 앉아 있던 에리히는 무심코 주먹을 움켜쥐어 전서를 구겼다.

"리누스 황자도 어리석은 선택을 했군요."

북방군 부사령관 클라인이 말했다.

황후는 에른스트를 쥐고도 지금 황실조차 제대로 삼키지 못하여 이 사달이 났다. 아렌 왕실과 클라우제너 공작가가 손을 잡고 반역하면 에른스트가 어떻게 감당하겠는가? 아렌 왕실에서 군량을 대고, 클라우제너에서 돈과 자원을 풀면, 반군이 늘어나는 속도는 믿을 수 없을 정도로 빠를 것이다.

지금 클라우제너 공작이 이곳에 머무르는 것만으로도 군영이 커지고 있는 것과 마찬가지로 말이다.

북방군은 황제의 친필 서한을 받고 클라우제너 공작을 곧바로 황제 특사로 받아들였다. 그러나 이 사실이 아직 비밀에 부쳐 있음에도, 그가 북방군을 이끈다는 이유만으로 퇴역 군인과 각지의 독립 부대, 호위와 경호원을 사병처럼 이끄는 귀족과 왕당파 의용병이 모여들었다.

북방에서 클라우제너의 영향력은 수도보다 확실히 컸다. 보수적인 로멜인들 중 적지 않은 수가 황후가 정권을 잡은 것 자체를 마음에 들어 하지 않았다. 제아무리 황후라 해도 여자이고 안주인에 불과한데, 황권을 침해한다는 것은 용납할 수 없는 일이었다.

그리고 그보다 더 많은 숫자가 신념이나 황후에 대한 견해와 관계없이 오로지 클라우제너가 승리할 것 같다는 이유만으로 모여들었다.

보통이라면 북방군은 이들을 받아들이지 않았을 것이다. 훈련되지 않은 병력은 발목만 잡을 뿐이다. 총알받이 정도로는 쓸 수 있겠지만, 이 싸움은 그런 총력전이 아니다. 기동력이 필요한 상황에서 물자만 잡아먹는 신병은 족쇄가 될 뿐이다.

하지만 클라우제너 공작이 있으니 그것은 아무런 문제도 되지 않았다. 그는 아무렇지도 않게 사재를 풀었다. 막대한 양의 물자와 클라우제너에서 불러온 행정관들이 순식간에 북방군을 변화시켰다.

좋은 대우는 사기를 올렸으며, 뒤늦게 합류한 의용군 부대는 세밀하게 편성되었다. 공작은 퇴역 군인을 받아들여 소수의 신병을 지휘하게 함으로써 훈련도를 높였다.

이런 일은 설령 전권을 준다고 해도 북방군 수뇌부에게는 불가능한 일이다.

열차를 확보한 것도 공작이 한 일이었다. 이것이 내전이라는 것을 생각했을 때, 부대를 철도로 수송하는 것은 위험한 일이다. 진입 루트가 명확하게 보일뿐더러, 황후는 철도를 확보하는 데 온 힘을 기울이고 있었으니까. 그러나 공작은 그것을 뇌물로 해결했다.

'이해득실로 길들인 자를 중하게 쓰면 안 되는 법이지.'

돈은 북방에서 바우어부르크까지 길을 훤히 열었다. 아니, 사실 그걸 막으려 해도 황후는 제대로 해내지 못했으리라.

클레어는 석탄 공급을 다시 풀었으나, 상황이 상황인지라 이미 파기된 계약의 재협상은 난항을 겪고 있었다. 에리히는 물밑에서 추가적으로 손을 썼다. 공작령 밖으로 석탄이 나가는 것을 금지한 것이다. 그러자 담당자들은 재계약을 막기 위해 각자 이유를 대며 시간을 끌었다.

북방군 부사령관 클라인은 거기까지는 알지 못했으나, 황후가 동력원을 아껴야만 하는 상황이라는 것은 알고 있었다. 철도가 중지되는 순간, 충성심은 하락했다. 뚫을 수 있는 구멍이 얼마든지 있었다.

바우어부르크에서 일단 진군을 멈춘 것은 여기서부터는 확실하게 황후의 영역이었기 때문이다.

"이해할 수 없군요. 우리가 여기까지 와 있다는 것을 황후가 모를 리가 없는데."

"……."

에리히에게서는 대답이 없었다. 클라인도 굳이 대답을 요구하려던 것이 아니었으므로 말을 이었다.

"지금 가장 중요한 것은 북방군을 손에 넣는 것일 텐데요."

지금 황후에게 가장 위협이 되는 것은 클라우제너의 호위병이 아니라 폭동과 이 자리에 있는 북방군일 것이다. 그것을 도외시하고 공작저를 건드리다니, 어떻게 해도 손해밖에 되지 않는다.

지금 공작 부인은 아렌의 영웅인 동시에 로멜 귀족의 정점에 있다. 황제의 생존이 공표되지 않았으므로, 정통성을 따져 황자의 즉위를 지지하며 상황을 관망하고 있는 자들조차도 그녀를 건드리면 벌 떼처럼 항의할 것이다.

그러니 리누스 황자는 지금 이곳에 왔어야 했다. 적어도 왕당파와 보수적인 의용군은 공작과 황자 중 한쪽을 택하라면 황자를 택할 것이다.

'리누스 황자는 모친에게 휘둘리고 있을 뿐이다.'

그렇게 여기는 자도 적지 않았다.

클라인은 의아하게 그를 바라보았다. 대답 없는 에리히의 안색은 무서울 정도로 굳어 있었다. 클라인을 쳐다보고 있지도 않았다.

"각하."

"별동대의 출군은 언제지?"

"두 시간 후입니다. 철도로 인근까지 이동한 후에 기병대로 움직일 예정입니다."

"나는 거기 동행하겠네."

에리히가 그렇게 말하고 일어섰다. 클라인은 깜짝 놀라 그를 붙잡았다.

"위험합니다, 각하."

"상황이 급박해. 리누스가 무슨 생각을 하는지 모르겠군. 내가 가는 쪽이 대처가 가장 빨라."

무엇보다도 아내와 아이를 위험한 곳에 두고 혼자 안전한 군영에 있는 것이 제대로 된 남자라고 할 수 있겠는가. 그러나 이런 말은 명령에 따라야 하는 군인들에게 하기에는 적절하지 못한 말이므로 그는 굳이 입 밖에 내지 않았다.

"각하."

클라인이 다시 염려스럽게 그를 불렀다. 에리히에게 만일의 일이라도 생기면, 지금 클라우제너의 힘으로 구축되어 있는 북방군이 와해될 우려가 있었다.

"걱정할 필요 없네. 리누스 따위가 나를 쓰러뜨리진 못할 테니."

에리히가 무표정한 눈빛을 유지한 채 차갑게 말했다. 그리고 출진 준비를 위해 집무실 밖으로 나갔다.

✦

발포가 멈췄다.

노이만 의장은 숨을 깊게 들이쉬었다. 이게 진짜 효과가 있을 거라고는 생각하지 못했는데, 계엄군은 총구를 내렸다.

넓찍한 대로에 모여든 시민군 앞에 하원 의원들이 일렬로 늘어서 가는 띠를 이루고 있었다. 소수이지만 아렌 귀족도 섞여 있었다.

이것은 클라우제너 공작 부인의 권고였다.

'이건 만약의 경우를 대비해서 미리 말씀드리는 거예요. 보나 마나 황후는 발포를 명령할 거예요. 지금은 공포로 다스리는 수밖에 없으니까. 일단 상황을 힘으로라도 무마하고 나면, 공포에 굴복했던 자들이 자기 정당화를 위해 황후도 정당화시켜 주리라는 것을 알고 있겠죠.'

'예.'

'그렇게 되지 않도록, 몸으로 막으세요.'

한순간 노이만 의장은 그녀의 말뜻을 이해하지 못하고 눈만 깜박거렸다. 공작 부인은 그것을 어떻게 받아들였는지, 약간 무심하고 냉정한 태도로 말했다. 그 얼굴은 공작을 꼭 닮아 있었다.

'아니, 강요하는 건 아니에요. 다만, 알고 있으니 말씀드리는 거예요. 남의 위에 서기 위해 피를 대가로 치러야 한다면, 그 대가를 치러야 할 것이 지금 누구인지.'

'공작 부인······.'

'이제 겨우 다섯 살 난 내 아들이 피를 흘려야 한다고 생각하지는 않으시겠지요?'

'어찌 감히 그런 생각을 하겠습니까?'

그의 말에 공작 부인은 잠시 말없이 생각에 잠겼다가 입을 열었다.

'제가 오해를 사도록 말했군요. 제 아이 대신 피를 흘려 달라는 게 아니에요. 노이만 의장님, 이번 일이 지나가고 나면 아주 많은 것이 변할 거예요.'

'알고 있습니다.'

'에리히는 의회주의자이고, 나는 그보다 더 그래요. 황실의 권위는 이미 땅에 떨어졌고, 황제 폐하께서는 심병을 앓고 계시고, 엘리엇은 너무 어리죠. 하지만 이 시위에 참여했던 사람들이 과연 아무것도 하지 않은 하원을 신뢰할까요?'

노이만 의장은 어리석지 않았으므로 그녀의 말을 바로 이해할 수 있었다.

지금까지 그들은 선거로 선출되기는 했으나 실제로는 후원자의 이익을 대변해 왔다. 그리고 선거권자들도 자연스럽게 인맥과 로비를 통해 그 세력의 일부가 되어 자기 뜻을 반영했다.

정치는 소수의 것이다.

하지만 지금 거리를 메운 것은 선거권자가 아닌 시민들이 태반이다. 그들은 피 흘린 대가를 요구할 것이다. 지금의 하원이 그때도 권위를 갖고 있을 수 있을까? 그럴 리 없었다.

그러니, 자리를 유지하려면 그들도 피를 흘려야 한다.

'전 사실 이런 충고를 하지 않는 게 옳을 수도 있다고 생각해요. 구태를 남기는 일이니까요.'

'드릴 말씀이 없습니다.'

'그래도……, 너무 많은 피가 흘러 씻을 수 없는 원한이 생기지는 않았으면 좋겠네요.'

아이를 위해서.

엘리엇은 이미 머리 위에서 관을 벗을 수 없으니, 이왕이면 사랑받았으면 좋겠다고 클레어는 생각했다.

노이만 의장의 말에 우왕좌왕하던 하원 의원 다수가 마음을 굳혔다. 상당수가 이미 디트마어에게 마음이 기운 뒤였고, 울리히가 감옥에서도 테러를 당했다는 소식이 더욱 결정을 재촉

했다.

몇 명은 피를 흘리게 될 것이고, 그것이 더욱 많은 피를 불러올지도 모르지만, 그들은 시위대의 맨 앞에 섰다. 이 중에는 나중에 클라우제너 공작가와 황손에게서 떨어질 이득을 생각하고 그러는 자도 있었으나, 또 많은 수가 진심이기도 했다.

계엄군은 당황했다. 지휘를 맡고 있던 제3 친위사단 소속의 장교는 머뭇거렸다. 하원 의원을 향해 발포하는 일을 그가 임의로 결정할 수는 없었다.

"당장 가서 사단장 각하께 이 소식을 알려라!"

전령이 황급히 달렸다. 그러나 야코프는 이때 제자리에 있지 않았다. 직접 클라우제너 공작저로 이동 중이었기 때문이다.

황후가 리누스가 시킨 일에 대해서 들은 것은 이 시점의 일이다. 야코프 장군이 출발하기 전에 서둘러서 황후에게 소식을 보냈기 때문이다.

황자의 뜻을 어길 수는 없었다. 그래서는 황자가 아니라 황후에게 충성한다는 것을 드러내는 것이나 다를 바가 없다. 미래의 황제가 될 사람에게 밉보이고 싶지 않았다. 황후와 황자가 썩 좋은 사이도 아니니 더더욱 그렇다.

그러나 야코프는 이게 맞는 일이라고 생각하지도 않았다. 클라우제너 공작가를 공격했을 때 생길 수 있는 여러 가지 문제에 대해서 그는 리누스보다 훨씬 다각도에서 곤란하게 생각하고 있었다.

아니, 리누스라고 해서 그것을 모르는 것도 아니다. 다만 그는 감정적이었으며, 솔직히 성공을 바라는 마음조차도 없었기 때문에 내키는 대로 행동했을 뿐이다.

"쯧."

황후는 초조함을 가볍게 혀 차는 정도로 간신히 가렸다. 하원 의원에 이어 리누스까지.

"차라리 잘됐어."

"예?"

동석하고 있던 하츠펠트 후작이 놀라서 되물었다. 황후는 냉혹한 얼굴로 말했다.

"안 그래도 클레어 델포드를 잡아야 되겠다고 생각하고 있었어."

황후는 이미 후회하고 있었다.

이럴 줄 알았다면 진즉 클레어를 암살하여 처리했을 것이다. 막시밀리안의 보호가 있었다고는 하지만, 그녀는 제법 자주 공적인 장소에 나타나곤 했었다.

연단 위에서 살인을 저지를 수는 없다고 생각했다. 드러나는 방식으로 노골적으로 암살하면 아렌인과 클라우제너의 분노를 불러일으켜 싸움이 터질 것을 우려해서 참았다.

그러나 어차피 일은 터졌다. 이제 와 생각해 보면, 클레어를 일찌감치 치웠다면······.

'그래도 결국 에리히와 싸우는 건 피할 수 없었을까?'

적어도 로멜 귀족의 지지만은 유지하려고 했던 것이 패착이었을지도 모른다.

"반발이 아주 심할 겁니다. 공작 부인은 임신 중입니다."

에른스트 소공작이 어쩔 줄 몰라 하며 말했다. 하츠펠트 후작이 고개를 저었다.

"지금 반발하는 자는 어차피 클라우제너를 지지하는 자들일 겁니다."

"하지만……."

"하원 의원이 거리에 나온 시점에서 이미 온건하게 마무리할 방법은 없어졌습니다. 불순분자들은 어차피 저기에 있겠지요."

하츠펠트 후작이 창문 쪽을 가리키며 말했다. 그로버 탑의 화재는 꺼질 기미가 없어서, 황후궁의 창밖으로는 하늘을 메운 화광이 보였다.

"오늘은 횃불이 필요 없겠어."

황후는 무심결에 중얼거렸다. 별 뜻 없는 말이었는데, 좌중이 송구한 듯이 고개를 숙였다.

"어쨌든 병력이 모자라. 북방군 소식은 들었나?"

"근처까지 내려와 있다는 건 알고 있습니다."

"에리히가 거기 있어."

"예?"

에른스트 소공작이 깜짝 놀라 되물었다. 그는 에른스트의 대표로서 이 자리에 불려 오기는 했지만, 기밀 정보를 실시간으로 보고받을 위치가 아니었기 때문이다. 황후가 가볍게 고개를 내저으며 말했다.

"딱히 숨길 생각도 없어 보이더군. 클라우제너의 행정관이 대거 북방군의 본영으로 이동했어. 의용군이 북방군에 합류하고 있더군."

저쪽의 병력은 점점 늘어나고 있고, 반면 이쪽에서는 아직도 친위사단에만 의지해야 하는 형편이다. 북방군 자체는 친위사단보다 강하다고 할 수 없지만, 병력 수가 크게 차이 나면 곤란해진다.

올덴부르크 후작이 말했다.

"염려하시지 않아도 될 것 같습니다. 의용군 따위는 발목을 잡을 뿐이니까요. 고작해야 군량을 낭비하기나 하겠지요."

"글쎄."

황후는 부정적인 태도로 중얼거렸다. 저쪽에는 에리히가 있다. 클라우제너의 재력만이 아니라 에리히 개인의 행정 능력도 우습게 볼 수 없다. 황후는 그가 방계 황족으로서 의무 병역을 치르던 시기에 소속 사단을 모조리 뒤집어엎어 재편했던 것을 잘 기억하고 있었다.

그리고 무엇보다도 문제인 것은, 에리히의 생존이 밝혀지면서 행정관들이 태업을 시작했다는 점이었다.

에리히의 황위 계승 순위는 4위, 결코 낮지 않았다. 지금까지 모습을 드러낸 적도 없는 리누스보다 에리히가 황제의 관을 머리에 썼으면 좋겠다고 내심으로 생각하는 자도 적지 않을 것이다. 행정관의 대다수가 중류 계급이라는 것을 생각하면 더욱 그랬다. 클라우제너 공작가는 선대 때부터 인기가 있었다.

결국 돌고 돌아 혈통이 문제였다.

'내가 남자였다면.'

이렇게 아들의 권리를 빌릴 필요가 없었을 텐데.

에른스트 소공작이 걱정 가득한 얼굴로 물었다.

"클라우제너 공작이 살아 있다고 해서, 임부를 사로잡는 것에 반발이 없지는 않을 겁니다."

"에리히를 잡는 게 우선이야."

도박 같은 수이긴 했다. 그러나 반대로, 공작 부부만 잡으면 전부 해결되리라고 황후는 확신했다.

무력한 황제와 늙은 아렌 공왕이 무엇을 할 수 있단 말인가? 비록 그들의 권한이 살아 있다고 할지라도, 제국 전체를 아울러 통솔하여 자신과 맞설 수 있으리라고는 생각되지 않았다.

"철로를 따라 탄약을 깔고, 별동대도 매복시켜."

"북방군이 열차로 오지는 않을 겁니다. 동력이 넉넉한데도 바우어부르크에서 멈춘 것에는 이유가 있으니까요. 전 차라리 철로를 끊어야 한다고 생각합니다."

"클라우제너 공작이 올 겁니다. 공작 부인이 공격당하는 것을 그대로 두고 보지 못할 테니까요."

황후 대신 아우구스타가 설명했다. 좌중은 대부분 미심쩍은 반응이었다. 공작이 굳이 그런 위험을 감수할 것 같지 않았던 것이다.

"바우어부르크의 북방군이 진군하면, 제1 친위사단이 막도록 하지. 장군들과 의논해 보겠네."

"알겠습니다."

"하츠펠트 후작, 그리고 이제 모병은 포기하고 징집하는 게 좋겠어."

"알겠습니다."

쉽지 않은 일이겠지만, 해야 했다.

고위 귀족의 권위와 막대한 재력으로도 원하는 만큼의 병력을 모아들일 수 없다는 건 모두 그들에게는 예측 밖의 일이었다. 하지만 수도에서는 어쩔 수 없었다.

"어차피 총알받이로 쓸 놈들이야. 불순분자부터 끌어내."

"명대로 따르겠습니다."

하츠펠트 후작이 고개를 숙였다.

문이 열리다

야코프가 제3 친위사단을 이끌고 당도했을 때 공작저의 불은 완전히 꺼져 있었다.

"이걸 몰랐나?"

그가 황당하다는 듯 물었다. 먼저 보낸 정찰병이 죄송한 듯 고개를 숙였다.

"7분 전에 경비대가 전원 철수했습니다."

"위치는?"

"알 수 없습니다. 모두 각자 흩어져 거리로 사라져 버렸습니다. 몇 명에게 꼬리를 붙였습니다."

아마도 수확은 없을 것이다. 경비대까지 철수할 정도라면, 주요 인사는 모두 벌써 몸을 숨겼을 게 분명했다. 부관이 당황을 숨긴 채 물었다.

"어찌하시겠습니까, 각하?"

"일단 확인은 해야지."

매복이 있으면 있었지, 그들이 찾는 사람이 남아 있지는 않을 것이다. 그러나 야코프 입장에서는 성의를 보여야 했다.

"사람을 풀어. 공작 부인은 회임 중인 몸이다. 그렇게 빨리 움직일 수 없어."

"예."

부관이 명령을 받아 정찰대를 몇 개 더 분산하여 데리고 움직였다.

"넌 레이디 아우구스타에게 가서 클라우제너의 안가 목록을 받아 오도록 해."

위치를 전부 다 확보하고 있지는 못하겠지만, 그래도 일부라도 찾는 수고를 덜 수 있을 것이다.

일단 한번 건드린 이상에는 반드시 성공해야만 한다. 그는 리누스가 진짜로 이 일을 책임질 수 있을 거라고 생각하지 않았다. 움직였으니, 황후조차 납득할 만한 결과물을 가져가야 한다.

그는 손수 부하를 거느리고 공작저 안으로 들어섰다. 상아궁은 역사적인 가치가 있는 귀중한 건물이다. 함부로 손상시킬 수는 없었다.

전령은 오래 걸리지 않아 아우구스타의 전갈과 함께 두툼한 목록을 가지고 왔다. 그것은 클라우제너가 합법적으로 소유한 부동산과 클라우제너 가신 소유의 부동산 목록이었다. 평소 같으면 좀 더 여과된 정보를 보내 주었겠지만, 오늘은 아우구스타에게도 그 정도 여유는 없는 모양이다.

"공작 부인을 모시고 있는 건 막시밀리안 경이야. 군인처럼 생각하는 게 옳겠지."

그는 공작의 집무실로 들어가 지도를 찾아 펼쳤다. 부하들은 집무실의 서류를 뒤졌으나, 쓸 만한 것은 치워 둔 지 오래인 것 같았다.

밖에서 소란이 들린 것은 그때였다. 야코프는 신경질을 느끼며 밖으로 나섰다.

"황자 전하."

그는 얼굴을 굳히지 않을 수 없었다. 리누스가 저택 안으로 성큼성큼 걸어 들어오고 있었다. 친위사단의 병사들은 황송하여 어쩔 줄을 몰랐다. 황자를 직접 알현할 일은 흔치 않았으니까.

리누스가 발을 멈췄다. 야코프는 그를 달래려는 듯이 부드러운 목소리를 냈다.

"여기까지 오셨습니까? 황송합니다만, 전하. 아무래도 공작 부인은⋯⋯."

"아니."

리누스가 미지근하게 식은 목소리로 중얼거렸다. 기이하게 일그러진 표정으로 그가 복도에 걸린 그림을 돌아보았다가, 바닥을 내려다보았다.

"전하?"

"아니, 아무것도 아니야."

괴로운 목소리였다. 야코프는 리누스의 곁으로 다가가 그가 보고 있는 그림을 함께 보았다. 그것은 에리히의 친모가 살아 있던 시절, 어린 그를 안고 그린 그림이었다. 죽은 헨리에타 황후와 제러드 황태자의 모습도 나란히 그려져 있었다. 아마도 아이가 쏙 닮은 것을 남기고 싶어서 그렸을 것이다. 두 어머니는 그림 속에서도 재미있다는 듯이 웃고 있었다.

야코프는 그 두 사람이 성장기를 지난 다음에야 만났기 때문에, 기질적인 차이가 얼굴에 드러나는데도 불구하고 쌍둥이 같다고 생각했었다.

그러나 이렇게 어릴 때를 보니, 나이 차이가 있어 형제처럼 보였다. 공작은 이때 다섯 살 전후였을 것이고 황후의 품에 안긴 황태자는 그보다 훨씬 어린 아기다.

야코프는 새삼스럽게 초상화의 두 사람이 리누스와 제러드 황태자보다 훨씬 더 형제처럼 보인다는 사실을 인지하지 않을 수가 없었다. 리누스가 신경 쓰지 않았다면, 생각도 안 했을 일이었다.

"무언가 마음에 걸리는 것이라도 있으십니까?"

"혈연이라는 게 이상하다고 생각해서."

"그건 그렇습니다. 닮는다는 게 좀 재미있을 정도이지요."

신경질적인 황자에게 야코프는 조심스럽게 대답했다.

"황자 전하께서는 황후 폐하를 많이 닮으셨습니다."

"그렇겠지."

아비의 얼굴은 황궁의 그 누구도 모를 테니, 자신의 얼굴과 닮은 점을 찾아낼 수 있는 상대는 황후뿐일 테니까.

지배 가문과 황실 간의 오래된 통혼 관계를 생각할 때, 오히려 자신에게 그 피가 거의 드러나지 않았다는 것이 가장 놀라운 일이다.

하지만 그런 일에 새삼 상처받을 필요는 없다. 그는 다른 것보다도 저 안에서 엘리엇의 얼굴이 보인다는 것이 제일 신경 쓰였다. 엘리엇을 가진다고 해서 자신이 제러드가 될 수 있는 게 아니라는 것도.

"황자 전하."

"딱히 용건이 있는 건 아니었어. 공작저의 저항이 극심하다면, 내가 있는 편이 나을까 싶어서 왔는데, 이미 놓쳤군."

"황공합니다."

"뒤에 물이 있는 곳일 거야."

리누스는 그렇게 말하고 돌아섰다. 야코프가 의아한 듯 물었다.

"왜 그렇게 생각하십니까?"

"클레어는 근본적으로 남을 못 믿는 여자야. 자존심도 세고. 포위되면 뛰어들 강이라도 있어야겠지."

"말씀하시는 뜻을 알겠습니다."

군대라면 배수진은 결사의 각오를 뜻하지만, 성이라면 포위 당하더라도 배를 띄울 수 있다면 한쪽이 열려 있는 것이나 다름없다. 그렇다면, 경우의 수를 줄일 수 있었다.

누군가가 북을 쳤다. 음조 낮은 노랫소리는 웅웅거리고 하나로 뭉쳐져 도도한 강물처럼 길거리를 흘렀다. 하원 의원들이 방패처럼 막아선 앞에서 뒤로, 리나 슈나이더가 서 있는 자리에서부터 파문이 퍼지듯 사방으로. 그 자리에 있는 자들이 모두 같은 뜻일 리는 없다. 그러나 분열하는 목소리는 없었다. 모두 노래에 합류했기 때문이다.

제3 친위사단은 총구를 겨눈 채 긴장한 숨을 할딱였다. 이렇게 대기하고 있어 봐야 좋아질 일이 없었다. 사람의 수는 점점 늘어나서, 이제 끝이 안 보였다.

전쟁에서는 보통 20에서 30%의 사상자만 발생해도 전멸로 취급하고, 그 전에 패배가 확실해지면 겁에 질린 병사들이 달아나기 마련이다.

하지만 저 끝은 어디에 있을까? 대로를 가득 메운 것은 확실하지만, 도무지 짐작할 수 없었다. 저 중 20%를 확실하게 사살할 자신도 없거니와, 여기 몰려든 자가 전부인 것도 아닐 터이다. 바리케이드가 저 군중을 막을 수 있을까?

"반역자다. 흔들리지 마라."

제2 친위사단장 그라이저가 단호한 목소리로 말했다.

"저희들이 뭐라고 말하든, 황궁을 향해 무기를 들고 쳐들어오는 자들에 불과해. 우리는 자랑스러운 제국군의 정예로서, 황궁과 황실의 정통한 후계자를 지켜야 할 의무가 있다."

"어리석은 소리!"

맨 앞에 서 있던 노이만 의장의 목소리가 날카롭게 허공을 찢었다.

"여기 있는 건 프리드리히 대제께서 세우신 황법에 의해 비상시 황권을 대행할 자격이 있는 하원과 내각의 각료이며, 뒤에 선 것은 제국민의 뜻이오!"

"맞다!"

"우리가 제국민이다!"

한순간 노랫소리가 그치고 그런 말이 돌림 노래처럼 앞에서부터 뒤까지 파도치듯 이어졌다. 뒤에 있는 자들은 어떤 맥락에서 그런 말이 나왔는지 알지 못했으나, 이미 공동의 의식을 느끼고 있었으므로 기꺼이 그 선언을 따라 했다.

아우구스타가 나타난 것은 이때의 일이다.

"그라이저 장군, 잠시 제가 이야기하겠습니다."

"레이디 아우구스타, 위험합니다."

사거리가 닿는 범위였다. 하지만 아우구스타는 고개를 젓고, 앞으로 나섰다.

"황후 폐하의 명령이십니다."

그라이저는 한마디도 덧붙이지 않고 곧바로 자리를 비켜 주었다.

아우구스타는 혼자서 바리케이드 바깥으로 나갔다. 나이 든 귀부인이 꼿꼿한 모습으로 혼자 나서자, 노랫소리가 앞에서부터 잠시 멈추었다. 그래서 아우구스타의 목소리가 밤하늘을 가로질러 울렸다.

"노이만 의장 각하, 황후 폐하께서 이 탄원을 듣기로 하셨습니다."

그건 사태의 규모를 순식간에 단순한 탄원으로 축소시키는 말이었다. 하지만 아우구스타의 당당한 태도에는 그것을 진짜처럼 느껴지게 하는 기백이 있었다.

"몇 분만 함께 가시지요. 이 모든 사람이 모두 다 함께 황궁으로 간다는 것은 불가능한 일이니까요."

작은 술렁임이 퍼졌다. 아우구스타는 동요를 느끼고 쐐기를 박듯이 말했다.

"믿어 주십시오. 황후 폐하께서는 이미 아편과 노예 문제를 잘 인식하고 계시며, 이미 성실하고 책임감 있게 대응하고 계십니다."

"하원 의원 두 사람이 암살당했습니다. 이미 한 번 이 문제에 대해서 제가 말씀드렸을 터입니다. 하원 의원을 공격하는 일은 제국법을 공격하는 일이나 마찬가지라고요!"

"어떤 자가 저질렀는지, 참으로 유감스러운 일입니다. 그 범인도, 반드시 찾아내도록 하겠습니다. 사실 생각지도 못한 일이라, 그로버 탑에서 불이 나자마자 범인을 찾고 있습니다."

아우구스타의 말은 진심처럼 들렸다. 그래서 노이만 의장은 한층 곤란해졌다.

이게 유의미한 일일 리 없다. 평민이 이렇게 집단으로 항의하는 것을 황후가 용납할 리 없고, 지금 모여든 군중도 약속 몇

마디에 흩어질 리 없다. 무엇보다도 황후는, 지금 하원 의장인 자신을 비롯해서 구심점이 될 만한 사람을 시위대에서 분리한 다음, 강제 해산시키려는 게 분명했다.

하지만 지금 아우구스타가 공개적인 장소에서 양보하는 것처럼 보인 이상, 받아들이지 않을 수도 없었다. 여기서 이게 다 책략 아니냐고 따지면, 오히려 자신이 싸움을 일으키려는 사람처럼 보이지 않겠는가.

그에게 구원의 손길을 내민 것은 리나 슈나이더였다.

리나는 맨 앞이 아니라 거리 중간쯤에 있었다. 그러나 그녀가 앞으로 나서려 하자 사람들이 모두 길을 비켜 주었기에, 손쉽게 나아갈 수 있었다.

아우구스타가 그녀를 바라보았다. 리나는 구겨져 너덜거리는 후드 망토 위에 흐트러진 금발을 무심코 어루만지면서 말했다.

"황후 폐하께서 귀를 기울여 주실 거라면, 지금 당장 들어주실 수 있는 것부터 하나 들어주세요."

"그게 무엇입니까, 슈나이더 백작 영애?"

아우구스타는 일부러 큰 목소리로 말했다. 리나의 신분을 사람들에게 주지시킴으로써 시위대와 그녀를 분리시키려는 의도가 있었다. 하지만 리나는 맑고 잘 울리는 목소리로 말했다.

"수도의 폐쇄를 풀고 통행을 허락해 주세요."

"······."

"생업에 문제가 생긴 사람도 많지만, 적지 않은 수가 집에 돌아가지 못하고 있어요. 밖에서 들어오지 못하든, 안에서 나가지 못하든. 수도에 머무르느라 돈을 전부 써 버리고 길에서 자다가 잡혀가는 사람도 있고, 집에 돈을 보내지 못하는 사람도 있어요. 아마 가족이 굶주리고 있을 테지요."

"슈나이더 백작 영애, 그건 그렇게 간단한 일이 아닙니다. 황제 폐하께서 공격당하신 상황에서……."

"그 일이 수도에서 벌어진 것도 아니잖아요. 황궁을 이만큼이나 철저하게 지키실 수 있다면, 황후 폐하와 황자 전하의 안위도 걱정할 필요 없을 것 같은데요."

리나가 말했다. 동의하는 외침이 여기저기에서 올라왔다. 아우구스타는 긴 소맷자락 속에서 주먹을 꾹 쥐었다.

"기차역까지 열어 달라고 청하지는 않을 거예요. 길 한쪽만 열어도……."

그때였다.

피우우웅……!

멀리 수도 외곽 쪽에서 신호 소리가 들려왔다. 이미 해가 지고 있었기에, 노란 불꽃이 쏘아 올려지는 모습이 선명하게 보였다. 그것은 적군이 바로 앞까지 도착해 있다는 신호였다.

시위대에도 퇴역 군인이 섞여 있었기에, 그 신호는 금세 알려졌다. 아우구스타는 황급히 철책 안으로 다시 들어갔다. 전령이 미친 듯이 말을 달려왔다. 그리고 쓰러질 듯한 목소리로 소리쳤다.

"아렌 공왕이 남쪽 가도로 남방군을 이끌고 와 있습니다!"

제2 친위사단의 장교 랄프는 망연한 기분으로 남방군의 군기와 그 옆에서 펄럭이는 아렌 왕가의 깃발을 보았다.

명령대로 요충지에 군사를 배치하면서도 이게 무슨 소용인가 했었다. 남방군이 반역할 것도 아닌데. 하지만 이제야 명령의 참뜻을 알겠다. 상부에서는 이 사실을 알고 있었을 것이다. 물론 이 정도로 빠르게 진격할 줄은 몰랐을 테지만 말이다.

이건 철도를 이용했다는 뜻이다. 그리고 그건 다른 말로 하자면, 남방군의 주둔지부터 수도 위성 도시인 이곳까지, 역이 있는 지역을 모두 확보했다는 자신감이 있다는 뜻이었다.

'황후 폐하께서도 알고 계시는 건가.'

알고 있을 것이다. 즉위식을 서두르는 이유를 새삼 이해할 수 있었다.

그는 요새 밖으로 몸을 내밀고 남방군 사령관 제프에게 큰 소리로 물었다.

"이게 어찌 된 일입니까? 반역할 작정입니까, 제프 각하?!"

"반역이라니. 본디 아렌 왕가에 아렌 군 통수권이 있으니, 이는 정상적인 명령 체계라네."

아렌 공왕이 느긋한 걸음으로 제프의 곁으로 와서 말했다.

결혼 합병을 할 때 여러 가지 문제가 있었다. 당시의 로멜 황실과 아렌 왕실, 양국의 귀족원은 합병에 동의했으나, 끝내 의견 차를 좁히지 못한 부분이 많이 있었다. 그들은 그 문제에 대하여 오래된 방식에 따라 행동했다. 대부분의 것을 묵시적인 관습 속에 묻어 둔 것이다.

아렌 왕가의 통수권도 마찬가지다. 통치권을 황실에 위임한 왕가가 다시 군에 손을 댈 일은 없었다. 아렌 지역에 주둔한 군대가 아렌군인가 아닌가도, 따져 보면 복잡한 이야기가 될 수 있다.

황제나 황태자, 둘 중 한 명만이라도 생존해 있었다면, 이 허락 없는 군사 행동은 반역이었을 것이다. 혹은 리누스 황자가 아렌 왕가 출신이기만 했어도, 아니 적어도 아렌 왕가의 지지를 얻고 있거나 이것이 로멜과 아렌 사이의 싸움처럼 되지만 않았더라도 이런 일은 없었을 것이다.

그러나 지금은 황제가 없다. 실제로 즉위하게 될 황자에게 반기를 드는 것은 제국에 대한 반역이 아니냐는 말 또한 의미가 없다. 황권을 대리하는 하원과 내각이 황자의 세력과 대치 중이기 때문이다.

"무장 병력의 진입은 불가합니다. 공왕 전하께서 들어오시겠다고 하면, 그것을 막지는 않겠습니다."

"그런가."

아렌 공왕이 담담한 목소리로 대답했다. 놀랍고도 신기한 기분이 들었다. 젊은 시절처럼 손발에 힘이 가득했다.

친위사단이 이 사태에 놀라는 것은 요즘 사람들이 너무 많은 것을 잊었기 때문이다.

합병은 고작해야 백 년 전 일이었다. 요즘 젊은이들에게는 아득히 옛날 일 같겠지만, 칠순이 훌쩍 넘은 아렌 공왕의 입장에서는, 그가 어렸던 시절만 해도 아렌 왕가는 아직 아렌의 군

주였다.

아렌 출신의 배우자를 맞이하고, 그 소생을 후계자로 세우는 것을 우선시하는 계승법은 오로지 아렌을 위해서만 만들어진 것이 아니다.

두 나라가 진정한 의미에서 하나가 되는 것은 단시간에 가능한 일이 아니다. 황후는 남부 아렌까지 모든 행정관을 장악하고 있다고 생각했을 테지만, 실제로 봉급을 주는 사람이 누구인지, 출세하기 위해 누구의 줄을 잡았는지와 별개로 공왕의 부탁을 거절하는 이는 없었다.

지금처럼 대립이 첨예한 시점에서는 더더욱. 아니 오히려 출신지에 대한 의식이 흐려져 가던 시점에서, 로멜 우월주의가 생김으로써 도리어 다시 한번 아렌인으로서 자부심이 고취되었다. 공왕이 알던 '아렌인다움'과는 달랐으나, 로멜 황실과 다른 상징이 필요했으므로 왕가를 쉽게 받아들였다. 옛날 같은 충성심은 없었어도 말이다.

공왕은 황후의 방법이 비효율적이었다고 생각하지 않았다. 소수로 다수를 지배하려면, 다수가 분열해야만 한다. 평민을 아렌과 로멜로 분리하여 로멜이 세상을 지배한다는 인식을 심어 준다. 아렌은 로멜을 공격하고, 로멜은 아렌을 짓밟는다. 그리하여 무력한 아렌과 어리석은 로멜을 소수로 지배할 수 있게 되는 것이다.

하지만 짓밟힌 자는 첨예한 정신을 갖게 되는 법이다.

"공왕 전하, 어찌하시겠습니까?"

제프가 물었다. 아렌 공왕이 명령한다면, 내전을 일으키는 것 또한 기꺼이 감수할 것이다. 그러나 아렌 공왕은 고개를 저었다. 대신 의자를 가져다 달라고 손짓했다.

"실례하겠네. 내가 늙으니 오래 서 있기 힘들어서."

"아닙니다."

"우리는 기다리도록 하지."

아렌 공왕은 의자에 앉아 태연하게 말했다.

내전을 그렇게 쉽게 결정할 수는 없다. 그걸 막아 보자고 딸이 죽었을 때도 눈을 감았고, 외손자 때도 황제에게 분노를 표하지 않았다. 제러드가 원한을 말한 적이 없었기 때문이다. 마음속 깊이 품었던 어떤 뜻에도.

복수를 하든 상징이 되든, 중심이 될 사람은 자신이 아니다.

그리고 누가 누구를 포위하고 있는지, 이제 황후도 알게 될 것이다.

클레어는 그때 안전 가옥에 조용히 머물고 있었다.

리누스의 생각대로, 뒤에 강을 끼고 있는 조용하고 오래된 건물이었다. 그러나 이곳을 택한 것은 클레어가 아니라 막시밀리안이었다. 뒤에 강을 두고 있는 것은 호위팀에게는 배수진이 된다. 반대로 만약의 경우 요인들은 강을 타고 빠져나갈 수 있도록 비밀 통로와 작은 보트가 준비되어 있었다.

"옛날 건물이군요."

등불을 든 빌헬름을 따라가 비밀 통로를 확인한 클레어는 중얼거리듯 말했다. 습하고 이끼 낀 돌벽에 손이 닿지 않도록 조심하면서 그녀는 왜 이곳을 관리하지 않았을까, 하는 생각을 했다.

"160년 정도 되었을 겁니다. 카르스텐스 공작가에서 지참금으로 주었던 저택이었는데, 원래 별저였던 이 건물만 남기고 나머지는 밀어서 개발했습니다."

"이 건물만 남긴 게, 이 비밀 통로 때문인가요?"

"그렇습니다. 당시에는 외성 바깥까지 통하는 비밀의 길이 있었다고 합니다."

수도 자체의 규모가 확장된 지금은, 비밀의 길을 이용한다고 해도 수도를 벗어날 수 없다. 몇 차례의 자연재해를 겪고, 또 개발된 구역이 넓어지면서 외성 자체가 대부분 없어지기도 했다.

지금의 방어는 요충지에 세워진 소규모 성과 요새에 의지하고 있다. 애당초 여기까지 적이 들어오면, 제아무리 방어해 봤자 패전한 것이나 다름없다.

하지만 비밀 통로 자체에는 의미가 있었다. 적어도 수도 중심가는 확실하게 벗어날 수 있으니까.

"비밀 통로를 유지하기 위해 일부러 청소도 하지 않았습니다. 가끔 보안부의 몇몇이 문이 제대로 열리는지만 관리하고 있다고 알고 있습니다. 카르스텐스 가문이 사라진 지금은 이곳의 존재를 아는 외부 사람이 없지요."

"리누스도?"

"물론 모르실 겁니다. 공작가의 직계와 보안부의 극소수만
알고 있습니다. 저도 이번에 들었고요."

"대부인께서도 모르실까요?"

그 말에 빌헬름이 움찔했다가, 작게 헛기침을 했다.

"선대 공작 각하께서 대부인을 사랑하긴 하셨지만, 중요한
일을 의논할 상대로 여기시진 않았습니다."

"그렇군요."

클레어는 덤덤하게 대답했다. 두 사람은 비밀 통로 밖으로
나왔다. 어둡고 침침한 통로와 달리, 가옥 자체는 깔끔하고
단정하게 청소되어 있었다.

클레어는 안락의자에 앉았다. 가스등을 켜는 대신 촛불을
딱 하나만 밝혔다. 가능하면 지금까지 그래 왔던 것처럼 빈집
으로 보이기를 바랐다.

막시밀리안이 집 안을 모두 점검했다. 검은 옷을 입은 호위
들이 총을 든 채 구석구석 배치되고, 저택 전부가 고요한 밤처
럼 가라앉았다.

시위대와는 꽤 떨어진 곳에 있는데도, 멀리서 노랫소리가
들려왔다. 동일한 멜로디가 반복되는 단조로운 곡조는 공연을
한 번도 본 적 없는 클레어조차 벌써 따라 부를 수 있을 만큼
쉽고 중독적이었다.

작곡가가 애초부터 이런 목적으로 만든 것처럼 말이다. 오

페라에서 시작되었으리라고는 생각하기 어려웠다.

실제로 많은 사람의 마음이 모두 하나로 이어져 한마음이 된 것도 아니고, 그리고 있는 미래의 형상도 각자 다르다. 아마도 끝에는 싸우게 되겠지만, 적어도 지금 이 순간만은 같은 목표를 추구하고 있다.

"정말로, 이대로 괜찮으시겠어요?"

요안나가 조심스럽게 물었다. 클레어는 고개를 끄덕였다. 그녀는 일부러 정보도 이 이상 듣지 않기로 했다. 정보를 들으려면 사람이 계속 출입해야 하는데, 그러다 자신의 위치가 노출될 위험이 있기 때문이다.

"무모한 짓을 하는 것은 지금까지로 충분해. 걱정은 되지만……, 아기 생각도 해야 하니까."

게다가 클라우제너 공작 부인인 자신이 앞에 나선다 해도 더 나은 결과가 나오리라는 보장이 없었다. 이제는 사람들을 믿고 기다릴 때였다.

"막시밀리안 경, 이제 부탁해도 될까요?"

그가 고개를 끄덕였다. 그리고 검은 모자를 쓴 채 혼자 훌쩍 밖으로 나섰다. 클레어는 망토를 벗지 않은 채 소맷자락 안에 갖고 있던 리나의 통행증과 위조 신분증을 만지작거렸다.

이때 황후는 친위사단 주둔지로 향하는 마차 안에 있었다. 황궁에서는 상황실을 만든다 해도 빠르게 대처하는 데 한계가 있었기 때문이다.

지금 가장 급박한 것은 북방군 쪽의 상황이다. 북방군 별동대가 수도 북쪽의 역으로 들어오는 철로 중 네 개를 폭파했다는 말을 들었을 때부터 황후는 혼란에 빠졌다.

기차역을 확보할 작정이 아니었던가? 아니면, 중앙역으로 들어올 작정이니 그쪽 철로는 필요 없다고 생각하는 건가?

황제와 아이는 어쩔 작정인 걸까? 결국 수도로 데려오긴 해야 할 텐데, 그들이 도보로 진군하는 북방군 본대와 함께 오는 것은 불가능하다. 그것은 사실상 주력 부대를 포기하는 것과 다를 바가 없기 때문이다.

그러면 북방군 일부를 호위군으로 쓸 것인가? 하지만 이것도 주력 부대를 갈라야 한다는 점에서 훌륭한 선택은 아니다.

그러니 당연히 기차로 오리라 생각했다. 황후가 지금까지 철로를 보호했던 것은, 수도 자체가 독자적으로는 생존 불가능한 도시라는 점이나 에른스트 영지와의 연결을 유지하고 있어야 한다는 점도 있었으나, 황제의 이동 경로를 제한시키려는 목적도 있었다.

그것을 에리히는 거침없이 파괴해 버린 것이다. 결국 다른 수단이 있다는 이야기인데, 황후는 아직도 그것을 짐작하지 못했다. 수 싸움에서 이미 진 셈이었다.

그 와중에 달려온 전령이 아렌 공왕과 남방군의 소식을 전했다. 이것도 황후의 패배였다.

"쯧……."

황후는 마음속으로 욕을 내뱉었으나 겉으로 동요를 드러낼 수 없었으므로 가볍게 혀만 찼다. 남방군의 움직임도 생각보다 너무 빨랐다.

애당초 아렌 공왕의 군 통수권이 살아 있는 것부터가 문제다. 합법적인 권한은 설령 그것이 사문화된 법이라 할지라도 명분과 핑계로 사용될 수 있다.

클레어라면 도덕적 명분이나 사회적 합의가 그 위에 있으니, 명분을 획득하지 못한 것도 패배라고 말했을 것이다. 그러나 황후는 거기까지는 생각하지 못했다. 아직 그런 세상을 겪어 본 일이 없는 탓이다.

대신 그녀는 한탄했다. 이러니까 제국을 통합하려면 한쪽을 완전히 없애 버렸어야 했던 것이다.

'이해할 줄 알았는데.'

황후는 누구를 상대라고 할 것도 없이 생각했다. 그놈의 사랑 타령 따위에 에리히가 이렇게 나올 줄은 몰랐다. 황제처럼 애당초 그릇이 안 되는 자는 그렇다 치더라도 말이다.

그의 아버지인 선대 공작 프란츠 클라우제너는 더없이 완벽하게 일과 애정을 분리한 훌륭한 사람이었건만, 에리히의 정열적인 기질은 어디에서 온 것인지 알 수 없었다.

'아니, 알고는 있지.'

용모가 황실의 것을 닮은 만큼 나쁜 기질도 함께 옮겨 간 모양이다.

다정스러운 제러드도 그랬다. 돌이켜 보면 그는 표정과 몸짓, 성품이 에리히와 정반대처럼 보였으나, 진짜 속내를 뜯어 보면 꼭 그렇지만도 않았다. 자기 행동의 여파를 계산하는 방법이나, 그럼에도 불구하고 결국 제 마음과 결정이 옳다고 확신하는 오만함이 에리히와 똑 닮았다.

"하."

황후는 마음속으로 한탄과 억지스러운 조소를 뒤섞어 내뱉었다. 자신이 제러드였다면, 설령 아렌의 하급 귀족을 황태자비로 삼을 결단을 내렸더라도, 결코 델포드처럼 작은 가문을 고르지는 않았으리라.

물론 지금은 델포드 남작이 예사롭지 않은 인물이라는 것을 알고 있다. 그러나 그것은 결과론이다. 당시에만 해도 클레어 델포드는 아무것도 아니었다.

'헛된 생각이지.'

이미 죽은 제러드가 무엇을 할 수 있다는 건가. 의미 있는 일은 단 한 가지도 없었다. 그런데도 유령에게 사로잡힌 것처럼 자꾸만 옛일을 떠올리게 된다.

'지금이라도 결정을 돌이키시는 게 어떨까요?'

의붓아들이라는 이름의 정적은 한 번, 그렇게 직접적으로 말한 적이 있었다. 고작해야 갓 스물이 된, 바로 생일이 지난 지 며칠 되지 않아서의 일이었다.

'저 자신은 권력 자체에는 그다지 흥미가 없습니다. 황후께서

원하시는 것이 저의 죽음이니, 어쨌든 지금으로서는 살기 위해 싸울 수밖에 없지만요.'

'그렇게 말하니 마치 네 삶의 목표가 생존인 것처럼 들리는구나. 그럴 리가 없을 텐데.'

'황후께서 저를 잘 알고 계신다는 게 참 아이러니한 일입니다.'

말이 의붓어머니이지 단 한 번도 모자지간처럼 시간을 보낸 일이 없음에도, 아버지보다 그를 잘 알고 있노라고. 하긴, 20년을 죽이려고 노려보고 있었으니 오죽하겠느냐고 제러드는 미소를 지었다.

그런 말을 할 때도 웃음은 온화하고 입매는 다정했다. 마치 진심으로 웃고 있기라도 한 것 같은 얼굴이라 황후는 '이럴 때 조차도 위선을 가장할 필요는 없을 텐데'라고 생각했었다.

'생존이 목표라는 것도, 권력에 흥미가 없다는 것도 진심입니다. 다만, 저 혼자 살아남는 것만으로는 의미가 없으니까요.'

'……'

'저는 피를 대가로 받았습니다. 또, 아직 치르지는 않았지만 피로 적셔질 채권에 서명한 자가 너무 많지요. 그들의 생존이 목표라고 한다면, 황후께서도 이해하실 겁니다.'

'그래서? 넌 네가 받은 피에 대한 보상을 해야 할 텐데, 그 방법으로 떠올린 것이 이렇게 나를 찾아와 무엇인지도 모르는 결정을 돌이키라고 말하는 것이냐?'

'황태자의 자리를 리누스에게 주겠습니다.'

'어이가 없군.'

'아버지는 제가 설득할 수 있습니다. 대신 황후께서도 물러나십시오. 이건 그냥 제안입니다.'

거절해도 괜찮다고, 제러드는 덧붙였다.

'그다음부터는 의회에서 싸우시죠. 황후께도 나쁜 제안은 아닐 겁니다. 지금도 이미 의회에 막강한 영향력을 행사하고 계시니.'

'내가 그 제안을 받아들일 거라고 생각하느냐?'

'피를 피로 씻는 것보다는 그게 낫지 않습니까? 황후께서는 리누스의 머리 위에 일단 관을 씌운 후에 그것을 당신의 머리 위로 가져갈 생각이시겠지만, 제가 없어도 그게 간단히 되지는 않을 겁니다.'

'자신만만하구나.'

'백 년이나 지났어도 로멜과 아렌이 하나가 되지 못했습니다. 로멜을 에른스트로 바꾸는 게 쉽지 않을 겁니다. 하지만 의회를 통한 장기 집권은 충분히 가능한 일이죠. 차라리 그쪽을 노리시면 어떻습니까? 저는 정말로 당신과 싸우고 싶지 않습니다.'

'나야말로 묻고 싶구나. 왜 그렇게까지 하는 거지?'

'황후께서 원하시는 것이 오로지 에른스트와 로멜 귀족의 힘만으로 나라를 다스리는 것이니까요.'

'……'

'그렇게 하시면 안 됩니다. 사람은 자신의 운명을 자신이 선택할 수 있어야 합니다. 그리고 많은 문제가 그것만으로도 해결될 겁니다.'

황후는 그때 코웃음을 쳤었다. 어리석은 자들에게 제 운명을 선택하게 해 보았자 좋은 방향으로 가지 않는다. 단지 시가 상자에 들어 있었다는 이유만으로 제 손으로 처음 연잎 궐련에 불을 붙였던 황제처럼.

그것에는 아렌 공왕도, 에리히도 동의할 것이다.

'지나친 이상주의자만 아니었어도.'

아니, 이것은 헛된 생각이다. 제러드는 그녀의 아들이 아니고, 아들이 될 수도 없었다.

그래. 동시에 그녀는 그의 견해에 일부 동의하는 면도 있었다. 완전히 감정을 버릴 수 있는 자만이 지배자가 될 자격이 있다면, 자신에게조차도 자격이 없었다.

아니, 그것도 잘못된 생각이다. 제러드가 그 이상주의를 간직할 수 있었던 것은 그가 로멜의 장남이었기 때문이다. 설령 권력을 포기해도 그의 권위가 손상되는 일은 결코 없을 테니까. 오히려 그 앞에 무릎을 꿇고 그의 머리 위에 얹힌 관을 존숭하는 사람만 늘어났으리라.

진작 리누스를 포기했어야 했다. 사람을 남몰래 갈아 치울 기회는 얼마든지 있었다.

헨리에타가 부러웠다. 젊은 시절에는 늘 그녀를 바보라고 생각했고, 아들에게 그 사랑스러움과 함께 어리석음을 물려주었다고 생각했으나, 그녀는 제 아들을 포기하고 싶다는 생각은 한 적이 없을 것이다.

하지만 지금 그런 생각을 해도 다 쓸데없는 일이다.

황후는 치맛자락을 몇 번 매만졌다. 그러면서 드레스 밑자락에 숨겨진 큼직한 주머니 속에 들어 있는 작은 상자를 만지작거렸다. 이 순간 그녀는 평소 세상에서 제일 어리석다고 경멸하던 남자와 똑같은 충동을 느꼈다.

상자를 열어 숨을 한 번 크게 들이마시기만 하면 세상의 모든 것을 손에서 놓아 버릴 수 있다. 그것을 알기에, 자신은 타인과 다르다는 뜻으로 가지고 있었던 것인데.

"하아."

그녀는 한숨을 내쉬었다. 등받이에 기대고 싶은 기분이 들었지만, 방만한 자세를 취할 수 없어서 그러지 않았다.

전령이 마차 창을 두드렸다.

"황자의 소식이 있느냐?"

"레이디 아우구스타와 함께 시위대를 상대하러 가셨습니다."

"그래."

그 보고는 황후의 분노를 두려워한 자가 거짓으로 보낸 것이었으나, 황후로서는 알 수 없는 일이다. 그녀는 안도의 한숨을 내쉬었다.

황자가 직접 나서면 시위도 잠시간은 소강상태에 들어갈 것이다. 황자는 아비를 잃고 상중인 아들이다. 게다가 황후 자신이 아니라 황자가 전면에 나설 것이라는 그 시그널에 누그러질 이들도 많을 것이다.

그렇게 시간을 벌어 두고 일단 북방군을 처리한 후.

그 생각을 했을 때였다.

탕! 탕!

앞에서 총성이 들려왔다. 마차가 급박하게 멈추면서 몸이 확 앞으로 기울어졌다. 황후는 의자에서 떨어질 뻔했다.

"무슨 일이냐!"

"저게 시민을 노예로 만들려는 사악한 마녀다!"

멀리에서 고함 소리가 들려왔다. 마차 문이 벌컥 열리고, 호위가 말했다.

"몸을 피하셔야 합니다! 폭도입니다!"

황후는 눈을 휘둥그렇게 떴다가 경멸조로 내뱉었다.

"고작 폭도 따위에게."

걸음을 서두르기 위해 상대적으로 소수의 호위만 대동해서 이동 중이기는 했으나, 이쪽은 정예병이다. 폭도 따위에게 쫓겨 달아나야 할 이유가 없었다.

황후의 판단은 빨랐다. 이건 배신자다. 총격전이 계속되고 있는 와중에 마차에서 내리라는 것부터가 정상이 아니었다. 그녀의 소맷자락에서 조그만 권총이 나왔다.

탕!

총격전이 계속되고 폭도들이 소리를 지르고 있는 와중이라 그 총소리는 그리 두드러지지 않았다.

호위가 피를 흘리며 쓰러졌다. 황후는 마차에서 숄을 꺼내 걸치고 사뿐히 내려섰다. 동석하고 있던 레나테가 몸을 구부려 죽은 자의 옷깃을 젖혔다. 검은 연꽃 문장이 그려져 있었다.

"……."

황후는 말없이 마차 앞으로 나섰다.

"황후 폐하! 마차 안으로 다시!"

호위대장이 소리쳤다. 황후는 그 말을 듣지 않고 앞으로 나섰다. 한순간에 충격이 모두 정지했다. 그 누구도 황후가 진짜로 모습을 드러낼 거라고는 생각하지 않았던 것이다.

황후는 천천히 앞으로 나섰다. 그녀의 작은 체구에서 뿜어져 나온 기백이 그 자리의 모든 사람을 압도했다.

"이게 대체 무슨 일인가? 황실에 탄원하는 자라면 감히 무기를 근위대에게 겨누지 않을 터, 그대들은 반역자인가?"

당황한 기색이 폭도들 사이로 술렁이며 퍼져 갔다. 증오와 분노에 사로잡혀 지금 당장 황후를 끌어내려야 한다고 주장하던 사람들조차도, 정작 그녀를 앞에 두자 쉽사리 죽여 마땅하다고 외치지 못했다.

귀족은 푸른 피다. 황족은 그보다 더 고귀한 존재였다. 인간은 모두 같은 인간이라는 사상이 널리 퍼져 공감을 얻긴 했으나 여전히 마음 밑바닥에 박힌 오래된 감각은 사라지지 않은 채였다.

그리고 황후는 왜소한 체구에도 불구하고 더없이 그런 감각을 건드리는 사람이었다. 태어날 때부터 지금까지 바닥에서 흙이라고는 밟아 본 적 없을 것 같은 오만하고 위엄 있는 품격이 남아 있었다.

황후가 천천히 한 발을 내디뎠다. 호위대장은 그래서는 안 된다고 생각했지만, 황후의 앞을 감히 가로막지 못하고 물러섰다.

"대답하라. 그대들은 제국의 반역자인가?"

"우리는 제국에 반기를 든 것이 아니라, 수도를 폐쇄해 놓고 혼자서만 달아나려 하는 황후를 막으려는 것뿐이오."

누군가가 목쉰 소리로 답했다. 그러나 그 목소리에는 힘이 없었다. 그냥 공격을 이어 나갔어야 했다. 이 중에는 사상적으로 완성되거나 확고한 뜻을 가진 리더가 없었다. 감정적으로 시작한 일이기에, 일단 기세가 막히자 그것을 뚫을 자가 없었다.

황후는 내심으로 생각했다.

'이것도 에리히가 한 일인가?'

그가 했다기에는 지나치게 품위 없는 발상이지만, 그렇다고 클레어 같은 이상주의자가 할 만한 일도 아니다. 그녀는 냉랭한 목소리로 말했다.

"내가 혼자서 달아나려 한다고 누가 그러던가. 돌아가신 황제 폐하 대신 반역자를 무찌르기 위해 가는 길이다. 앞을 가로막는 자는 모두 반역으로 처벌하겠다."

황후의 목소리가 피비린내 나는 길 위를 청청하게 가로질렀다.

스테판은 모자를 눌러쓴 채 어깨를 움츠리고 그림자 진 골목에 서 있었다.

'대담하긴.'

최근에 꽤 망가졌다고 생각했는데, 역시 본래의 대범하고 자신감 넘치는 기질이 단숨에 어디 가지는 않는 모양이다. 총격전 한중간에 황후가 몸을 드러내고 앞으로 나설 줄은 몰랐다.

그러나 설령 저기에 리더가 없다는 것을 꿰뚫어 보았다 할지라도, 자신이 여기 있는 줄은 알지 못하리라.

"벤, 부탁해."

"어."

곁에 선 동지가 총을 겨눈 채 신중하게 호흡을 가다듬었다.

바로 황후를 쏘아 죽일 생각은 없었다. 목적이 그것이라면, 스테판은 더 일찍 성공할 수 있었을 것이다. 그녀를 죽이는 것보다 굴욕스럽게 만드는 것이 더 어려운 일이다.

명예로운 죽음, 자결 같은 것은 끼어들 틈도 없게 할 것이다. 황후는 자신의 자신감을 원망하게 되리라.

탕.

총성이 하늘을 찢었다. 비명을 지르며 바닥을 구른 것은 황후가 아니라 그 곁에 서 있던 레나테였다.

"아악!"

호위대장의 시선이 재빨리 골목 쪽으로 달려들었다. 그러나 스테판을 잡기 위해 움직이지는 못했다. 황후의 기세에 눌려 있던 분위기가 흩어져 순식간에 총격전이 다시 시작되었다.

벤이 총을 움켜쥔 채 떨었다. 스테판은 그 손에서 총을 빼앗고 등을 밀었다.

"도망쳐! 의사당 쪽으로 가서 사람 사이에 섞여."

"넌?"

"난 좀 더 여기 있을 거야."

행여나 황후가 진짜로 상황을 정리하는 일이 없도록 막아야 한다.

벤이 재빨리 골목을 달려 달아났다. 스테판은 총을 쥔 채 폭동 속으로 뛰어들었다. 레나테의 비명이 귓가에 남았으나 죄책감 따위는 없었다. 애당초 써먹기 위해 유혹했었으니까.

그는 자신의 몸과 얼굴을 이용하는 것에 익숙했다. 거기 홀려 오는 자와는 인간적인 관계를 맺지 않는다. 상대도 자신을 인간으로 보지 않으니까. 황후가 그의 아버지에게 그랬던 것처럼.

현실적인 이유로, 이왕이면 레나테가 아니라 호위대장을 맞혔다면 좋았으리라고 생각은 한다. 하지만 표적을 항상 확실하게 사살할 수는 없는 법이다.

"스테판!"

누군가가 고함을 질렀다. 황후였는지, 레나테인지는 분간할 수 없었다. 호위대장이 황급히 황후를 다시 마차 안으로 모시려고 했다. 그러나 그 전에 폭도가 물밀듯이 밀어닥쳤다.

처음부터 숫자가 압도적이었고, 황궁으로 가는 길을 평화롭게 걸어가는 것만으로는 만족할 수 없었던 자들이 총성을 듣고 합류하기도 했다.

"피하십시오, 황후 폐하……!"

호위대장이 소리쳤다. 누군가가 길가에 불을 질렀다. 황후
는 총탄이 벽에 박히는 것을 보고 놀라서 얼었다가, 다급히 드
레스 자락을 뭉쳐 쥐고 몸을 구부려 작은 동물처럼 마차 뒤로
숨어들었다.

그러나 미처 달아날 틈은 없었다. 길거리 위로 분류한 증오
가 그녀를 휩쓸었다.

"잡았다!"

그녀의 팔을 잡아챈 누군가가 승리의 함성을 올렸다.

탕!

황후는 그자의 이마에 한 방 쏘아 쓰러뜨렸으나, 작은 권총
으로는 한계가 있었다. 그녀는 망설임 없이 모자와 겉치마를
벗었다. 은발이라기보다는 이제 흰머리 때문에 백발에 가까운
머리를 일부러 헝클어뜨리고, 꽃 같은 파니에와 금 단추가 달
린 재킷을 벗어 던졌다.

그녀는 속치마와 블라우스 차림으로 바닥을 기어서 호위대
에서 멀어졌다. 남들 앞에 한 번 모습을 드러냈다고 해도, 어차
피 해가 진 시간이었다. 일단 골목으로 숨어들거나 군중에 섞
이기만 하면, 자신을 알아볼 사람은 없으리라고 생각했다.

하지만 그때, 누군가가 일부러 그런 듯 소리 질렀다.

"황후 폐하, 피하십시오!"

자신을 정확히 가리켜 지목하면서.

흥분한 폭도들이 그녀에게 달려들었다. 황후는 어쩔 수 없이 두 명을 더 제 손으로 쏘았고, 그것으로 약실이 비었다.

호위대는 끝까지 저항했다. 차라리 그녀가 군중 속에 섞이려 하지 않았다면, 오히려 좀 더 오래 버틸 수 있었을지도 모른다. 하지만 그녀는 혼자 떨어져 있었다. 누군가가 그녀의 머리채를 잡아 끌어냈다.

"내가 황후를 잡았다!"

누군가가 함성을 질렀다.

내전

하늘 위에서 이 모든 일을 내려다보는 자가 있다면 결론을 내리고 모든 사람에게 온당한 행동을 일러 주었을 터이나, 현실은 그렇지 못했다.

별동대의 지휘관 카를은 약간 걱정스러운 기분으로 울려 퍼지는 포성을 듣고 있었다. 생각보다 친위사단의 병력이 많았다. 화력은 애초부터 가장 강력한 부대였으니 말할 것도 없었다. 모조리 이쪽에 쏟아부은 모양이었다.

"정보가 사전에 유출된 모양입니다."

"그랬겠지. 병사가 한둘도 아닌데 첩자가 없을 리도 없고, 내려오는 길에 있었던 행정관 중에도 황후의 사람이 있을 테니."

클라우제너 공작이 냉한 목소리로 말했다. 카를은 우러러보는 듯한 시선으로 그를 바라보았다. 당장 바로 옆에서 흙먼지와 포성이 터지고 있는데도 그의 얼굴에는 당황함이나 초조함 하나 보이지 않았다. 땀을 꽤 흘렸을 터인데, 하얀 얼굴에 힘겨워하는 흔적 역시 전혀 없었다. 피부 아래의 혈관에 붉은색이 흐르지 않는 것만 같았다.

"왜?"

공작이 물었다. 카를은 십수 년 만에 마치 신병이라도 된 것 같은 기분을 느끼며 물었다.

"최초 작전 목표는 기차역의 확보였던 것으로 알고 있습니다. 철로 폭파로 작전 목적을 변경하신 이유를 여쭤도 되겠습니까, 각하?"

공작의 파란 눈동자가 한순간 가늘어졌다. 카를은 긴장으로 숨을 들이마셨다.

수도의 철도다. 이 철로는 제국 전체의 심장이나 다름없었다. 지금의 작전 목표가 무엇이든, 파괴했을 때의 후유증을 상상할 수 없었다. 그러니 저들도 필사적으로 지키고 있는 것이리라.

"저쪽에서도 경과 똑같이 생각하고 있을 테니까. 나중 일은 생각할 것 없어. 돈을 쏟아붓는 쪽이 흐른 피를 돌이키는 것보다 쉽지."

"하지만……."

"어차피 바우어부르크까지의 철로는 확보했고, 거기에서부터 여기까지는 도보로 진군하는 쪽이 훨씬 낫지. 에른스트에서 실려 올 총알받이를 막는 쪽이 더 중요하기도 하고. 애당초 우리는 모두 미끼야."

"예?"

카를은 무심코 되물었다. 에리히가 하는 말을 하나씩은 알아들을 수 있었으나 모두 이어서 이해할 수는 없었다.

미끼라고? 무엇을 위한?

에리히는 그의 의문을 풀어 줄 생각은 하지 않고, 장갑을 고쳐 낀 뒤 옆구리와 가슴에 찬 무기를 확인했다. 카를은 당황하여 물었다.

"각하, 설마 직접 전투에 참전하실 생각입니까?"

"안으로 들어갈 예정이네."

에리히는 짤막하게 말했다. 예상보다 이쪽에 투입된 병력 수가 많았다. 황후는 이쪽이 주력이라고 생각하고 거의 모든 병력을 다 이쪽으로 보낸 모양이었다. 혹은, 남방군의 움직임을 파악하지 못했거나 힘을 투사하는 것을 포기했을지도 모른다.

적의 움직임은 난삽했다. 잘하면 미끼 역할만이 아니라 그 이상을 할 수 있을 것 같았다.

"각하……."

카를은 염려스러운 얼굴이었으나 에리히는 크게 걱정하지 않았다. 다치지 않을 거라는 자신감이 있기 때문이 아니라, 그보다 더 중요한 일이 있기 때문이다.

제 몸의 안위보다 더 중요한 일이 있다면 그 정도는 희생해야 한다. 클레어가 알면 큰일 날 소리지만 그는 마음속으로 그렇게 생각했다. 가족을 염려하는 마음은 잘 알지만 클레어는 간혹 지나치게 예민한 구석이 있다. 고귀하게 태어났다면 마땅히 그 가진 권리만큼 의무를 다해야 하는 법이다. 로멜의 귀족은 그 태생이 전사 귀족이다. 피를 흘려야 마땅했다.

물론 귀족이 창칼을 잡고 말을 타던 시기는 백 년 이상 전에 지났다. 어린 시절부터 격투기와 검술을 배워 봤자 총탄 한 방이면 죽게 마련이다.

그러나 클라우제너에서도, 에른스트에서도, 황실에서도, 아직 전통을 지키고 있다. 유사시에는 가문의 남자들이 여자와 아이를 지켜야 하고, 남자들끼리 있다면 권위 있는 자가 제일 앞에 선다.

에리히는 그것이 시대착오적인 가치라고 생각하지 않았다.

엘리엇이나 앞으로 태어날 제 자식에게까지 그런 삶을 강요할 작정은 없다. 아마도 클레어가 키우는 것처럼, 사랑을 주며 자유롭게 제 할 일을 찾아가도록 놔두는 게 앞으로의 시대에 더 올바른 양육 방식이리라.

그러나 에리히는 그렇게 교육받은 사람이었고, 제 삶이 잘 못되었다고 생각하지도 않았다.

'아니 오히려 사적인 감정으로 움직이고 있으니, 잘못을 저지르고 있는 거지.'

의무를 생각한다면 당연히 여기 남아서 지휘를 계속해야 한다. 애초부터 별동대에 끼어든 것 자체가 사적인 이유가 다분히 포함된 일이었다. 하지만 그러한 자각도 그를 멈추지는 못했다.

"나는 소수만 이끌고 들어갈 거야. 여기는 경에게 맡겨도 되겠지?"

"예."

"버티기만 해. 클라인 경의 후속 부대가 곧 올 테니까."

"예."

카를과 호위병들이 한꺼번에 그에게 경례를 올렸다. 에리히는 훌쩍 말 위에 올랐다. 그리고 말에 박차를 가했다. 고작해야 20여 명의 기병대가 그의 뒤를 따랐다.

황후에게 들어간 보고는 거짓이었으나, 리누스가 의사당 앞에 있는 시위대를 마주 보고 있는 것은 사실이었다.

그는 여전히 황후가 하는 일에 찬동하지 않았고, 솔직히 관심도 없었다. 그러나 자신이 이 시점에서 직접 클레어를 찾아다녀 봤자 소용없으리라. 그녀를 차지하기 위해서든 미움을 쏟아붓기 위해서든, 권력을 쥐어야 한다는 것도 알고 있었다.

사실 클레어가 그런 것에 별로 상관하지 않는 사람이라는 것 역시 통찰하고 있었다. 하지만, 그럼에도 불구하고 리누스가 생각해 낼 수 있는 수단은 그것밖에 없었다.

그리고 리누스의 불행은 자신이 그것밖에 생각해 내지 못하는 인간이라는 점까지 이해하고 있다는 것이었다.

'결국, 필요한 일이기는 하니까.'

클라우제너 공작 부인을 강요하여 붙들어 두기 위해서도,

반대로 황후의 손에서 그녀와 아기를 보호하기 위해서도 힘이 필요했다. 그러려면 제 역할을 다해야 하는 법이다. 리누스는 그 사실을 모르지는 않았다. 과거에도, 지금도.

피로와 염려로 얼룩진 안색을 한 아우구스타가 말했다.

"하원 의원들을 우선 설득해야 합니다."

"내가 해야 할 말이 무엇인가?"

"협상장으로 일단 끌어내야 합니다. 그 외에는……. 적어 드리는 게 좋을까요?"

"그럴 여유는 없어 보이는데."

리누스는 그렇게 말하고 바리케이드 밖으로 휘적휘적 걸음을 옮겼다. 친위사단들이 걱정과 두려움으로 몸을 움츠렸지만, 그는 조금도 겁먹지 않았다. 사실 이 자리에서 살해당하더라도 별로 상관없었기 때문이다.

'그러면 좀 슬퍼해 주긴 하려나? 아니면, 멍청했다고 생각할까?'

그는 그런 일이 생기면 클레어가 어떻게 생각할지가 궁금해졌다. 그러다가 얼굴을 일그러뜨렸다. 이딴 생각을 하느니 지긋지긋한 어머니에 대한 생각을 하는 게 나을 것 같았다.

이미 해가 졌기에 그의 창백하고 하얀 안색과 은빛 머리칼이 어둠 속에서 더욱 하얗게 떠올랐다. 황자의 모습을 발견한 시위대가 술렁거렸다.

"주동자가 누구인가?"

리누스가 물었으나 선뜻 나서는 자가 없었다. 노이만 하원 의장은 리나를 쳐다보았고, 리나는 그를 쳐다보았다. 다른 이들은 둘 중 누가 나설지를 살피는 듯했다. 리누스는 문득 웃고 싶어졌다. 결국 이 자리에 없는 사람이 리더였다.

레이디 퍼스트의 원칙에 따라 그는 리나에게 먼저 말을 걸었다.

"요구 조건은 전해 들었네, 슈나이더 백작 영애."

"리나라고 불러 주십시오. 저는 가문의 뜻으로 이 자리에 서 있는 것이 아닙니다."

"그렇군. 어쨌든 슈나이더 백작가가 중요한 것은 아니지. 계엄령을 풀어 달라고 요구했다지?"

"무리하고 거대한 부탁을 드릴 마음은 없습니다. 자비를 청하고 있을 뿐입니다."

리나는 그렇게 말했지만, 시민의 생활과 수도 폐쇄로 인해 생이별한 가족의 재회라는 확고한 명분을 쥐고 있는 이상 그것은 단순한 청원이 아니었다. 리누스가 살짝 눈살을 찌푸렸다.

"자비라. 하원이 선량한 백성들을 부추겨 이렇게 길거리로 끌어내어 총구 앞에 세워 놓고서 자비를 말하는 건가?"

"이것은 청원입니다, 황자 전하."

"나도 알아, 노이만 의장. 하원이 여기 있는 이상, 이걸 반역이라고 부를 수는 없지. 하지만 국상을 목전에 두고 있지 않나. 선왕 폐하의 가시는 길을 굳이 이렇게 어지럽혀야 하나?"

"황자 전하."

"국상이 끝난 후에 하원 의원들이 조용히 의견을 모아 찾아

왔어도 충분한 일이야. 선황 폐하께서는 폭도의 손에 돌아가셨는데, 경들은 지금 백성을 폭도처럼 만들어 여기까지 몰고 왔군."

리누스가 맑은 목소리로 말했다. 몹시 싫어했을 뿐이지, 위선적이고 정치적인 말을 할 줄 모르는 게 아니었다.

그는 한숨을 내쉬었다. 그 한숨은 이런 식으로 말하는 자기 자신에 대한 혐오와 비애 탓이었으나, 다른 이들 눈에는 슬픔처럼 보였다. 사실 감정의 벡터로 따진다면 닮은 것이기는 했다.

"이것이 반역은 아닐지라도, 국상의 자리를 어지럽히는 황족 모독죄인 것만은 분명해."

"황자 전하께서는 지나친 말씀을 하고 계십니다."

리나가 나서서 반박했다.

"저희는 다만 지금처럼 군으로 사람을 압박하거나 끌어가지 말고, 평소처럼 생업을 이어 가게 해 달라고 부탁드리고 있을 따름이에요."

"이야기는 들어 주겠다고 하지 않았나. 영면에 들어야 할 분의 안전을 소란스럽게 하니, 국상 일이 끝날 때까지 해산해. 정 불안하다면, 영애와 노이만 의장, 그리고 몇몇 대표를 뽑아 오면 어떻겠나? 계엄령의 단계적 해제에 대해 의논해 보지."

자식이 비명횡사한 부모의 안식에 대해 말하는 것은 가족의 안위와 시민의 안전을 말하는 것만큼이나 큰 효과를 가지고 있었다. 도덕적 명분 싸움 사이에서 시민들이 망설이고 있을 때였다.

쿵! 쿵! 쿵! 쿵!

북소리에 맞추어 땅을 진동시키는 발소리가 들려왔다. 승리의 행진곡 같은 소리였다.

지금까지 시위대를 휘감고 있던 슬프고도 결단에 찬 곡조와 전혀 다른 것이 골목 전체를 흔들었다. 거기에는 압도적인 무엇인가가 있어서 리누스의 배 속까지 웅웅거렸다.

"혈관에 흐르는 피를 확인하자!"

"우리는 노예가 아니다!"

"학살자를 죽여라!"

그런 외침이 하나의 목소리가 되어 멀리서부터 울려 퍼졌다.

노래하던 시위대는 입을 다물었다. 침묵 속에서 시위대가 갈라지고, 그 속으로 피와 화약 냄새를 풍기는 한 무리의 시민군이 행군했다.

맨 앞에 선 자 넷이 큼직한 수레를 밀고 있었다. 수레에는 사람 키의 두 배쯤 되는 기둥이 하나 세워져 있었고, 거기에는 이마에서 피를 흘리는 중년 부인이 묶여 있었다.

"황후 폐하!!"

경악한 아우구스타가 비명을 질렀다.

이 광경에 지금까지 평화롭게 있던 시민들은 모조리 얼어붙었다. 지금까지 황후에 대한 온갖 증오를 내뱉었으나, 이렇게 눈앞에 나타난 황후는 괴물이 아니라 나이 들고 조그만 여자로밖에 보이지 않았다. 차라리 황자를 묶어 끌고 왔다면 이렇게 충격받지는 않았을 터이다.

그 당황함을 뚫고 누군가가 선창하듯 소리쳤다.

"목을 쳐라!"

그 뒤를 이어 또 다른 목소리가 외쳤다.

"죽여라!"

"학살자를 죽여라!"

광기에 가까운 살의가 순식간에 시위대 전체를 물들였다. 병사들이 그에 대응하려는 듯이 다시 총을 들어 올렸다.

"사격을 멈춰!! 쏘지 마! 쏘면 안 돼!"

방패처럼 황후의 몸이 앞으로 내밀어지는 것을 본 아우구스타가 발광하며 외쳤다. 바리케이드 밖으로 몸을 내밀려는 그녀를 호위들이 간신히 붙잡아 끌어당겼다.

발포를 멈추는 것은 쉽지 않았다. 병사들의 흥분도 시민군에 못지않았고, 양쪽에서 모두 응사를 시작했기에 흥분과 원한이 피와 함께 한꺼번에 솟구쳤다.

계엄군 사령관 로타어가 리누스에게 다급히 말했다.

"몸을 피하십시오, 황자 전하."

"이 와중에 나 혼자?"

"피하셔야 합니다. 황후 폐하께서도 이곳에 전하께서 계시는 것을 원하지 않으실 겁니다."

리누스는 냉소적인 기분이 되었다. 황후가 그럴 리 없다는 것을 누구보다 잘 알았다.

아니, 생각해 보면 로타어의 말도 틀린 말은 아니었다. 어쨌거나 그는 '킹'이다. 그가 죽으면 결국 황후조차도 아무것도 할수가 없다. 기껏해야 제자리에서 한 칸씩밖에 움직이지 못한다는 점에서도 딱 맞는 위치였다.

"어머니가 돌아가시면, 어차피 아무것도 못 해."

리누스는 그 자리에 선 채 대꾸했다. 정신을 차린 아우구스타가 그의 등을 힘주어 밀었다.

"모셔라!"

"아우구스타!"

"황후 폐하를 생각해서라도 가셔야 합니다!"

"내가 이제 와서 이 자리를 피한다고 상황이 바뀔 것도 아닌데."

"에른스트가 아직 남아 있습니다!"

로타어 경이 외쳤다. 호위들이 양옆에서 리누스를 붙잡아 그 자리에서 끌어냈다. 리누스는 아우성조차 치지 않고 창백하게 변한 채 끌려 나가 마차에 태워졌다.

아우구스타는 시뻘겋게 실핏줄이 터진 눈으로 바리케이드 밖을 바라보았다. 총성은 멈춰 있었다. 몇몇 남자가 목재를 들고 앞으로 나왔기 때문이다.

즉석에서 단상이 만들어졌다. 황후는 그 위에 세워졌다. 눈을 뜨지 못하는 것으로 보아 의식을 잃고 있는 것 같았다.

"마르고트 님……."

아우구스타는 이를 악물었다. 황후가 어쩌다 저자들의 손에 붙잡혔는지 모르겠다.

"사형!"

누군가가 소리쳤다.

"사형!"

"사형!"

"죽여라!"

기겁한 노이만 의장이 단상 위로 올라가, 황후를 붙든 남자들을 몸으로 가로막았다.

"이러면 안 돼! 그만두게!"

"비키십시오. 높은 분이신 건 알겠지만, 우리는 저 악녀를 처형해야겠습니다!"

"재판! 재판을 해야 해! 진짜 죄가 있다면!"

황족을, 하물며 황후를 재판하다니, 있을 수가 없는 일이다. 하지만 지금은 저들을 말리기 위해 그런 말이라도 해야 했다.

나이 든 귀부인을 처형하는 것에 거부감을 느낀다거나, 여전히 그의 마음속에 황족에 대한 숭배가 남아 있기 때문이 아니다.

황후가 비참하게 죽으면, 영웅이 된다. 비극은 고귀한 자의 것이며, 극적인 죽음은 전설에 가까워진다. 멀리서, 혹은 훗날 이 이야기를 전해 들은 자는 황후를 연민하고, 그로 인해 오랫동안 제국에 분열이 일어날 게 분명했다.

그러니까 절대로 이렇게 공개적인 장소에서, 조금의 부당함이라도 있는 상태로 죽이면 안 된다. 차라리 폭도 속에서 누구의 총탄에 맞았는지도 모르게 죽어 버리는 쪽이 나았으리라.

변변치 못한 죽음은 영웅을 채색하는 서사가 아니라 죽은 자를 시시하게 만들 뿐이니까.

"재판?"

다행히도, 노이만 의장의 말을 들은 시민들이 술렁거렸다. 아우구스타도 몸을 내밀어 외쳤다. 그녀로서는 어쨌든 일단 황후의 목숨을 이어 두는 게 가장 중요했다.

"하원에서 특별 재판소를 구성하십시오!"

술렁임이 오가는 동안에, 물속에 잠긴 듯 오르내리던 황후의 의식이 문득 부상했다. 그리고 익사하려던 사람처럼 몇 번이나 쿨룩거리며 폐를 부풀렸다.

그녀의 입술에 젖은 손수건을 대려던 여자가 깜짝 놀라 움찔했다. 고운 금빛 머리칼을 보며 황후는 떠올렸다.

"카, 나리아."

날개를 꺾어 죽였어야 했는데.

제일 먼저 생각한 것은 그것이었다. 그다음은 귀에 '재판'이라는 단어가 들려왔다. 흐린 눈에 사람들이 발밑에 모여 선 것이 보였다.

'화형대인가.'

그녀는 그런 생각을 하다가 웃음을 머금고 말았다.

'재판이라고? 차라리 지금 불에 태워지는 쪽이 낫다.'

"저 미친 여자가!"

"웃고 있어?"

그녀의 눈에 문득 군중 속에 서 있는 스테판이 들어왔다. 신기한 일이다. 단정한 생김새나 아름다운 용모가 많은 사람들 속에서 쉽사리 인지된다는 것은.

'진짜로 너구나.'

말하려고 했지만, 제대로 목소리가 나오지 않았기 때문에 황후는 마음속으로만 내뱉었다.

검은 연꽃은 그녀의 정보망이었다. 만들 때는 직접 다스렸고, 그다음에는 아우구스타에게 맡겼다. 그러나 조직이 늘어나고 할 일이 많아지면서 그럴 수가 없게 되었다. 그다음에는 레나테에게 맡겼고, 레나테는 스테판에게 홀려 있었다.

그것을 알면서도 대수롭지 않게 생각하고 방치한 것은 자신이다.

모든 것이 갑작스럽게 머릿속에서 조립되는 느낌이었다. 정보 몇 가지가 늘 부정확했다. 제국 남부의 일까지는 알기 어렵다거나 하는 이유로 적당히 방치한 것도 있었고, 일이 많아 챙길 수 없다며 보지 않은 것도 있다.

하지만 이번에는 그 누구도 믿지 말았어야 했다.

'시위대가 모두 의사당과 황궁 앞으로 몰려들어서 오히려 길이 비었다고 합니다. 이동하실 길목에는 검은 연꽃을 배치해 두었습니다.'

레나테의 그 보고만 믿고 그녀는 호위 부대를 절반 떼어 내어 북방군과 대치 중인 곳으로 먼저 보냈다. 하지만 레나테도 한패였던 것이리라. 아니면 속았거나.

황후는 숨을 몇 번이나 들이마셨다. 레나테가 피거품을 섞어 내쉬던 마지막 숨소리가 귓가에 들리는 것 같았다.

'스, 테판…….'

그 뒤에 무슨 말을 하려고 했는지는 불분명하다. 그 시점까지도 황후는 이 일에 스테판이 개입했다는 확신이 없었다. 하지만.

'정말 스테판이었군.'

아우구스타가 멀리 보냈다고 했는데. 스테판이 제 혈육이나 가족에게 집착이 있는 것을 알기 때문에 그랬다. 안 그래도 위태로운 리누스를 더 엉망으로 만들 수는 없었으니까.

"카나리아……."

역시 죽였어야 했다. 카나리아를 손안에 가두고 있을 때나 쓸 수 있었던 놈인 것을, 너무 오래 고분고분해서 잊고 있었다.

출세도, 권력도 아니고 복수가 목적이었다니.

"큭."

웃음이 나왔다. 아니, 애초에 스테판을 살려 둔 것부터가 어리석은 짓이었다. 놈이 플레이어로 판에 뛰어들지 않았다 해도, 위험 요소가 될 뿐이었는데.

자신이 패배했다. 그녀는 스테판이 플레이어인 줄 알지조차 못했다. 드레스를 벗고 머리를 가려도 스테판이 거기 있는 이상 남의 눈을 피하지는 못했으리라.

어리석은 레나테. 그녀는 스테판이 자신을 살려 주리라고 믿었던 걸까? 아니면, 스테판이 은밀히 자신의 명령을 수행하고 있다고 믿었거나.

어느 쪽이든 자신의 실패다. 레나테에게 스테판을 내보냈다고 말하긴 했던가? 정말 끔찍한 실패다.

평생 딱 한 번 충동에 몸을 맡겼고, 그 충동 때문에 가정 하나가 망가졌다. 그녀는 자신의 사감이 타인의 삶을 바꾸는 것을, 그때는 수치스럽게 여겼다.

자신의 역할은, 어깨에 지워진 운명은, 절대 사적인 것이 아닐 터였다. 하지만 결국 그 사적인 충동에서 이어진 일이 제 최후가 되었다.

"흐."

황후는 바람 빠지는 듯한 웃음소리를 냈다. 농락당한 셈인데, 생각만큼 처참한 기분은 아니었다.

그것도 좋지 않은가. 자신은 실패했으나, 이제 장엄하고 끔찍하게 죽어 제국에 지워지지 않을 상흔을 남길 것이다. 영웅적인 죽음이다.

그녀가 만족스러운 기분으로 눈을 감았을 때였다.

"재판에 찬성합니다!"

누군가가 큰 목소리로 외쳤다. 그사이에도 몇 명이 자기주장을 펼치러 단상 위로 올라오려 했지만 주위에 의해 저지되었는데, 이번에는 오히려 길을 열어 주었다.

황후는 도로 흐린 눈을 떴다. 그녀의 곁에 서 있던 리나가 입을 막고 소리쳤다.

"디트마어 씨!"

디트마어 람스베르크는 엉망진창인 모습이었다. 머리는 불에 그슬려 꼬부라졌고, 재킷은 사라졌으며, 셔츠에는 검댕이 묻어 있었다. 그는 걸음도 제대로 걷기 힘든 듯, 막시밀리안의 부축에 의지해서 비틀비틀 단상 위로 올랐다.

그 뒤를 따라 울리히가 버둥버둥 단상 위로 기어 올라왔다. 그도 부상을 당한 듯, 걷기 힘들어하는 모습이었다.

"일단 밧줄을 푸시죠. 이래서는 마녀사냥과 다를 바가 없습니다."

디트마어가 지친 목소리로 말했다.

지금 수도에서 디트마어와 울리히를 무시할 수 있는 사람은 아무도 없었다. 그들은 시위대의 깃발이었으며, 정제된 언어로 사람들의 감정을 대변해 주었다. 하물며 이 시위 자체가 울리히의 암살 시도로 인해 촉발되지 않았던가.

리나가 막고 있지 않았다면 곧 황후의 가슴을 찔러 죽이기라도 할 기세로 칼을 들이대던 자도 움찔하며 물러섰다.

"재판을 해야 합니다."

디트마어가 다시 말했다. 정광이 살아 있는 눈빛이었다.

이때까지 그의 연설은 언제나 울리히의 것보다 인기가 없었다. 그는 극적인 톤을 만드는 것에 능숙하지 않았고, 사람을 끌어들이는 힘도 부족했다. 그가 가진 대중적 영향력은 주로 글에서 나왔다.

하지만 지금 이 순간, 진실에서 나오는 모든 것이 설득력을 가졌다.

"이 중에 사람을 불태워 죽여도 좋을 권리를 가진 자는 아무도 없습니다."

화재에서 간신히 달아난 처참한 모습 그대로였기에, 그 말은 더욱더 의미 깊었다. 그는 결코 복수를 추구하는 사람이 아니다.

군중의 흥분이 차차 가라앉았다. '그렇지'라는 이성적인 동의가 찬찬히 퍼져 나갔다. 그게 우스꽝스러워서 황후는 뾰족한 목소리로 웃음을 흘렸다.

"흐. 호호."

"황후 폐하."

"그럼 사람 여럿이 의견을 모으면, 사람을 불태워 죽여도 되나?"

황후는 애써 입을 열어, 갈증 때문에 찢어질 것 같은 목으로 소리를 끌어냈다. 디트마어가 그녀를 노려보았다. 황후는 빈정거리다 말고 몇 번 쿨룩쿨룩, 기침을 했다. 목구멍에서 피비린내가 올라왔다.

"말해 보게, 람스베르크 의원. 사람을 불태워 죽일 권리를 가진 자가 없다면, 재판을 하면 살해할 권리가 생기나? 어차피 그 법을 만드는 것도 다수결에 불과할 텐데."

아니, 궤변이고 의미 없는 이야기다. 황후는 그것도 잘 알고 있었다. 여기서 디트마어와 논쟁하는 것에 무슨 가치가 있겠는 가. 차라리 군중을 자극하여 폭동을 다시 일으키도록 유도하는 것이 나을 것이다.

이것도 충동이 문제다. 황후는 피로감에 젖은 채로 그런 생 각을 했다.

'차라리 복수 쪽이 솔직하지.'

지금의 자신처럼 말이다.

아우구스타가 애절하게 말했다.

"황후 폐하, 부디 안위를 생각하시고⋯⋯!"

벗어나려고 구슬리면 충분히 그럴 수 있으리라고 생각했기 에, 아우구스타는 더 애가 탔다. 어쩐지, 황후가 죽고 싶어 하 는 사람처럼 보였다.

일단 이 자리를 모면하기만 해도 된다. 물론 황제의 관은 이 제 멀어졌다. 하지만 저들이 원하는 대로 재판을 해도, 처형이 라는 결론이 나오지는 않을 것이다.

살아 있기만 하면 재기할 수 있다. 설령 옥좌에는 오르지 못 할지라도, 군사력을 다시 손에 쥐는 일은 불가능하더라도, 지 금까지 뿌려 놓은 씨앗이 싹틀 것이다.

황후는 이렇게 죽을 사람이 아니다. 아우구스타는 그렇게 믿어 의심치 않았다.

황후가 그녀를 바라보았으나 그 시선은 짧았다. 광적으로 불타고 있는 그 눈동자를 본 아우구스타는 몸을 떨었다.

"아⋯⋯!"

황후에게는 이미 제 말이 의미 있게 닿지 않는다. 어찌 보면 당연한 일이었다. 수십 년 동안 뒤만 따랐고, 이미 제 것이 된 사람에게 오랫동안 관심 갖는 사람은 드문 법이다. 절망감이 아우구스타의 몸을 휩쓸었다.

"그러면, 복수라면 그대의 목을 찔러도 되는가?"

싸늘한 목소리가 밤하늘을 관통한 것은 그때였다. 특별히 언성을 높이지도 않고, 그렇다고 웅변조도 아니지만, 여러 사람에게 자기 뜻을 전달할 수 있도록 훈련된 목소리였다.

이제 될 대로 되라며 눈을 감으려던 황후는 번쩍 눈을 뜨고 목소리가 난 쪽을 향해 고개를 젖혔다. 발언한 남자가 천천히 두건을 벗었다. 광택을 잃은 금발이 횃불을 반사하여 불그스름하게 빛났다. 키가 크고 마른 남자는 창백하고 안색이 검었으며, 걸음걸이가 다소 위태로웠다.

하지만 그는 등을 꼿꼿이 펴고 있었다.

"황제 폐하!"

노이만 의장이 소리치며 무릎을 꿇었다. 하원 의원들이 일제히 그의 뒤를 따랐다. 오로지 디트마어만이 그 자리에 무릎 꿇지 않고 서 있었다. 사실 꿇으려고 해도, 무릎이 온전히 움직이지 않아 할 수 없었을 것이다.

사람들이 수군거렸다.

"황제?"

"황제라고?"

"돌아가셨다고 하지 않았어?"

경악한 소리가 여기저기에서 터졌다. 황제가 느릿느릿 단상 쪽으로 다가갔다. 근위대장 로건이 어찌할 바를 모르며 그를 부축했다.

단둘이 수도로 들어온 것은 에리히의 뜻이었다. 로건은 그 것이 터무니없는 일이라고 생각했다.

'노골적으로 말해서 근위대를 이끌고 가는 것보다 안전하지.'

'습격은 받지 않을 수도 있지만, 그렇게 폐하께서 홀로 들어 가셔서 무엇을 하실 수 있다는 겁니까?'

'무엇이든 하셔야지.'

그 말에는 두 가지 의미가 있었다. 무엇이 되었든 좋으니 한 가지는 해야 한다는 것과, 할 수 있는 일이 처참한 것이라도 전 부 해야 한다는 것.

로건은 그래도 반대였다. 차라리 친위사단의 앞에 직접 모 습을 드러내는 것이 나을 것이다.

사단장을 비롯하여 많은 장교들이 황후에게 동조하고 있으 나 병사까지 그렇지는 않았다. 그들은 어디까지나 제국의 정 예, 황제의 친위사단이라는 자부심을 갖고 있었다. 그러니 황 제가 모습을 드러낸다면 기꺼이 무릎 꿇을 것이다.

하지만 에리히는 싸늘한 태도로 말했다.

'근위대는 따로 쓸 곳이 있네. 폐하께서 황명을 내리신다면

기꺼이 따르겠으나.'

그렇게 말하면서 에리히는 황제를 돌아보았다. 하지만 황제의 창백하고 우울한 얼굴에 결의는 있었으나 선택은 없었다.

'너도 알다시피 나는 지금 판단력이 흐리다. 이미 전권을 맡겼으니, 네 뜻대로 하마.'

'한 명의 병력이 아쉬운 상황이니 양해를 부탁드립니다. 그리고 황제 폐하께서는 안으로 들어가 하고 싶으신 일을 하시면 됩니다. 물론 그러지 않고 여기에서 기다리셔도 됩니다.'

그게 로건에게는 그가 황제에게 내리는 시험처럼 느껴졌다.

거꾸로 된 일이다. 외삼촌과 조카라는 관계로도, 황제와 공작이라는 관계로도, 당연히 황제가 에리히를 시험하는 입장이어야 한다.

하지만 황제는 기꺼이 시험을 받아들였다. 그는 로건과 단둘이 걸어서 산을 넘었다. 평민의 옷을 입고 평소에는 쓰이지 않는 길을 걸어 수도에 숨어든 후, 지금까지 기다리고 있었다.

그리고 지금 이 순간, 황제에게는 하고 싶은 일이 생긴 모양이었다. 자칫하면 총탄에 죽을 수도 있는데도, 망설임이 없었다.

그는 증오가 끓는 눈으로 황후를 바라보았다. 황후가 입가를 비틀며 웃었다. 얼마 만에 마주하는지 기억도 나지 않았다. 아마도 5년 만일 것이다. 황제가 아편에 손을 대기 시작한 뒤로는 굳이 만날 가치가 없었으니까.

"드디어 쏘아 죽일 용기가 생기셨나?"

"마르고트."

"복수라. 제 어리석음에게 복수하는 것이 우선일 것 같은데."

황후가 웃어 버렸다. 하지만 그 웃음은 거짓이었다.

눈에는 핏발이 서고, 목구멍에는 찢어질 것 같은 통증이 달렸다. 그녀의 모든 계획은 황제가 쓸모없는 상태라는 전제 아래 세워진 것이다. 하지만 실은 알고 있었다. 황제를 암살하는 데 실패했을 때, 자신은 이미 패배한 것이다.

그녀는 이 순간 또다시 제러드를 떠올렸다.

'에른스트를 로멜로 바꾸는 게 쉽지 않을 겁니다. 하지만 의회를 통한 장기 집권은 충분히 가능한 일이죠?'

그는 오늘의 이 사태를 이해하고 있었을까?

마르고트는 등에 총상이 여러 발 꽂힌 제러드의 시신을 떠올렸다. 등의 상처는 달아나다 죽었다는 의미다. 세상에서 제일 정당한 권위를 가진 자리에서 태어나, 능력과 인품까지 겸비했던 청년도 죽음 앞에서는 그저 도망이나 갈 따름이다.

자신은 그러지 않으리라고 생각하고 눈을 부릅뜨자 황제가 그녀를 노려보며 말했다.

"이게 아무것도 아니라는 사실을 나도 알아, 마르고트."

"……."

"하지만 이게 제일 너에게 미쳐 버릴 것 같은 일이라는 것도 알고 있지. 오히려 여기서 총을 쏴서 널 죽이는 것보다."

"조지?"

황제가 그녀에게 등을 돌리고 단상을 내려갔다. 그리고 아무렇지도 않게 바리케이드 쪽으로 다가가며 명령했다.

"열어라."

누가 미끼였는가.

황제가 나타났을 때 황후도, 다른 이들도 모두 에리히가 미끼고 황제가 진짜 역할이라고 생각했으나, 에리히의 속내를 안다면 그렇게 생각하지는 않았을 것이다.

황제는 제 일을 스스로 책임져야 한다. 그는 황제를 보살필 사람으로 생각하지 않았으므로 안전을 굳이 챙기지도 않았다. 그건 로건의 역할이다.

따라서, 그의 명령에 따라 근위대는 빅토리아 대공과 함께 수도로 들어오고 있었다.

"이모할머니, 진짜로 우리 둘이 가요?"

그리고 그 품에는 엘리엇이 안겨 있었다.

황태손

빅토리아 대공이 수도 인근의 항구에 당도한 것은 나흘 전의 일이다.

모든 일이 전부 톱니바퀴처럼 맞물려 돌아간 것은 아니다. 예정보다 너무 일찍 도착해서 염려했지만, 그녀는 이제 북방 여러 항구 도시의 선주 연합에게 영향력을 행사할 수 있었다. 근위대를 전원 해로로 수송하면서도 정보가 새어 나가지 않게 하는 것쯤은 어렵지 않은 일이었다.

그리고 항구에서 태세를 정비하며 에리히의 신호를 기다렸다. 남방군이 올라오고, 북방군이 전투를 시작할 때까지.

친위사단 병력이 모자란 탓에 그녀의 앞길은 환히 열려 있었다. 소수의 병력이 남아 있긴 했으나, 근위대가 직접 모시는 빅토리아 대공의 앞을 감히 가로막지 않았다. 황후는 반역을 천명한 적이 없고, 친위사단의 하급 간부들은 자신들이 오히려 반역을 막고 있다고 생각했으니까.

전투 한 번 없이 근위대는 수월하게 두 사람을 수도 안까지 모셨다. 빅토리아 대공은 우선 자신의 저택에 들러 상하원을 모두 황실의 이름으로 소집했다.

계엄령으로 야단이 났으나, 귀족의 저택이나 중류 계급 이상의 자산가들이 거주하는 부촌은 상대적으로 아무 일도 없었다. 오히려 오늘 밤은 순찰하는 계엄군이 없었으므로, 마치 아무 일도 없었던 때처럼 평화로웠다.

저택에서 숨죽이고 있던 자들은 오늘 밤 무슨 일이 벌어지고 있는지 잘 모르는 채, 다급히 의사당에 모여들었다. 지금까지 침묵하고 있던 빅토리아 대공이 소식도 없이 수도에 들어온 것도 놀라웠으나, 사라진 줄 알았던 근위대가 다시 나타난 것도 놀라웠다. 그간 모습을 드러내지 않았기에, 아마도 황제를 지키다가 죽었거나, 임무를 다하지 못하자 처벌을 두려워하여 이탈했을 거라고 생각했었기 때문이다. 하지만 근위대는 말끔하게 제복을 갖춰 입은 채 의사당의 안팎을 모두 장악하고 있었다.

에른스트의 방계이자 에리히의 사촌이기도 한 헬무트 뢰제너는 의사당 앞에 귀족들이 모여 수군거리는 것을 보고 멈칫했다.

"왜들 들어가지 않고 계십니까?"

"아, 헬무트 경!"

"몸수색을 하겠다고 합니다!"

마치 그가 해결해 줄 수라도 있는 것처럼, 여러 명이 그를 쳐다보았다. 하원 의원 중에도 항의하는 자가 있었다.

"아무리 빅토리아 대공 전하라고 한들 하원 의원의 몸을 수색할 자격은 없네. 황제 폐하라고 해도 그러실 수 없어!"

"양해하십시오. 계엄령 중인 데다가 대공께서 황실의 대리인으로서 소집하신 의회입니다."

근위대원이 눈 하나 깜짝 않고 말했다.

여기 남아 있는 자들은 대부분 로멜파이거나, 아니면 어느 쪽에도 끼어들지 못하고 겁에 질린 소인배였으므로, 계엄령을 들먹이자 감히 따지지 못하고 움츠러들었다. 헬무트는 그냥 얌전히 손을 들고 몸수색에 협조했다.

'대세가 기울었군.'

황후가 정보를 차단하고 있음에도 불구하고 에리히가 북방군을 장악했다는 소문이 알음알음 퍼지고 있었다. 정식으로 국상에 관한 전달을 보냈는데도 무시한 채 침묵하고 있던 빅토리아 대공이 이제야 갑자기 근위대를 데리고 수도로 돌아온 것이, 리누스를 지지하기 위해서일 리가 없었다.

'황제 폐하께서 살아 계신다는 소문도 사실인 것 같고.'

헬무트는 부친인 뢰제너 후작에게 눈치를 주었다. 뢰제너 후작도 숨을 죽였다.

황제가 살아 있다면, 이 모든 일은 반역이다. 에른스트 공작은 확실히 반역죄로 잡힐 것이고, 자칫하면 방계인 자신들도 위험했다.

그것을 알아챈 귀족과 의원들은 조용히 제 자리를 찾아 착

석했다. 상하원이 다 모일 때만 열리는 대회의장의 자리가 절반 넘게 찼다.

숨죽인 침묵이 고여 들었다.

마차가 의사당 앞에 멈춰 섰다.

이런 밤에 외출해 본 적이 없는 엘리엇은 빅토리아 대공의 무릎 위에서 불안한 듯 엉덩이를 들썩였다. 가로등이 환히 밝혀져 있었지만, 어딘가 불길한 비린내가 여기까지 풍기는 것 같았다.

"진짜로 우리 둘이 가요?"

엘리엇이 조심스럽게 빅토리아 대공의 옷깃을 잡아당기며 또 물었다.

솔직히 무서웠다. 이곳까지 오는 동안 싸움이나 총성과 마주친 일은 없었지만, 근위대의 바짝 긴장한 태도나 살기등등한 분위기는 접하고 있다. 그것이 무엇을 의미하는지 정확히는 몰라도, 심상치 않은 기색만은 느끼고 있었다.

빅토리아 대공이 조심스럽게 엘리엇을 보듬었다. 마음 같아서는 예쁜 것, 고운 것만 보게 해 주고, 눈을 가려 무서운 일은 하나도 겪게 하고 싶지 않았다.

하지만 그래서는 안 된다. 곱게만 자란 동생이 유약한 황제가 된 것을 생각하면 더욱더. 이런 일을 겪기에는 너무 어리다는 생각이 들었지만, 이 일은 결국 언젠가 모두 엘리엇의 어깨 위에 내려앉을 것이다.

그녀는 다정히 엘리엇의 등을 쓰다듬으며 말했다.

"괜찮다, 엘리엇. 무슨 일이 생겨도 이 이모할머니가 지켜 줄 테니."

"응."

"황제 할아버지도 그렇고, 후크 선장도, 월 아저씨도, 모두 널 지켜 주려고 애쓰는 걸 알고 있지?"

"응…….."

"그리고 아빠와 엄마도 널 꼭 지켜 줄 거고."

엘리엇이 고개를 끄덕거리며 제게 다짐하듯이 말했다.

"응. 그리구 하늘에 있는 엄마도."

"그래. 하늘에 있는 엄마도, ……하늘에 있는 아빠도."

여태까지 한 번도 들은 적 없는 말에 엘리엇이 눈을 동그랗게 떴다. 하늘에 있는 엄마가 누군지는 알았지만, 아빠도 하늘에 있는 줄은 몰랐기 때문이다.

빅토리아 대공이 주름진 얼굴에 한껏 미소를 지으며 말했다.

"있단다."

"아빠도 하늘에 있어요?"

"그럼. 항상 널 지켜보고 있었을 거야."

엘리엇이 설레는 듯 가슴에 손을 댔다.

"와, 나, 아빠도 있구나."

진짜로 없는 줄 알았다. 물론 아빠가 생겼지만, 엄마가 이모인 것처럼 아빠는 진짜 아빠가 아니니까. 가족이 되었지만, 낳아 준 아빠는 아니다.

다들 아빠가 있었다. 사실, 제임스 할아버지가 가끔 제가 없는 자리에서 아버지도 모르는 아이라는 말을 하는 걸 알고 있었다. 엘리엇은 그 말속에 들어 있는 사회적 경멸까지 알지는 못했으나, 제게만 아빠가 없고, 그게 좋지 않은 일이라는 인식 정도는 있었다.

하지만 실은 아빠가 있었단다. 엘리엇은 커다란 눈동자에 눈물을 그렁그렁 매달고 빅토리아 대공에게 물었다.

"그러면, 그러면……."

"응?"

"아빠랑, 엄마랑, 같이 있어요? 하늘나라에?"

"그래. 네 엄마가, 네 아빠를 너무 사랑해서, 같이 있어 주려고 먼저 올라간 거야."

빅토리아 대공은 가슴이 찌르르 울리는 것을 느끼며 소중하게 엘리엇을 보듬어 안았다.

이 이야기는 원래 클레어와 에리히가 해야 하는 것이다. 아마도 조금 더 자란 후에, 다정하고 고요한 가족의 시간 속에서. 하지만 지금은 엘리엇이 충격받기 전에 먼저 말해 주는 게 나을 것 같았으므로, 어쩔 수 없었다.

"혹시 내가 이 이야기를 네게 해 줄 상황이 생기면, 에리히가 꼭 네게 이 말을 전해 주라고 하더구나."

"응……."

"이모가 널 사랑하니까, 데려가면 이모가 너무 많이 울 것 같아서 엄마가 너는 나중에 데리러 오기로 한 거라고. 널 덜 사랑해서 두고 간 게 아니라."

빅토리아 대공이 찬찬히 말했다. 엘리엇이 중얼거렸다.

"이모 울면, 싫어."

"그러니까 아주 나중에. 이모랑 오래오래 행복하게 같이 살고, 엘리엇이 이 할머니처럼 나이가 많이 들었을 때, 그때 하늘에서 다 같이 만나면 돼."

"응······."

"이모도 엄마잖아, 그렇지?"

엘리엇이 고개를 끄덕거렸다.

"나도 네 이모할머니고. 아빠도 네 아빠야. 너한텐 같이 사는 엄마 아빠도 있고, 하늘나라에 있는 엄마 아빠도 있고, 할아버지도 잔뜩 있고, 할머니도 잔뜩 있는 거야."

엘리엇이 이번에도 착하게 고개를 끄덕거렸다. 빅토리아 대공은 아이가 죽음을 이해하고 있을 거라고 생각하지 않았고, 지금 자신이 한 말도 전부 이해했을 것 같지 않았다. 하지만 사랑하는 마음은 전달되기를 바랐다.

빅토리아 대공은 작은 몸을 꼭 끌어안았다. 엘리엇이 빅토리아 대공의 목을 마주 끌어안았다. 그리고 그녀가 듣고 싶어 하는 말을 알기라도 하는 것처럼 말했다.

"이모할머니, 사랑해요."

"그래. 나도 널 사랑한다."

가슴속에 따뜻한 물이 출렁이듯 차올랐다. 이모할머니든 고모할머니든, 아니 피가 통하지 않은 아이였어도 자신은 이 아이를 사랑하게 되었으리라는 확신이 있었다.

똑똑.

마차 문 두드리는 소리가 났다. 너무 오래 내리지 않으니 근위대 부대장이 염려가 된 모양이었다. 빅토리아 대공은 엘리엇을 무릎 위에서 내려놓고 머리를 다듬었다.

"괜찮아 보이니?"

"멋있어요!"

"다행이구나."

그녀는 빙그레 웃었다. 그리고 엘리엇의 손을 잡으며 말했다.

"무슨 일이 있어도, 무슨 말을 들어도, 신사라면 어떻게 해야 한다고 했지?"

"울지 말고, 큰 소리로 웃지 않고, 항상 침착해야 해요. 그리고 화낼 땐 상대를 울려야 해요."

빅토리아 대공은 약간 웃어 버렸으나 굳이 마지막 말을 정정해 주지는 않았다.

"그래. 궁금한 게 생기면, 나중에 이 이모할머니에게 묻거나 아빠랑 엄마한테 물어보면 돼. 알았지?"

"네."

"열어라."

빅토리아 대공이 명령했다. 근위대 부대장이 마차 문을 열었다. 그녀는 엘리엇의 손을 잡고 마차에서 내렸다. 그리고 의사당으로, 아이의 첫발을 떼었다.

계엄령으로 끌려가거나 시위대에 참여한 자를 빼고도 대회의장은 절반 이상 찼다. 하지만 의장도 없는 상황인 데다가 사실상 회의가 이루어질 형편도 아니므로 정족수는 무의미했다.

헬무트는 미묘한 시선으로 주위를 둘러보았다. 누군가 한 명이라도 단상 위에 올라서야 하겠으나, 지금 그 정도 위치를 가진 자는 모두 몸을 사렸다.

그러지 않은 자는 모두 에른스트 공작저에 모여 있거나, 시위대에 합류했으므로 여기 없다. 남은 자들도 모두 충분히 한 가문의 가주로서 교육받았거나 정치인으로서 잔뼈가 굵은 자들이련만, 책임을 지려고 하는 자는 아무도 없었다.

형편없는 자들뿐이다. 물론 그 형편없는 자들 속에 헬무트 자신 또한 포함되어 있다.

'오히려 노이만 의장이 의외인데.'

그는 중립적인 입장과 두루 친화력 있는 성품으로 중재력이 좋아서 의장 일을 하고 있는 것이지, 신념이나 정치적 결단력이 있는 사람은 아니라고 생각했다.

그러나 그럼에도 불구하고, 그는 자신이 어느 쪽에 서야 할지는 확실하게 알고 있는 모양이다. 하긴, 클라우제너가 시위대와 같은 편에 서 있기도 하다.

"아무것도 들은 말씀이 없으십니까?"

곁에 앉아 있던 자가 소곤거리듯이 헬무트에게 물었다. 그는 고개를 저었다. 에른스트의 방계이며 클라우제너의 친척이라고 해도, 여기 앉아 있다는 것 자체가 그의 입장을 나타내 주는 것과 다를 바 없다.

지난번에 그 일이 있은 이후에 헬무트는 많이 후회했다. 공작 부인의 환심을 사기는커녕 오히려 미움받을 쪽으로 행동했으니, 그쪽에 영향력을 행사하는 것은 고사하고 이야기조차 제대로 알아볼 수가 없었다.

사실 그 때문에 아무 일도 하지 않았던 것이기도 했다.

'에리히가 살아 있다는 것이 확실해졌으니까.'

글쎄, 에리히의 존재만으로도 부담을 느끼는 것은 아마도 자신이 어린 시절부터 지나치게 그에게 영향을 받아 왔기 때문이리라.

"빅토리아 대공께서는 대체 어찌하시려고."

뢰제너 후작이 혼잣말처럼 중얼거렸다. 공식적으로 황제가 죽은 것으로 알려져 있는 시점에서 사실 빅토리아 대공이 제1순위의 황위 계승권자이다.

나이로 생각해 보건대 그럴 가능성은 적고, 또 대공 자신이 권좌에 관심 없다는 의사를 꾸준히 표현해 왔다. 그러나 만일에 공식적인 자리에서 자신이 직접 황제의 자리에 오르겠다고 말하면, 아무도 그 계승 순위에 대적할 수 없었다.

"설마 상속권을 주장하시지는 않겠지? 가족을 중히 여기는 분이라, 당신보다 어린 동생의 유산을 받고 싶어 하지는 않으실 텐데."

"글쎄요. 리누스의 손에는 넘길 수 없다고 생각하셨을 수도 있겠죠."

먼저 자신이 황제의 위를 계승한 다음 베티나 공녀나 에리히에게 상속하는 것도 생각해 볼 만한 일이다. 특히, 베티나 공녀라면 양녀로 삼아서 제1순위 상속권자로 만드는 것도 가능할 것이다.

'하지만 황제 폐하께서 생존해 계시리라는 쪽에 확실히 무게가 실리는데.'

그건 또 그것대로, 그럼 왜 황제가 직접 나타나지 않는가 하는 의문이 있었다. 근위대가 이곳에 있는데.

마침내 대회의장의 정문이 열려, 헬무트의 생각을 끊었다. 빅토리아 대공이 안으로 들어섰다. 그 손을 잡고, 작은 금발 머리 남자아이가 짤따란 다리로 다박다박 걸어 들어왔다.

사람들은 그 순간 숨을 멈췄다. 순백색에 황금색으로 장식한 황자의 예복을 잘 차려입은 아이의 모습은 여기에 있는 사람들 대부분에게 아주 낯익은 것이었다.

아이가 누구인지 모르는 것은 아니었다. 그 부모가 아직 한 번도 공개한 적이 없음에도, 제 아비를 똑 닮은 아이에 대한 소문은 근 1년 가까이 수도를 휩쓸었으니까.

그리고 지금 이 순간, 누구도 입을 열어 말하지 않았어도 모든 사람이 모든 것을 이해했다.

그 클라우제너 공작에게 혼외자가 있다는 것부터, 구혼 상대의 여동생에게 불의한 짓을 저질렀다는 소문까지. 청혼까지 5년이나 걸린 일이 그 소문의 근거처럼 보였다. 그리고 공작은 소문을 부정하기는커녕 해명조차 하지 않았다. 덕분에, 설마 그가 그럴 리 없다고 믿는 사람들의 부정과 가십이 함께 쌓여 모든 것을 불투명하게 만들었다.

헬무트는 그 일에 대해 델포트 영지로 조사원을 보내어 전후 사정을 알았음에도 불구하고 여전히 이해하기 어려웠다. 낳은 어머니가 공작 부인의 여동생인 건 확실해 보였으나, 동시에 그걸로는 이해할 수 없는 일이 너무 많았다.

공작 부부 둘 다 아이를 사랑한다는 사실이 가장 이상했으므로, 결국 공작 부인도, 여동생도 출산하여 본래는 아이가 둘 있었으리라는 결론밖에 내지 못했다.

하지만 그게 아니었다. 아이의 아버지가 에리히가 아니라면 모든 게 설명되는 것이다.

시종이 단상 위의 연설대를 치웠다. 아이의 모습을 가릴 것을 우려했기 때문이다.

수많은 시선이 내려다보는 한가운데서 아이는 약간 겁먹은 듯 긴장한 얼굴을 하고 있었지만, 움츠러들거나 떨지는 않았다. 고개를 똑바로 들고 고운 입술을 앙다문 모습은 아이 뒤에 믿음이 버티고 있다는 것을 알게 했다.

헬무트는 그 얼굴을 잘 알고 있었다. 곁에 앉은 뢰제너 후작이 놀란 나머지 책상 모서리를 부서져라 틀어쥐었다.

빅토리아 대공이 회의실을 한번 둘러보았다. 고요함 덕에 그녀의 목소리는 회의장 전체에 울려 퍼졌다.

"황손을 내가 제일 먼저 의회에 소개하게 되어 기쁘게 생각하네. 로멜의 엘리엇, 제러드 로멜과 엘리사 델포드의 합법적인 결혼으로 태어난 외아들이며, 조지 로멜과 헨리에타 아렌의 결혼에서 이어진 직계손으로서, 제1황위 계승권자임을 나, 빅토리아 로멜이 증명하지."

그녀가 그렇게 말하고, 뒤따라온 시종들에게 손짓했다. 모든 것은 완벽하게 준비되어 있었다. 에리히가 미리 확보해 두었던 언약서와 사제, 증인까지.

언약서에 서명했던 사제는 미리 이야기를 들었음에도 불쌍할 정도로 떨고 있었다. 알트마이어 대부인은 그 곁에서 담담한 얼굴로 고개를 들고 있었다.

"따라서 엘리엇 로멜을 황태손의 위에 봉하고자 하는 황제 폐하의 뜻을 대리하여, 이곳 제국을 대표하는 의회 앞에서 선언하고자 하네."

긴장한 아이가 빅토리아 대공의 손을 꽉 잡았다.

중요한 절차임에도 불구하고 빅토리아 대공이 문득 아이 쪽을 보고 한 번 다정하게 웃었다. 그러자 아이가 깜짝 놀란 듯이 그녀와 눈을 맞추었다가 꽃봉오리가 펴지듯 활짝 웃었다.

빅토리아 대공이 다시 시선을 앞으로 향하며 엄격하고 강한 태도로 말했다.

"이의 있는 자가 있는가?"

그 모습 앞에서 소리 높여 따질 자가 여기 남아 있을 리 없었다.

제일 먼저 일어선 것은 맨프레드 대공이었다. 뒤이어 크로지크 백작이, 그다음 클라우제너 휘하의 가문들이 주르륵 자리에서 일어섰다.

그다음이 헬무트였다. 뢰제너 후작이 깜짝 놀라 그를 따라 일어섰다. 헬무트가 어떻게 할지 지켜보고 있었던 다른 로멜 귀족들도 일어섰다.

마지막은 아렌 귀족들이었다. 사실, 그들이야말로 이보다 기쁜 일은 없을 터였다. 느릿한 움직임에서는 오히려 다른 귀족들을 지켜보고 있다는 느낌마저 엿보였다.

하원 의원들은 분분히 각자 때마다 일어섰다. 그리하여 의사당에 모인 상하원 의원은 모두 일어선 채 거수하여, 새로운 황태손에게 인사를 올렸다.

"열어라."

황제의 말에 계엄군 사령관은 망설였으나 병사들은 그렇지 않았다. 그들은 자신이 친위사단이라는 것을 알고 있었으며, 그것을 자랑으로 여겼다.

바리케이드가 좌우로 열렸다. 계엄군은 당연하다는 듯이 경계를 풀고 받들어총 자세를 취했다. 장교들은 거수경례를 올렸다. 그때부터는 더 이상 계엄군이라고 부를 수 없었다. 결국은 사령관 로타어조차도 거수했다.

황후는 핏발 선 눈을 부릅뜬 채 그 광경을 지켜보았다. 그것은 그녀가 평생 얻을 수 없었던 권위였다.

자신이 얻지 못하는 것까지는 참을 수 있었다. 하지만 왜 황제가 그 권위를 갖고 있는가. 그게 말이 되지 않았다. 황제는 아무것도 하지 않았다. 군과 병사를 돌보기는커녕 정무조차도 제대로 보지 않은 지가 몇 년이다.

그럼에도 불구하고 그가 여전히 제국의 주인이며, 군은 그의 앞에 무릎 꿇는다.

"하하!"

황후는 공허한 웃음을 터뜨렸다. 아니, 그것은 웃음이라기보다는 차라리 비명 소리 같았다. 황제의 말이 옳았다. 다른 그 무엇보다도 이것이 그녀를 가장 미쳐 버리게 만들었다.

황제가 그녀를 돌아보고 말했다.

"전승되는 게 오로지 피만은 아니지. 내가 물려받은 것은 전통과 역사이니. 알고 있을 텐데, 마르고트."

다른 말로는 오래된 사회적 합의다. 그것을 뛰어넘으려면, 그녀는 권력과 음모가 아니라 그 이상의 것을 보여 주어야 했다.

마르고트는 발광하듯 버둥거렸으나 기둥에 묶인 몸을 어찌하지도 못했다. 몸부림칠수록 밧줄이 몸에 파고들었다.

황제의 눈빛이 묵은 살의로 번득였다. 그는 지금 자신의 머릿속에 있는 것이 황제답기는커녕 인간답지도 않다는 것을 알고 있었다. 하지만 5년 전에 이 여자를 싹 버리지 않아서 다행이라고 생각했다.

갑작스럽게 살해당하는 것보다, 제가 벌레처럼 여기고 무시하던 자들에게 끌어내려지는 것이 더 끔찍할 테니.

"황제 폐하."

디트마어가 무겁게 입을 열었다. 황제는 그를 바라보고 아랫입술을 한 번 윗니로 문질렀다. 마음 같아서는 이대로 황후를 끌어내 돌팔매질을 하라고 명하고 싶었으나 이자의 시선이 있는 이상 그럴 수 없었다.

아직도 디트마어는 무릎 꿇지 않고 황제를 똑바로 바라보고 있었다. 거기에는 경의도, 존숭도 없었다. 약간의 당황과 의구심, 짙은 실망감 위에 번진 약간의 기대감이 있을 뿐이다.

그리고 이것이 바로 지각 있는 시민의 시선이다. 황제는 그 사실을 알고 있었으므로 화내지 않고 차분하게 말했다.

"클라우제너 공작에게서 경에 대한 이야기를 들었네, 람스베르크 의원."

"그러십니까?"

"경의 바람이 옳다는 것은 알고 있으나 지금은 내게 맡겨 주었으면 좋겠군. 본디 씨앗을 뿌린 자가 거두어야 하는 법이니."

"황공한 말씀 거두십시오. 저는 이 자리에 한 사람의 제국민으로서 나와, 올바르다고 생각하는 일을 하고자 할 따름입니다."

황제는 그것을 허락으로 받아들였다.

"마르고트 에른스트를 기둥에서 내려 주어라."

"황제 폐하……!"

그가 입에 담은 지칭에, 가까이 다가왔던 로타어와 아우구스타가 경악하며 무릎을 꿇었다. 에른스트라고 부른다는 것은 황후의 지위를 부정한다는 뜻이다.

황제가 싸늘하게 말했다.

"무엇 하느냐? 이대로 기둥에 묶여 있길 바라느냐?"

"아, 아닙니다. 황공합니다!"

로타어가 황급히 손짓했다. 병사 몇이 단상 위로 올라가 밧줄을 풀고 황후의 몸을 안아 내렸다.

"황후 폐하……!"

아우구스타가 어찌할 바를 모르며 그녀를 끌어안았다. 피가 터진 입술과 엉망이 된 얼굴을 손수건으로 닦아 주고, 망설임 없이 제 옷을 벗어 황후의 몸을 덮었다.

"가자."

황제가 말하고, 열린 바리케이드 사이를 성큼성큼 통과하여 지나갔다. 친위사단이 총을 받들어 올리고, 로타어가 황후를 업고 뒤따랐다. 그 뒤를 디트마어와 노이만 의장이 따르고, 그러자 하원 의원들도 줄지어 두 사람의 뒤를 따라 걸었다.

시위대는 조금 더 멈칫거렸다. 조금 전까지 계엄군이었던 병사들 사이로 지나가는 게 두려웠던 것이다. 그러나 누군가가 결심을 세우고 의원들의 뒤를 따르자, 금세 그것은 행렬이 되었다.

아우구스타가 타고 온 마차가 있었으나 황제는 그것을 타지 않았다. 대신 그는 황궁까지 걸었다.

거기에는 특별히 정치적인 의도가 있었던 게 아니다. 적당히 시간을 끌고, 황후가 제 뒤를 따른다는 굴욕감을 맛보게 하기 위해서였다.

그러나 그의 뒤를 따라 길을 가득 메운 행렬은 그렇게 생각하지 않았다. 평소에는 보통 사람에게 허락되지 않는 중앙 대로를 건너 황궁의 정문으로 들어선다. 하원 의원들은 이 일이 시민들에게 어떻게 받아들여질지를 생각하지 않을 수 없었다.

황궁의 그랜드 홀이 열렸다. 황제가 칩거한 뒤 오랫동안 열리지 않았음에도 빈틈없이 관리된 공간에는 먼지 한 톨 없었으나, 비극적인 시간이 켜켜이 쌓인 듯했다.

황제는 익숙한 태도로 알현실을 가로질러 가 황좌에 앉았다. 그리고 선언했다.

"재판을 하지."

그가 말한 재판이, 디트마어가 말한 재판과는 다른 종류의 것임은 명백했다.

이건 올바른 절차가 아니었다. 재판관도, 변호사도 없었으며, 증인은 물론 법전조차 없었다. 하지만 디트마어는 굳이 그것을 지적하지 않았다.

아우구스타가 목 놓아 외쳤다. 반쯤 의식을 놓은 채 끌려온 황후는 그녀의 품에 널브러져 있었다.

"무엇에 관해 말씀입니까? 황제 폐하께서 칩거하시는 동

안, 황후께서 황실의 대표로서 일부 통치 행위를 하시긴 했으
나……!"

"아니. 그걸 문제 삼으려는 건 아니야."

황제가 차갑게 말했다. 통치 문제에는 관심 없었고, 사실 그
책임은 마르고트 혼자의 것도 아니다. 의회가 함께 책임져야
했으며, 사실 자신이 그녀를 방치한 것이나 다를 바가 없다. 그
러니 그는 마르고트를 판단할 자격이 없었다. 게다가 그럴 만
한 능력도 없었다.

그러나 자신이 이 여자를 끝내야 한다.

세상이 바뀔 것이다. 엘리엇의 세상이 오기 전에, 자신이 만
든 죄악을 모조리 걷어서 가져가야 마땅했다.

그리고 그러려면, 황후가 한 일은 모조리 부정되어야 했다.

"마르고트 에른스트, 네가 재판 받을 일은 불륜이다. 그리고
살인이지."

"불륜?"

그때까지 너무 지친 나머지 표정조차 제대로 만들지 못하고
있던 마르고트가 어이없는 얼굴로 되물었다.

불륜이라니. 그것보다 자신과 황제 사이에 더 걸맞지 않은
말은 없었다. 애초부터 배신을 운운할 만큼 좋은 사이도 아니
지 않은가.

"리누스는 내 자식이 아니고, 황실의 핏줄도 아니지. 마르고
트 에른스트, 애초부터 우리 결혼은 무효였고, 너는 황실에 거
짓 자손을 밀어 넣었으니, 이보다 더한 반역죄는 없다."

황제는 나직하게 선언했다.

'통치가 옳은가 그른가로 따지면, 논쟁의 여지를 주는 셈입니다.'

아내와 수없이 이런 논쟁을 했던 바 있는 에리히가 로건에게 일러 주는 듯이 말했다. 물론 진짜는 자신더러 들으라고 하는 말이었을 터이다.

'일단 논쟁이 되면 발언권을 주게 됩니다. 악인에게는 변명할 기회를 주면 안 됩니다. 장엄한 죽음과 마찬가지로, 변명이 연설처럼 남아 오랫동안 유령이 되어 떠돌 겁니다.'

그러니, 그녀를 쳐 내려면 개인적인 부정을 처벌하는 게 가장 확실하다. 그리고 황제는 애초부터 그럴 작정이었다. 그보다 그가 더 원하는 것이 없었기 때문이다.

마르고트가 입을 벌리고 웃었다.

"20년 전에 말했다면 모르되, 이제 와서 무슨."

당연히 취할 조치는 모두 취했다. 결혼식 날 밤에 황제에게 약과 독주를 먹여 재웠다. 어차피 이런 남자의 자식을 낳아 봤자 무능할 거라고 생각했기 때문에 굳이 관계를 갖지는 않았지만, 그걸 황제가 알 게 뭔가? 잠자리에 들었다고 하면 든 줄 알 수밖에 없는 형편이었다.

"조지, 네가 헨리에타에 대한 의리를 지켜서 결코 다른 여자와는 자지 않았다고 주장하려는 건 아니겠지? 제정신을 가지고 있던 시기가 길지도 않았던 주제에."

"아니, 실제로 불가능한 일이니까."

황제가 낮은 소리로 말했다. 그것이 남자로서 수치가 되든 말든 그는 이 사실을 공개하는 것에 주저함이 없었다.

"나는 불임이야."

그랜드 홀을 가득 메우고 있는 사람들이 모두 숨을 죽였다.

"헨리에타가 죽었을 때 약을 마셔 버렸지. 재혼을 강요당하는 게 끔찍했으니까."

어떤 의미에서는 마르고트가 아니었으면 재혼하지 않았을 것이다. 마르고트는 절대로 아내를 대신할 수도, 그녀의 자리를 위협할 수도 없었기 때문에 강요를 받아들였으니까.

그때 죽었어야 했는데. 돌이켜 생각하면, 그때 죽었어야 했다는 생각이 쉬지 않고 계속되었다.

아니, 그때가 아니다. 더 일찍이다. 그녀가 사악하다는 것을 몰랐을 때부터, 영특한 에른스트 공녀에게 야심이 있다는 것을 알았을 때부터 싹을 밟았어야 했다.

알았을 때는 이미 헨리에타는 죽었을 때니까, 그 전에 반드시.

황제는 발작적으로 몸을 떨며 황좌에서 일어섰다. 옛일이 떠오를수록 끔찍한 기억이 되살아나고 다 낫지 않은 섬망증을 자극했다. 그는 오랫동안 미뤄 온 일을 실행하려고, 권총을 꺼내기 위해 주머니에 손을 넣었다. 그때 주머니에서 작은 커프스 링크가 잡혔다.

"아."

안 된다.

그는 아직도 엘리엇에게 그걸 돌려주지 못하고 있었다. 그 조그만 아이가 손목에 차고 있던 파란 돌. '아빠의 파란 돌'이라고 불렀던 것.

그건 제러드가 아니라 에리히의 것이다. 아이는 제러드만의 아이가 아니고, 그러니 저 혼자의 아이도 아니다.

아이를 생각하면, 그는 견뎌 낼 수 있었다. 그렇게 해야 했다.

온전히 이 일을 끝내야 다음으로 나아갈 수 있다. 그는 커프스 링크를 움켜쥔 채 다시 털썩 황좌에 앉았다.

"마르고트 에른스트는 사생아를 거짓으로 황실의 직계손으로 속였으며, 마침내는 황좌를 탐내어 황태자를 살해했으니 이는 반역죄다. 어찌해야 옳은가?"

"……반역죄의 처벌은 본디 교수형이지만, 황태자 시해죄에는 증거가 없습니다."

슐츠 의원이 나서서 말했다. 황후를 변호한다기보다는 법적 문제를 검토하는 듯한 건조한 어조였다. 황제는 주먹을 움켜쥔 채 말했다.

"처벌이 결정될 때까지 마르고트 에른스트를 탑에 감금한다."

"폐하!"

아우구스타가 찢어지는 듯한 비명을 질렀다. 황제는 아픈 머리를 움켜쥐고 그 자리에서 고개를 숙였다.

집착

친위사단 쪽도, 북방군 쪽도 연락망은 이미 흐트러진 뒤였다. 황궁과 의사당에서 무슨 일이 벌어지고 있는지도 모르는 채 전투는 속행되었고, 제3 친위사단의 일부는 여전히 클라우제너 공작 부인을 찾고 있었다.

시위대 앞을 벗어난 리누스의 호위 중 세 명이 그 양쪽으로 달려갔다. 지금은 최대한 병력과 물자를 수습하여 에른스트에 집결해야 한다.

황후는 포기한다. 그들은 황후를 따르기는 했으나, 그들의 깃발은 리누스였다.

"아직 동측 기차역이 살아 있습니다. 그쪽을 통해서 수도를 빠져나간 다음, 옌스베르크에서 마차로 갈아타고 에른스트로 가시는 게 좋겠습니다."

"전하께서 계시는 이상, 아직 진 것이 아닙니다. 클라우제너 공작의 명성이 높다 한들, 그는 방계에 불과합니다. 반역자입니다."

황제가 살아 있다는 것도, 엘리엇의 존재도 모르기에 할 수 있는 말이었다.

"에른스트와 로멜이 온당한 상속권을 위해 전하와 함께할 것입니다. 버러지 같은 자들이 깃발을 들고 거리에 나서 봤자."

"멈춰."

리누스가 그의 말을 듣는 둥 마는 둥 하고 있다가 짧게 말했다. 부관은 당황했다.

"지금은 부대와 합류하는 게 우선입니다."

"야코프 장군이 이 근처에 있을 거야."

로텐부르크에서 가장 오래된 건물들이 모여 있는 상점가에서 리누스는 마차 문을 열고 내렸다. 도시를 관통해 가로지르는 강이 가까웠기에, 불유쾌한 냄새가 코를 찔렀다. 리누스는 호위 중 두 명을 지적하여 명령했다.

"너, 너. 이 길과 저 길로 가도록. 야코프 장군을 만나면 내가 여기 있다고 해."

"전하, 지금은 그럴 때가."

"명령이다."

어쩔 수 없이 전령들이 달려갔다. 리누스는 불편한 기분으로 그 자리에 서서 냄새나는 강을 잠시 바라보고 있었다.

"동측 기차역보다는 배가 낫지 않을까? 내가 에리히라면 철로를 가만 놔두지 않았을 텐데."

"동측 기차역은 소수의 여객만 다니는 곳입니다. 북방군 별동대가 거기까지 미치지는 않았을 겁니다."

"북쪽 철로는 안전한가? 차라리 항구가 나을 수도 있지. 해군은 여전히 태업 중일 테니."

리누스는 침착하게 말했다. 부관은 동의하지 않을 수 없었기에, 그에게 물었다.

"쾌속선을 준비할까요?"

"가능한가?"

"징발할 수 있을 겁니다."

"그러면 그게 낫겠군."

리누스는 짧게 대답했다. 하지만 사실 진지하게 해로를 생각했다기보다는 머릿속 절반으로 다른 생각을 하고 있었다.

'클라우제너의 안가가 이 근처에 하나쯤 있을 텐데.'

에른스트도 오래된 저택을 이 인근에 가지고 있다. 사용은 거의 하지 않았다. 선대 에른스트 공작이 정부를 만나는 장소로 사용했기에, 그곳의 비밀 통로는 더 이상 비밀 통로라고 할 수 없었다.

'비밀 통로라.'

그게 그 시기에 지어진 저택의 유행이었다면, 클라우제너 공작가가 가진 것도 마찬가지일 것이다.

그러니 배수진을 치기 위해서든, 만일의 경우에 도주하기 위해서든, 이 근처 안전 가옥에 숨었을 가능성이 컸다. 그 뜻을 전달해 두었으니, 야코프 장군도 이 근처에서 수색하고 있으리라.

그는 산책하듯 천천히 강변을 따라 걸었다. 어차피 전령들이 돌아올 때까지 기다려야 하므로 부관도 다른 말은 하지 않았다.

오래지 않아 야코프 장군이 클라우제너 공작 부인을 찾던 부대를 이끌고 달려왔다. 그리고 이것이 클라우제너의 안전 가옥을 자극했다.

클레어는 그때까지 여전히 정보를 차단한 채 고요히 안전 가옥에 머무르고 있었다.

막시밀리안은 그때까지도 돌아오지 않고 있었다. 클레어는 그것을 긍정적인 신호로 받아들였다. 디트마어와 울리히의 시신이 발견되었거나 죽었을 거라고 여겨졌다면, 진즉 돌아왔을 것이기 때문이다. 그러니 아직까지 돌아오지 않았다는 것은 그들이 살아 있다는 뜻이다.

"클레어 님, 좀 누워 계시는 게……."

"아니야. 마음이 불편해서……."

클레어는 고개를 저었다. 지금도 충분히 안락한 의자에 기대어 있으니까. 바깥 상황이 궁금했다. 전령을 끊었더니 소리조차 숨죽인 저택이 고요했다.

에리히는 무엇을 하고 있을까? 그와 의견을 나눈 것은 밀러 교수의 서재에서 재회했을 때가 마지막이었다. 그 뒤로는 보안 때문에 편지조차 주고받지 못했으니, 지금 이 순간에는 아무것도 알 수 없었다.

'군을 끌고 와서 쓸어버린다고 했으니까.'

로멜-아렌 제국의 의회를 만든 것은 프리드리히 대제와 세레니티 여왕이다.

물론 귀족 합의체로서의 상원은 그 이전부터 존재했으며, 중류 계급의 정치 참여에 대한 사회적 요구 또한 있었다. 그러나 황권이 가장 강력한 순간에 프리드리히 대제가 자기 힘으로 의회 체제를 만들었으며, 비슷한 시기에 세레니티 여왕이 함께 그 작업을 했다.

그러므로 법은 황권 아래에 있다. 아렌 왕가의 왕권은 소멸한 것이 아니라, 황권 아래에 자발적으로 위임하는 형태다. 때문에 백 년이 지나 형식만 남아 있다고는 하나, 여전히 황제가 즉위하거나 아렌 공왕이 바뀌면 충성을 맹세하는 예식을 거행한다.

이것은 명예의 문제였으므로, 클레어가 보기에는 약간 실소나는 일이었지만 말이다. 그리고 실권은 법과도, 명예와도 또다르게 결정되곤 했다.

'적어도 남방군은 공왕 전하가 멈춰 둘 수 있을 테고.'

북방군도 수중에 넣을 자신이 있으니 에리히가 그렇게 말한 것이리라.

그러면 이제 시위대만 남는다. 노이만 의장에게 하원 의원들을 동원해서 계엄군의 발포를 막으라고 종용했으나, 과연 폭발하지 않을 수 있을지는 모를 일이다. 디트마어가 살아 있다면, 단순한 폭동으로 끝나지 않게 이끌 수 있었을 텐데.

아니, 또 모르는 일이다. 클레어가 모를 뿐이지, 이미 넘칠 정도로 차오른 갈구를 생각하면, 오늘 갑자기 누군가가 단상에 뛰어올라 당통이 되어도 이상할 것이 없다.

이미 자신의 손을 떠났다. 어차피 역사의 흐름은 일개인이 다룰 수 있는 게 아니다. 클레어는 에리히처럼 자신이 모든 것을 통제할 수 있으며, 그래야 한다고 생각하지 않았음에도 못내 마음이 불편했다.

적어도 책임 한 자락 있는 사람으로서 자신이 그 한중간에 있어야 했는데.

'아기만 생각하자.'

엘리엇과 아기를 위하는 것만으로도 두 손이 꽉 찰 테니. 하지만 어둠 속에 있으니 상념이 깊어졌다.

'내 인생은 이미 꽉 찼어.'

그 애가 용감하다는 걸 몰랐던 게 아니다. 그러니 만일에 자신이 좀 더 신뢰를 주었다면 어땠을까? 자신이 평소에 개인적이며 사적인 삶을 추구하는 게 옳다고 주장하지 않았다면, 그 애는 제 인생을 꽉 채운 남자에 대해서 먼저 말해 주었을까?

아니면, 그날 에리히를 믿고 찾아갔으면 어땠을까? 배 속에 있는 아기의 혈통은 곧바로 확인되었을 것이다. 그랬다면 지금처럼 일이 커지는 대신 아마 엘리엇이 곧바로 황태손으로 선언되고, 5년 동안 정치적, 사회적 문제를 심화시키는 대신 의회에서 싸우고 있을지도 모른다.

암살 위협은 늘 있었겠지만, 그만큼 보호하려는 사람도 많았으리라. 엘리사는 황태자비로서 훌륭하게 해 나갈 수 있었을 게 분명하다.

'딱히 후회하고 있는 건 아니지만……'

결국 그것도 에리히의 방식을 받아들이는 게 나았으리라는 후회와 비슷한 것이다.

그냥, 생각만 해 보는 것이다. 지금은 딱히 생각할 게 없으니까.

그녀는 아기에 대한 생각도 했다.

'여자아이든 남자아이든, 에리히를 닮는 게 얼굴은 더 낫겠지? 베티나 공녀도 미인이고……. 그래도 여자아이라면 엘리사를 닮으면 좋겠다. 그럼 귀여운 옷을 옷장에 한가득 걸어야지. 아동복을……'

생각하다가 클레어는 멈췄다. 아니, 이제 일은 그만 늘리고 좀 더 가족과 함께 있을 시간을 만들 거니까.

아니다. 또다시 생각해 보니 이번에 태어날 아이가 클라우제너의 후계자가 될 거라면, 하나만 더 낳더라도 상속 재산을 비슷하게 맞춰 주려면 사업체가 수백 배는 커져야 했다.

'아니, 앞으로도 절대로 오일 머니는 못 이기지. 그냥 클라우제너의 재산 중에 갈라낼 수 있는 걸 갈라 보자.'

그게 세상을 위해서도 여러모로 좋은 일이다. 에리히는 눈살을 찌푸릴 테지만, 인장 반지를 내놓고 다 맘대로 하랬으니

전부 맘대로 해야지.

그런 생각에 클레어가 혼자서 웃었을 때였다. 갑작스럽게 숨죽인 살기가 공기 중에 감돌았다. 클레어는 목소리를 낮춰 물었다.

"무슨 일이야?"

"군복을 입은 탐색자가 있습니다. 목표는 불확실합니다."

조그만 소리로 호위팀 부장이 속삭였다. 모두가 숨을 죽였다. 상대가 그냥 지나쳐 줬으면 좋겠지만, 만일에 약탈하려는 병사들이라면 이 집은 꽤 좋은 먹잇감일 것이다.

쾅쾅 두드리는 바람에 문이 흔들렸다. 호위팀 부장은 이를 악물고 손짓했다. 요안나가 클레어를 잡아끌었다.

다음 순간 누군가가 문을 박찼다.

이것은 리누스의 명령이 약간의 불운과 겹쳐져서 생긴 일이다.

약탈 문제는 계엄령이 내려진 직후부터 있었다. 친위사단이 스스로에게 느끼는 긍지와 별개로, 무소불위의 권위를 얻게 된 병사와 책임을 남에게 뒤집어씌울 기회를 얻게 된 불한당들이 약탈자로 돌변하는 일은 드물지 않았다.

이번 것도 그런 경우였다. 합류 명령과 동시에 쾌속선을 징발하라는 명령을 받은 야코프 휘하의 병사 몇 명이 이것을 약탈 허가로 받아들였다. 그리고 가져갈 게 많을 것 같은 가게나 집의 문을 박차 열었다.

문이 열렸는데도 숨죽인 채로 버틸 수는 없었다. 그러기에는 집 안에 머물러 있는 사람 수가 너무 많았다.

"헉!"

병사는 어두운 실내의 그늘 속에 숨어 있는 인기척을 느끼고는 비명 같은 숨을 들이켰다.

퍽!

문간에 있던 호위들이 단숨에 팔을 꺾어 잡고 무장 해제를 시킴과 동시에 입을 틀어막았다. 그러나 기어이 총성이 터지고야 말았다.

탕!

어둠 속에 잠겨 있던 거리에 불길한 한 발의 총성이 울려 퍼졌다.

"이게 무슨 소리냐?!"

리누스와 합류한 야코프가 물었다. 부관이 다급하게 말했다.

"이 거리에 무장 세력은 없을 겁니다. 아마 숨어 있던 일반인이 저항했거나⋯⋯, 전하?"

리누스가 괴상한 얼굴로 웃고 있었다. 야코프는 의아하게 그를 쳐다보았다.

"운이 닿는 것 같은데."

"예?"

"장군, 총성이 난 건물을 포위해. 아무것도 아닌 장소에서 용감한 제3 친위사단의 병사들이 민간인을 상대로 총을 쏘았을 리 있나."

리누스의 말에 야코프의 얼굴이 굳어졌다. 그 말도 일리가 있었다. 만일에 민간인이 저항하다가 총을 쏘았다면, 지금쯤 끌려 나오고 소란이 벌어졌을 것이다. 하지만 거리는 다시 고요 속에 잠들었다.

이 시점에 이 거리에서 무장 병력을 거느리고 숨죽인 채 숨어 있을 만한 사람은 무어 공작 아니면 클라우제너 공작 부인뿐이다. 어느 쪽이든 잡으면 향후 큰 도움이 되리라.

리누스가 턱짓했다. 야코프는 그에게 경례한 뒤 직접 군병을 이끌고 총성이 난 쪽으로 향했다. 그는 그 뒷모습을 바라보며 헛웃음을 머금었다. 그리고 가까이 서 있는 호위의 손에서 기병단총을 빼앗아 들고, 성큼성큼 강변으로 내려갔다.

"전하!"

부관이 당황하며 그 뒤를 따랐다. 리누스는 싸늘하게 말했다.

"따라오든 말든, 마음대로 해."

죽는 건 여전히 상관없었다. 아니, 살아 있는 느낌이 여전히 혐오스러웠다.

그러나 그 감각은 전과는 다른 기분이다. 예전에는 물속에 가라앉아 그대로 세상에 본래 없었던 것처럼 사라지기를 바랐다면, 지금은 물이 아니라 불에 몸을 던져 전부 태워 버리고 싶다.

그는 문득 황제의 무심하고 신경질적인 시선을 생각했다. 같은 공간에 있었던 적도 드물었으나, 때때로 공적인 자리에서 마주치게 되면 자신을 바라보던 그 물 같은 눈동자를.

그건 바다 같은 빛깔이 아니라 한 컵 떠 놓은 말간 물색이었다. 분노와 혐오조차도 없는 무관심한 그 눈.

그는 물속에 들어가고 싶었으리라. 리누스는 문득 황제가 제 아내의 배 속으로 들어가고 싶어 했을지에 대해 생각해 보았다.

그도 이제는 불에 몸을 던지고 싶어졌을까? 글쎄. 그는 그토록 사랑하는 아들이 죽었을 때조차도 물속에 잠겨 있었다.

만일에 그가 불에 몸을 던진다면 그 불꽃은 아편의 연기를 피울 것이다. 그리고.

'강가에 붉은 꽃이 피었으면 좋겠군.'

우스운 일이다. 제러드는 그를 전혀 닮지 않았다. 아마도 자신이 더 닮았을 터인데, 정작 이 혈관에 흐르는 피에는 그의 것이 전혀 섞여 있지 않다니.

혼자 죽을 용기조차 없으면서 증오만 품는 것까지 똑같은데.

클레어는 총성이 들린 순간 놀라서 일어섰다. 곧바로 조용해졌는데도, 그런 일에 둔감한 그녀조차도 알아챌 만큼 공기가 술렁였다. 빌헬름이 달려왔다.

"무슨 일이에요?"

"문을 부수고 들어오려 하던 자가 있었습니다. 제압했지만……."

"이런."

클레어는 아랫입술을 깨물었다. 이미 총성이 울렸으니 끝까지 숨어 있지는 못할 것이다.

"단순한 약탈자인가요, 아니면 저를 쫓는 자인가요?"

"후자일 가능성이 높지 않겠습니까?"

"지금 나가는 게 좋겠군요."

클레어는 주머니 안에 들어 있는 통행증을 쥐었다. 만일에 상대가 검문이나 강도질을 목적으로 들어왔던 것뿐이라면, 그냥 낡은 옷을 입고 밖으로 나가는 게 좋을 것이다. 아우구스타가 발행한 통행증이 모든 것을 해결해 줄 테니까.

하지만 자신을 노린 거라면, 고작해야 위장 신분으로는 숨길 수 없다.

"포위당하면, 나는 아무 쓸모도 없어요."

안전하고 느리게 움직여야 한다. 아기 때문만이 아니라, 클레어는 운동 신경이 둔했고, 승마조차 서툴렀다. 마차를 타고 추격 부대를 뿌리치는 건 불가능한 일이다.

"배를 준비해 두었습니다."

"그래요."

클레어는 낡은 망토를 머리까지 뒤집어썼다. 거의 똑같은 망토를 요안나와 호위팀의 몇몇 여자 대원이 입었다. 클레어는 기가 막힌 기분을 느꼈다.

'빌어먹을 전근대 사회.'

5년 전에, 엘리사와 함께 달아나면서도 그런 생각을 했었다.

272

하지만 그때 클레어는 이렇게 인권이 없는 사회라면 살인도 쉬울 테니, 자칫하면 대귀족에게 흔적도 없이 파묻힐 거라는 생각을 했을 뿐이다.

하지만 이제는 그녀를 보호하기 위해 목숨을 던지겠다는 사람들이 있었다. 그녀는 아랫입술을 깨물었다. 웃긴다고 생각했던 모든 절차와 의식, 충성과 명예가 실제로 이 시대를 살아가는 사람들에게 어떤 의미가 있는지를 생각하게 되고 만다.

요안나가 염려스럽게 말했다.

"막시밀리안 경이 남아 있었으면 좋았을 텐데요."

"어쩔 수 없지."

그쪽에도 별일 없기를 바랄 뿐이다. 클레어는 빌헬름을 따라 비밀 통로로 빠져나가, 작은 기범선 앞에 섰다. 그리고 문득 그 앞에서 말했다.

"그런데, 함정이 없을까요?"

"이 강은 얕아서 군선이 들어올 수 없습니다."

"아뇨. 그게 아니라, 배가 갈 수 있는 곳은 한정적이잖아요. 만일에 덫이 준비되어 있다면, 이런 작은 배로는 달아나기 힘들 것 같아서요."

이 수로와 저택의 비밀 통로가 준비되었을 때는 아마도 열병기가 발달하지 않았을 것이다. 포탄을 쏜다 해도 피해 달아날 수 있었을지 모르지만, 지금은 폭탄 하나로도 이런 배에 구멍을 낼 수 있을 것 같았다.

"타지 않는 게 좋겠어요. 차라리 수로로 기어갈게요."

"클레어 님……."

"행선지를 알려 주는 거나 다를 바가 없다고 생각해요."

"말씀하시는 의미를 알겠습니다. 그러면, 배는 배대로 출발시키겠습니다. 이것도 미끼 역할을 해 줄 테지요."

클레어는 숨을 들이마셨다. 아니, 오로지 그녀를 위해서만 하는 일은 아닐 터이다. 클라우제너가 이 사람들에게 어떤 가치가 있는 것인지를 생각하고, 또 그것을 등에 지고 있는 사람을 떠올렸다.

호위 중 하나가 그녀에게 권총을 건네주었다. 클레어는 그것을 쥔 채 손까지 오른쪽 주머니에 넣었다.

'배워 두길 다행이지.'

최근에 혹시 몰라 안전장치 푸는 법을 배웠다. 하지만 실력은 형편없었다. 전생에 활과 총을 잘 다루는 게 민족적 특성이라는 농담이 있었기에 조금 기대했지만, 아무래도 민족성은 영혼이 아니라 핏줄에 깃드는 모양이다.

배가 먼저 천천히 밖으로 나갔다. 클레어와 요안나, 그리고 몇 명의 호위가 그 모습을 지켜보고 나서 수로 쪽으로 걸음을 옮겼다.

"클레어 님!!"

갑자기 요안나가 그녀에게 달려들어 제 몸으로 그녀를 바닥에 덮어 눌렀다. 거의 동시에 폭음이 울렸다.

카앙!

쇳조각을 폭발시키는 듯하기도 하고, 교통사고 같기도 한 소리였다.

"아악!"

누군가가 비명을 질렀다. 배가 크게 흔들리면서 물이 솟구쳤다. 뒤이어 총탄이 쏟아지면서 금속성의 튀는 소리가 고막을 찢을 듯 울렸다. 클레어는 숨조차 쉬지 못하고 비명과 강물 속에서 일어나는 것 같은 폭음에 휘말렸다. 눈앞이 빙 돌고, 가슴 안쪽에서 장기란 장기가 모조리 뒤집히는 것 같은 착각을 느꼈다.

"부인!"

누군가가 그녀를 끌어안고 물속으로 뛰어들었다. 일제사격을 피하기 위해서였을 테지만, 배가 공격당하면서 일으키는 물살에 휩쓸려 허우적거리며 떠내려가고 말았다.

"……!!"

물이 폐 속 깊은 곳까지 차올랐다. 눈앞이 검푸른색으로 변하고, 물을 먹은 망토가 그녀의 몸을 강바닥까지 끌어 내리려는 듯 무겁게 가라앉았다.

누군가가 그 망토의 후드를 움켜잡았다. 클레어는 억지로 물 위로 끌려 올라갔다.

"쿠, 울럭! 쿡, 큭, 하……!"

입과 코로 물이 쏟아졌다. 어두워졌던 시야가 빙글 돌며 빛을 되찾았다. 몸이 추위가 아니라 공포로 벌벌 떨렸다.

"리, 리누스……."

물에 젖은 리누스가 그녀의 멱살을 잡고 웃었다.

"이번엔 내가 구해 줬군."

"너, 진짜…….."

미쳤구나.

클레어는 떨리는 입술로 그렇게 말하려다 말고 의식을 잃었다.

✦

몸이 좌우로 균일한 리듬으로 흔들리는 것을 느끼며 클레어는 백일몽에 빠져 있었다. 평소보다 더 많이 덜컹거리는 것 같은데, 혹시 노선을 잘못 탔나? 이러다 내릴 역을 놓치겠다. 지각하면 썩을 놈의 본부장이 갈굴 게 분명했다. 그럴 거면 퇴근이나 일찍 시켜 주든가.

출근하기 싫었다. 그렇다고 회사를 때려치울 수도 없고. 어제가 아버지 기일이었다는 것은 연차를 낼 이유가 되지 못했다.

어차피 성묘 갈 계획도 없었으니까, 진짜로 이유가 없었던 게 맞았다. 어머니는 기일이라고 해서 굳이 거창하게 하지 말고, 하얀 국화라도 한 송이 사다 놓고 사진을 보며 추모하자고 말했지만, 그녀는 혼자가 된 이후로 그조차도 한 적이 없었다.

침울하다는 것도 병가를 낼 이유는 아니었다.

나쁘지 않은 삶이었다고 생각한다. 평범한 가정이었고, 특별히 어린 시절에 불행을 겪지도 않았다. 남들보다 가족을 조금 일찍 잃었지만, 성인이 되어 취직하고 독립까지 한 후의 일이었다.

혼자 사는 삶에도 불만이 없었다. 제 한 몸 충분히 보살필 수 있을 만큼 월급을 받았고, 여자 혼자 안전하게 살 수 있었고, 더치페이라면 가끔 친구들과 비싼 레스토랑에서 밥도 먹을 만했고, 또 1년에 한두 번은 사치도 했다.

그럼에도 집에 혼자 머무는 날에는 허무한 마음이 들곤 했다. 자신의 뒤에 남길 것이 없다고 생각하면 때때로 이 삶에 무슨 의미가 있는지, 이대로 끝나도 상관없지 않는지, 생각하지 않을 수 없었다.

'일 벌이는 거 좋아하잖아. 게다가 능력 인정해 줘, 인센티브까지 있는데, 왜 싫어하는 척하는지 모르겠군.'

에리히가 그런 말을 한 적이 있었다. 아니, 에리히가 아닐지도 모르겠다. 그는 인센티브 같은 단어는 모를 테니.

자신이 뭐라고 말했던가. 그냥 웃으면서 얼버무렸던 거 같다. 지금 당장 힘들어 죽겠는데 인센티브가 다 뭐냐고 했던가, 아마 그랬을 것이다. 얼버무린 말이었지만 진심이기도 했다.

'그래서, 성공해서 돈을 벌면 뭐가 남죠?'

그녀는 혼자였다.

물론 돈이 많아서 나쁠 건 없었다. 갖고 싶은 물건도 많았고, 노후 걱정도 있었다. 좋은 곳에 여행을 가거나 친구들에게 기분 좋게 한턱을 내거나, 모두 좋아하는 일이다.

하지만 축하해 줄 사람은 있어도, 같이 기뻐해 줄 사람이 없었다. 뭔가를 남겨 줄 사람도. 그렇게 생각하면, 남동생이 있어

봤자 어차피 외로웠을 것이다. 딱히 인생을 같이할 만큼 사이가 좋은 것도 아니었으니.

그래도 죽을 때, 모든 것이 허무하게 흩어지지는 않았으리라.

'얼굴 보니 탄수화물이 모자란 모양인데, 이거나 먹어.'

본부장이 주머니에 손을 꽂고 그녀를 내려다보았는데, 눈앞에 뽕 하고 커다란 컵이 나타났다. 그녀는 의아하게 그를 쳐다보았다. 하지만 꿈은 꿈이라서, 이미 그는 사라지고 없었다.

주기적으로 찾아오는 무기력 속에서 몸이 규칙적으로 흔들렸다.

"군고구마."

클레어는 잠꼬대처럼 중얼거리며 의식을 되찾았다. 그러고 보니 마지막으로 먹은 것이 군고구마 아이스크림이었다. 우유와 고구마를 같이 먹는 것에 대해서, 공작저의 요리사는 여전히 이해하지 못하고 있었지만 말이다.

"배고픈가?"

클레어는 그 대답에 화들짝 놀라 눈을 떴다. 그리고 자신이 기대어 있던 어깨가 낯설다는 것을 깨닫고 파드득 놀라 몸을 일으키려 했다.

하지만 마차 안은 좁았다. 머리를 부딪칠 뻔한 데다가 눈앞이 핑 돌아 그녀는 휘청거리다 마차 바닥에 주저앉을 뻔했다. 전철의 진동이라고 생각했던 것이 마차의 흔들림이었던 모양이다.

리누스가 손을 뻗어 그녀를 부축했다.

"무리해서 움직이지 마. 의사가 없으니, 지금 응급 상황이라도 생기면 어떻게 해 줄 수가 없어."

"어떻게……?"

되물으려는 목구멍이 갈증으로 갈라져 터질 것 같아서 말을 온전히 하지 못했다. 리누스가 몸을 움직였다. 그제야 클레어는 자신이 그에게 기대앉아 있었다는 것을 깨달았다.

온몸이 으슬으슬 떨리는데, 몸속에서는 열이 활활 끓는 듯이 솟구쳤다. 컨디션에 문제가 있다는 것을 느끼지 않을 수가 없었다. 젖은 스커트에서 떨어지는 물이 마차 바닥에 작은 웅덩이를 만들었다. 헝클어진 머리에서 냄새가 났다. 젖은 채로 도톰한 양털 망토를 덮고 있었다.

"미안하군. 시간이 급해서 갈아입힐 사람을 불러올 수 없었어."

리누스가 그녀에게 수통을 건네며 말했다. 클레어는 혐오감에 치를 떨며 그 손을 탁 쳤다. 그러자 그는 표정 하나 바꾸지 않고 그 수통을 제 입술로 가져갔다.

"리누, 읍!"

거부를 표시할 시간도 없었다. 리누스가 그녀의 팔을 비틀어 잡고 당겨 입술을 겹쳤다. 거기에는 별로 음탕한 의도도 들어 있지 않았다. 죽을 자에게 물을 주기라도 하려는 양 입 안으로 물이 흘러 들어왔다.

목적이 무엇이든 끔찍하게 불쾌해서 클레어는 온몸으로 발버둥 치며 그 혀를 세차게 깨물었다.

"윽."

피비린내가 클레어의 입 안으로 확 퍼졌다. 리누스가 그녀를 놓고 물러났다. 흰 얼굴과 셔츠에 물과 피가 섞여 주르르 떨어졌다.

"미친놈!"

클레어는 헐떡거리면서 소리쳤다.

깨끗한 손수건이 없었기에 리누스는 소맷자락으로 입가를 닦았다. 그 얼굴에는 아무런 표정도 없었다. 비로소 줄곧 추구하던 '로멜 귀족다운' 무표정을 얻은 것 같았다.

"알아서 마시라고 줘도 거절했잖아."

그가 몇 번 혀를 움직여 상처를 살핀 후에 말했다. 옆쪽의 살점이 떨어져 나갔지만, 피가 자꾸 흐르는 것 말고는 혀 자체를 움직이는 데 큰 지장이 없는 것 같았다.

"몸조심해야지, 클레어. 아기가 놀라겠어."

"그게 너랑 무슨 상관이야!"

"왜 상관이 없어? 너와, 네 아기인데."

리누스가 피에 젖은 입술로 무감정하게 말했다. 클레어는 호러물의 괴물이라도 만난 것 같은 기분으로 그를 올려다보았다.

"나는 너도, 엘리엇도, 그 아기도 미워하지 않아. 사실 네 건강을 고려하면 이래저래 불안하니까 상황적으로 나쁘다고 생

280

각하지만, 이왕 생겼으니 건강하게 아기를 낳고, 몸조리 잘해
서 너도 건강을 되찾길 바라."

"날 대체 어쩔 셈이야? 왜 이러는 거야? 네가 이기고 싶다면,
조용히 처박혀 있던 나를 신경 쓸 때가 아닐 텐데!"

"에른스트로 데려갈 거야."

"에리히 때문에 이래?"

역시 인질로 쓸 생각인가? 자신은 에리히를 동요시킬 수 있
을 테고, 아기는 클라우제너의 후계자다. 그걸 생각하면, 진짜
로 골치 아픈 일이 될 수도 있었다.

안 그래도 어두운 마음에 사로잡혀 있던 클레어는 최악의
경우를 그렸다. 에리히를 암살하고, 자신과 아기가 모두 사로
잡혀 있다면, 그때부터 클라우제너는 에른스트의 것이다.

델포드는 괜찮다. 아렌 남부에 있으니 에른스트가 손을 뻗
기 힘들뿐더러, 작은아버지인 제임스가 알아서 잘할 것이다.

하지만 클라우제너와 에른스트는 가까이에 붙어 있고, 수장
에 따라 서로 다르게 행동하고는 있지만 본질적으로는 상당히
동질이다. 게다가 자신이 죽으면 루덴도르프는 결국 다시 에른
스트에 붙을 수밖에 없다.

그러면 두 가문을 합쳐 북방에서 독립하는 것도 가능하다.
아렌의 곡물에 의지하면서 북방에서 농업은 사양 산업이 됐지
만, 루덴도르프 평야는 건재하니까.

'아⋯⋯.'

그녀는 자신이 이 시대 귀족처럼 사고하고 있다는 사실을

깨달았다. 냉정하게 말해서 북방에 독립국이 생기는 게 뭐가 문제란 말인가? 결국 거기 사는 평민들의 삶은 크게 달라지지도 않을 텐데. 기껏해야 상단이 조금 힘들어질 뿐이다.

하지만 그렇게 생각하면서도 그녀는 족쇄 역할을 하게 될 바에야 차라리 여기서 뛰어내리는 편이 나을지도 모르겠다고 생각했다. 리누스에게 사로잡혀서 자신이 겪게 될 일 때문이 아니라 클라우제너 때문에. 지금까지 정말 쓸데없는 것에 목숨 건다고 그렇게 비웃어 왔던 그 가문과 그 명예를 위해서.

그녀는 몸서리를 치면서 힐긋 마차 문을 쳐다보았다. 그러자 리누스가 말했다.

"혹시 몰라서 밖에서 문고리를 묶어 두게 했으니 헛된 생각은 하지 마."

"리누스."

"너와 아기를 해칠 마음은 없어. 진심이야."

클레어는 숨을 할딱거렸다. 리누스가 다시 수통을 건넸다. 그녀는 거절하지 못하고 이번에는 물을 받아 한 모금 마셨다. 입 안에 말라붙을 것 같았던 리누스의 피 냄새가 배 속으로 들어가자 그녀는 몸서리를 쳤다.

"네가 왜 이러는지 도저히 모르겠어."

"글쎄. 나도 종종 모르겠을 때가 있지. 전에는 알고 싶었는데, 이제는 아무래도 상관없어졌어."

"뭐?"

"어차피 사람은 언젠가 전부 죽게 마련인데, 그 사이에 무슨 일을 어떻게 하든 무슨 상관이 있겠어? 뒤에 뭔가 남을 것도 아닌데."

리누스가 말했다.

"어머니도, 제러드도, 결국 죽으면 똑같은 흙과 재에 불과하듯이."

클레어는 숨을 가쁘게 몰아쉬며, 고해하듯 말하는 그를 바라보았다. 꿈을 꾸었기에, 그녀는 오랫동안 잊어버리고 있었던 무저갱 같은 허무를 떠올리지 않을 수가 없었다.

리누스가 붉은 눈동자로 그녀를 가만히 바라보며 물었다.

"넌 아기를 낳으면 잘 기르겠지? 나 같은 놈이 되지 않게?"

클레어는 물에 젖은 치맛자락을 움켜쥐었다. 리누스가 무슨 대답을 기대하고 묻는 건지 모르겠으나, 아이는 완벽하게 키우기 위해서 낳는 것이 아니다. 공평하게 물려주려면 어쩌고 하는 말을 하곤 했지만, 그냥 농담이었다.

"내가 무슨 대답을 하길 원해? 낳으면 당연히 책임을 다할 거고, 온 힘을 다해 사랑해 줄 거야. 그리고 기르는 시간이 사랑을 더욱 쌓아 줄 거고."

첫 아이라면 이렇게 말할 수 없었을지도 모른다. 하지만 엘리엇을 사랑해 봤으니, 둘째도 사랑하게 되리라는 확신이 있었다.

"너도 이미 알고 있잖아. 사랑에는 사랑으로 답할 수 있어."

처음부터 엘리엇을 사랑했던 것은 아니다. 엘리사가 남기고 간 아이이니 키워야 한다고 생각했을 뿐이다. 그러나 이제는 알고 있다. 그렇게 사랑해 주는 아이에게 사랑을 돌려주지 않을 만큼 클레어는 차갑지 않았다.

두 시간에 한 번씩 잠에서 깨우고, 하루걸러 한 번씩 열이 났던 시기도 있었고, 일을 하러 가야 하는데 이모가 없으면 안 된다며 몇 시간이나 울어 젖히는 통에 차림새를 모두 갖춘 채 주저앉았던 적도 있다.

오로지 자신이 안아 줄 때만 울지 않아서, 무거운 아이를 부둥켜안고 제발 이제 좀 자자고 빌어 보기도 했다. 그래도 그 웃는 얼굴을 보려고 사무실에서부터 미친 듯이 달려서 집에 돌아온 날도 있었다. 조그만 입을 오물대며 먹는 것이 귀여워서, 온 얼굴에 묻히고 흘리는 것을 보면서도 그저 웃었다.

사랑하는 동생이 남긴 혈육이니 돌볼 책임이 있다고 생각했을 뿐인데, 언제부터인지 동생과 별개로 사랑하게 되었다.

그리고 그것이야말로, 홀로 남은 집에서 소파에 앉아 무의미하게 채널을 돌리던 때의 그녀가 바라던 일이었다. 삶을 나눌 가족이 생기는 일. 사랑으로 인한 고통, 단지 내일만이 아니라 더 먼 미래까지 기대와 기쁨으로 함께할 이유가 생기는 것. 자연스럽고 행복하게 사는 것.

리누스가 얼굴을 일그러뜨리고 그녀를 바라보았다. 클레어는 아랫입술을 물었다.

"네게도 있었을 텐데. 네 어머니가 아니라도, 널 아껴 준 사람이."

"없어."

"아니, 있어. 아기는 혼자 살아남을 수 없으니까. 널 먹이고 입히고 씻긴 사람이 있었을 거야. 아우구스타는 어때?"

"무슨 터무니없는."

"그녀는 널 아끼는 것처럼 보이던데."

"그렇겠지. 내가 어머니 아들이니까."

"오히려 반대로 묻고 싶네. 이유가 그렇게 중요하니?"

클레어는 그를 바라보았다.

"내가 무슨 순수한 모성애의 화신이라도 되어서 엘리엇을 키운 것 같니? 동생의 아이라서 키운 거고, 키우다 보니 사랑하게 되었을 뿐이야."

"그건 좀 실망스럽군."

"너는 어때? 형의 아이라서 엘리엇이 마음에 들었던 것뿐이야?"

"……나는 엘리엇이 마음에 든다고 생각한 적 없어."

리누스는 억양 없이 말했다. 엘리엇은 형의 아이도 아니고, 마음에 들었던 적도 없다. 애초에 그에게는 형이 없으니까.

그렇게 생각했지만, 클레어가 똑바로 자신을 쳐다보는 눈이 불편했다. 리누스는 시선을 내리깔았다.

"뭐가 어찌 됐든, 달라질 건 없어."

"날 보내 줘, 리누스."

"안 돼."

"네가 원하는 게 정말로 에리히를 죽이고 날 협박하는 건 아니잖아. 이런다고 해서 네가 원하는 걸 얻을 순 없어."

"그 반대가 될 수도 있을 거라고는 생각 안 해?"

리누스가 붉은 눈으로 그녀를 쏘아보았다. 클레어는 시선을 피하지 않았다.

"날 죽이고 나서 에리히를 협박하는 건 불가능한 일인데?"

"……"

"네가 원하는 걸 얻고 싶다면……, 네 가족을 만들어야 해."

클레어는 미치광이와 이야기를 계속한다고 해서 설득할 수 있을 거라고 크게 기대하지는 않았다. 하지만 리누스가 자신에게서 환상을 보는 게 아니라 진짜 친밀감을 느껴야 섣불리 죽이지 못하리라는 것만은 알고 있었다.

죽고 싶지 않았다. 살아서 돌아가야 한다. 아직 그녀는 고백하지 못한 말도 있었고, 엘리엇이 혼자가 되게 둘 수도 없었다.

엄마를 두 번이나 잃기에는, 그 애는 아직 너무 어리다.

'아……'

그러다가 그녀는 주머니에 아직 총이 들어 있다는 사실을 깨달았다. 예의를 지키느라 옷조차 갈아입히지 않았으니, 몸수색도 하지 않은 모양이다. 애초부터 공작 부인이 총을 갖고 있으리라고는 생각하지 못했을 수도 있다.

하지만 물에 빠졌었는데 이 총을 쏠 수 있는 것일까? 젖어도 총이 발사되던가? 영화 같은 데서는 비가 오거나 물에 잠긴 채로도 총격전 하는 장면이 종종 나오지만, 이렇게까지 푹 담가진 상태에서도 그게 가능할지 모르겠다. 애당초 기술도 꽤 다를 테고.

클레어는 복잡한 생각에 잠긴 채 손을 자연스럽게 치맛자락에 두었다. 긴장이 지나쳐 심장이 쿵쿵 뛰고, 속이 울렁거렸다.

"초콜릿이라도 줄까? 제대로 된 식사는 수도를 빠져나간 뒤에나 할 수 있을 테니."

클레어는 손을 내밀었다. 리누스의 주머니에서 종이로 포장된 초콜릿 몇 알이 나왔다.

"이런 걸 갖고 다닐 줄 몰랐는데."

"……."

"챙겨 주는 사람이 있었던 거야?"

리누스가 한숨을 내쉬었다.

"먹기나 해."

클레어는 은박지를 깠다. 구역질이 일었지만 억지로 입 안에 넣고 씹어 삼켰다. 조금이라도 손발에 열이 돌아오길 바라면서.

마차가 멈추고 문이 열렸다. 야코프 장군이 그녀에게 손을 내밀었다.

"도착했습니다. 내리십시오."

"……."

"협조해 주십시오, 공작 부인. 회임 중인 몸을 거칠게 다루는 것은 저희도 원하는 바가 아닙니다."

클레어는 말없이 그의 손을 피해 스스로 마차에서 내렸다. 그녀의 뒤를 따라 리누스가 내렸다.

작은 기차역이었다. 철도가 멈췄기 때문에 사람 없이 써늘

했다. 며칠 전까지는 여기에도 지키는 부대가 있었을 테지만, 지금은 비어 있었다. 클레어는 다른 곳에서 대규모 전투가 벌어지고 있으리라 추측했다.

4량밖에 되지 않는 작은 기차가 대기하고 있었다.

"타십시오."

"……."

"거친 옷이지만, 갈아입을 것을 준비해 드리겠습니다. 키르헨 시까지 가면, 시중을 들어 드릴 하녀도 붙여 드릴 수 있을 겁니다."

클레어는 거기에도 대답하지 않고 순순히 기차에 올랐다.

쾅!

그 순간, 포탄이라도 맞은 듯이 땅이 뒤흔들렸다.

에리히는 그때 이미 거의 동측 기차역에 당도해 있었다. 그의 뒤를 따르는 것은 도중에 합류한 근위대원 일부와 막시밀리안, 클라우제너 호위팀원 일부였다.

수도로 뚫고 들어오자마자 그는 가장 먼저 클라우제너 공작저로 향했었다. 수도 안은 마치 비워진 달걀 껍질 속처럼 고요했다. 오늘 밤, 움직일 수 있는 모든 사람은 의사당과 황궁에 모여 있을 것이다.

엘리엇도 염려되었으나, 그쪽은 빅토리아 대공과 근위대가 함께 있으니 그렇게 큰일은 생기지 않을 테고, 또 의사당에서 대회의가 시작됐다면 황후가 아니고서는 감히 누구도 그것을 무력으로 때려 부술 생각은 못 할 것이다.

하지만 공작저는 상대적으로 노리기 쉬웠다. 그가 북방군을 움직이고 있다는 것을 안다면, 황후는 당연히 가장 먼저 인질로 클레어를 사로잡는 것을 고려했으리라.

그리고 에리히는 이제 대의를 위해서 아내와 자식을 포기하는 일 같은 것은 할 수 없다는 사실을 스스로 느끼고 있었다.

막시밀리안과 마주친 것은 공작저가 텅 비어 있는 것을 알게 된 직후의 일이다. 그가 밤길을 헤매는 것을 보고 에리히는 깜짝 놀랐다.

막시밀리안이 있으면 당연히 클레어도 함께 있으리라고 생각하고 그의 뒤를 보았지만, 그곳에는 호위팀원뿐이었다.

'죄송합니다, 각하.'

막시밀리안의 그 말에 불길함을 느낀 에리히의 낯빛에서 핏기가 빠졌다.

'클레어는?'

'리누스 황자 전하와 야코프 장군의 부대가 안가 밖에 잠복해 있었습니다. 여울에 덫을 설치하고 탈출용 요트를 폭파했습니다. 공작 부인께서는 다행히 거기 타고 계시지는 않았습니다

만…….'

'공작 부인을 납치한 뒤 탈출할 계획이라고 생각됩니다. 황후
가 사로잡히고, 각하!'

호위는 죄를 청하려다 말고 소리쳤다. 에리히가 보고도 끝
까지 듣지 않고 이미 말에 박차를 가했기 때문이다. 막시밀리
안이 그를 황급히 뒤따르며 소리쳤다.

'각하!'
'책임은 나중에 묻겠다.'

에리히는 짧게 말했다. 폐부 밑에 후회가 찬 바람처럼 돌아
들었다. 더 빨리 왔어야 했다는 생각을 했지만, 그런 생각에 사
로잡혀 시간을 낭비할 수는 없었다.

'지원군을 부를 수 있을 만큼 불러와라. 동측 기차역으로
간다!'

그는 근위대원에게 반쯤 고함을 질러 명령했다. 황후가 사
로잡혔다면 에른스트는 리누스의 탈출을 꾀할 것이다.

이미 이 일에 뛰어든 자들은 각자 살아남기 위해서 끝까지
싸울 수밖에 없다. 에른스트 공작은 그럴 만한 그릇이 아니지
만, 달라붙을 참모 역은 얼마든지 있다. 그리고 리누스는 구심

점으로 쓰기 딱 좋을 만큼 무력했다.

　동측 기차역의 철로는 아직 살아 있었다. 진입로가 하나뿐인 데다가 규모가 작아서 대규모 수송에 부적합하기 때문에 우선순위에서 미뤄 두었다. 그걸 결정한 게 에리히 자신이었다.

　하지만 병력이나 물자를 들여오는 게 아니라 소수가 탈출하는 게 목적이라면 아직 쓸모 있었다. 병력 역시 공백 상태니 빠져나가기 수월하기도 했다.

　높은 지대에서 그는 막 출발하는 열차를 보았다. 야코프의 부대원들이 열을 지어 기차에 오르고 있었다.

　에리히는 잠시 그 자리에 멈춰서 숨을 들이마셨다. 잠시 뒤 따르는 병력 모두의 장비를 눈으로 체크해 보았으나, 선로를 파괴할 만한 화력이 있는 무기는 없었다. 그렇다고 저 자리에 무작정 돌격하면, 수적 열세를 극복할 수 없었다.

　결국 그는 가장 신뢰하는 사람을 불렀다.

　"막시밀리안."

　"예."

　"미안하군."

　그가 낮은 목소리로 먼저 사과했다. 막시밀리안은 미소를 지었다. 그리고 두말하지 않고, 그 사과에 굳이 괜찮다고 대답하지도 않고 소수의 근위대원만 거느린 채 기차역으로 향했다.

　최초의 총성을 들었을 때는 아직 클레어가 기차에 다 오르기도 전이었다. 그녀의 뒤에 서 있던 야코프가 그쪽을 돌아보며 어이없어했다. 상대의 수가 기껏해야 대여섯 명이었기 때문이다.

고작해야 몇 명이니 알아서 처리하리라는 야코프의 믿음과 달리 대열이 순식간에 흐트러지고 비명이 솟구쳤다. 누가 소리 질렀다.

"막시밀리안 경!"

동요가 순식간에 퍼졌다. 친위사단에는 그를 아는 자가 많았고, 군 복무 시절 막시밀리안 연대에 소속되어 있던 자들도 적지 않게 섞여 있었다. 야코프는 언성을 높였다.

"공작 부인을 기차에 태워! 빨리!"

공작 부인의 호위였으니, 그녀를 되찾으러 오는 것이다. 야코프는 순간적으로 그렇게 판단했다.

공작이 없는 동안 공작가를 지켜야 할 막시밀리안이 후계자를 품은 공작 부인조차 지키지 못했으니, 아마도 뭐라도 해내지 않으면 차마 공작을 볼 면목이 없기에 이런 무모한 짓까지 하는 것이리라.

"막아!"

일개인이 군대를 상대로 무엇을 할 수 있는가 묻는다면 아무것도 할 수 없다고 말할 테지만, 그게 명성 높은 사람이라면 또 이야기가 달랐다. 설령 막시밀리안 라인이 아니라도 친위대원들은 대부분 그를 존경하고 있을 터이다. 전설 같은 무용담도 숱했으니, 그 자체가 무기였다.

친위사단은 순간적으로 혼란에 빠졌다. 원래부터 기차에 탈 준비를 하고 있었기에 대응에 시간이 걸렸다. 막시밀리안은 그 틈을 놓치지 않고 거침없이 부대를 관통했다.

그리고 그가 쏜 소이탄이 명중하는 순간.

쾅!!

역의 석탄 창고에 불이 붙고, 이어 폭발이 있었다. 지축이 통째로 흔들리고 귀가 순간적으로 먹먹해졌다. 야코프는 의식 전체가 흔들리는 듯한 착각과 함께 바닥에 엎드리면서 깨달았다.

이것은 절대로 단독 행동일 수가 없다. 총공세 전의 흔들기다.

두두두……!

땅거죽이 두들겨진 북처럼 흔들렸다. 기병대가 달려 내려와 대열을 이루지 못한 친위사단과 정면충돌했다.

야코프는 정신없이 머리를 털며 몸을 일으켰다. 그리고 기차로 달려 올라가며 소리를 질렀다.

"출발시켜!"

기관사가 아직도 정신을 차리지 못한 채 얼떨떨한 얼굴로 그를 올려다보았다.

"어서 출발하지 않고 뭐 하나! 황자 전하를 안전히 모셔야 한다!"

"아, 아……!"

상대가 노리는 것은 분명히 선로일 것이다. 선로가 파괴되면 리누스가 안전하게 빠져나갈 방법이 없었다. 그래서는 안 된다. 야코프는 아직 의사당의 소식을 몰랐으므로, 리누스를 잃으면 에른스트가 그나마 얻을 수 있는 마지막 정통성이나 구심점까지 잃을 것을 염려했던 것이다.

기관사가 어쩔 줄을 모르며 기관차를 출발시켰다. 기적 소리가 울리고, 기차 바퀴가 구르기 시작했다.

에리히는 그 전에 열차의 꽁무니를 붙잡는 것에 성공했다. 달리기 시작하는 열차에 매달려 팔 힘으로 제 몸을 끌어 올려 안으로 몸을 던져 넣는다. 부관이 그 뒤를 따랐다. 다음 순간 총알이 머리 위로 날아와, 그는 바닥을 굴렀다.

"빌어먹을."

몸을 단련하고 격투기를 배운 것은 사실 그냥 의무감 때문이었는데, 이렇게 물리적으로 구르게 될 줄은 생각지도 못했다.

"각하, 위험합니다."

부관이 헐떡대며 말했다. 에리히는 앞머리가 헝클어진 모습으로 헛웃음을 머금었다.

"그래서, 뛰어내리리라고?"

"그런 말씀은 아닙니다, 만!"

탕!

접근하는 자 하나를 쏘아 쓰러뜨리고 에리히는 자신이 걷어차 부순 뒷문 밖을 내다보았다. 기차는 제법 속도를 내기 시작했다.

응사하는 총탄이 창문을 부수는 바람에 바람이 미친 듯이 불었다. 에리히는 짧게 명령했다.

"엄호해."

"예?"

"몇 명이나 타고 있을지는 모르겠지만, 어쨌든 다 쓰러뜨릴 순 없을 것 같으니."

4량밖에 안 되는 기차라지만 호위가 몇 명일지 모르는 일이다. 그걸 다 뚫고 가느니 바로 리누스를 잡으러 가는 게 나을 것이다.

"어쩌실 겁니까?"

부관이 묻는 말에 대답하지 않고 에리히는 도로 열린 문으로 나갔다.

탕!

"각하!"

탕!

부관은 영문을 몰라 하면서도 착실하게 그를 엄호했다.

에리히는 사다리에 매달려 훌쩍 지붕 위로 올라갔다. 그리고 온몸을 때리듯이 불어오는 바람 속에서 몸을 낮추고 움직였다.

리누스와 클레어는 두 번째 객차에 있었다. 야코프가 초조한 듯 아랫입술을 문 채 다음 객차와의 연결부를 응시했다. 그 외에도 네 명의 호위와 두 명의 참모가 총을 그쪽으로 겨누고서 있었다.

뒤쪽 차량에서는 아직도 총성이 계속되고 있었다. 몇 명이나 올라탔는지 여기서는 알 수 없었다. 이쪽의 숫자는 결코 많지 않았다. 저쪽도 많은 수가 올라타지는 못했을 테지만, 작전이고 뭐고 의미 없는 작은 기차 안이니 화력에 따라서는 역전될 수도 있었다.

클레어는 치맛자락을, 정확히는 주머니를 움켜쥔 채 조용히 서 있었다. 그녀의 곁에 서 있는 리누스는 표정에 변화가 없다. 그도 총성을 들은 경험은 없을 텐데. 죽어도 좋다고 생각하고 있으니 두렵지 않은 걸까? 야코프조차 긴장하고 있는데 말이다.

클레어는 낮고 조심스럽게 말했다.

"리누스, 제발 그만해."

"……."

"내가 원하는 건 그냥 무사히 살아서 돌아가는 것뿐이야."

"그럴 수 없습니다, 부인."

리누스가 아니라 야코프가 대답했다. 그러나 동요가 전혀 없는 태도는 아니었다. 클레어는 리누스를 자극하지 않기 위해 눈만 움직여 야코프를 바라보며, 낼 수 있는 가장 차분한 목소리로 말했다.

"날 잡아서 이익이 없는 건 아니겠지만, 리누스가 안전한 것보다 지금 에른스트에 더 중한 일은 없지 않나요?"

"지금은 부인을 놔주는 것 자체가 더 위험합니다."

"기차를 적당한 곳에 세워요. 수도를 벗어나서 해도 좋아요. 그때까지 서로 공격하지 말고 잠시만 참았다가, 나와 저들을 함께 내려 줘요. 그거면 되잖아요."

야코프가 복잡한 얼굴을 했다.

"군인으로서 명예를 얻을 만한 대단한 작전도 아니고, 애꿎은 목숨을 버릴 만한 가치가 있는 일도 아니고, 위험만 안고 있는 일이잖아요."

"그러나……."

"만일에 저기 있는 것이 막시밀리안 경이라면, 내가 설득할 수 있어요."

야코프의 얼굴에 가벼운 동요가 내비쳤다.

"안 돼."

"하지만, 황자 전하."

리누스가 클레어의 팔을 잡았다. 그리고 야코프나 다른 사람의 존재는 잊어버리기라도 한 것처럼 클레어의 눈동자를 들여다보며 달콤한 목소리로 말했다.

"넌 날 살리고 싶은 것도 아니잖아."

"내가 왜."

클레어는 말을 하려다가 그만두었다. 리누스의 붉은 눈동자가 유리알처럼 번들거리는 것을 보자 숨이 막혔다.

"난 네가 나와 같이 죽어 줬으면 좋겠는데?"

그의 손이 클레어의 머리카락을 만지려는 듯이 뻗었다. 야코프가 그것을 보고 리누스를 말리기 위해 조준하고 있던 총을 내려놓고 돌아섰다.

"황자 전하, 함부로 그런 말씀을, 헉!"

모든 것이 뒤집힌 것은 다음 순간의 일이다. 뒤쪽 차량과의 연결부가 아니라 앞쪽의 창문이 깨지면서 사람이 뛰어들어 왔다. 가장 먼저 반응한 호위가, 그게 누구인지 파악하지도 못한 상태에서 피를 흘리며 쓰러졌다.

"끅!"

탕!

클레어가 그 순간 주머니 위로 만지작거리고 있던 권총의 방아쇠를 당겼다. 조준도, 뭣도 없었다. 총탄은 무사히 발사되어 야코프의 발에 꽂혔다.

"아악!"

야코프가 비명을 지르고 깜짝 놀란 리누스가 물러나는 찰나, 그녀는 힘껏 돌아서서 달아나려다가 그제야 상대를 알아보았다.

"에리히!"

시선이 마주치는 순간 클레어는 그의 뜻을 알아채고 바닥에 웅크렸다.

총알이 그녀의 머리 위로 날아갔다. 클레어를 잡으려고 손을 뻗었던 리누스가 뒷걸음질 쳐 객차의 좌석 뒤로 숨었다. 남아 있던 호위들이 재빨리 태세를 바꿨으나, 야코프의 참모 중 하나가 배신하여 총구를 돌려 옆에 있던 동료를 쏴 버렸다.

"악!"

비명이 차량 안에 메아리쳤다. 그 뒤로는 총성과 아비규환이 이어졌다. 클레어는 바닥에 엎드린 채 숨도 쉬지 못하고 꺽꺽거리며 기어갔다. 그리고 마침내 천천히 사격하며 다가온 에리히와의 거리가 0이 되는 순간, 눈물이 터졌다.

"괜찮아."

웅크린 채 울기 시작한 그녀의 어깨를 에리히가 잡아 일으켜 세웠다. 클레어는 새파랗게 질린 채 휘청거렸다.

"앉아 있어. 잘했어. 총은?"

클레어는 주머니에서 젖은 총을 꺼내 보여 주었다. 에리히는 그것을 받아 창밖에 던져 버렸다. 두 번 무사히 격발되리라는 보장이 없었다.

그는 대신 자기 허리춤에 차고 있던 권총 하나를 꺼내 안전장치를 푼 다음 후들후들 떨리는 클레어의 손에 쥐여 주었다.

"여기 있어. 기관사는 어차피 기관차에서 나오지 못할 테지만, 혹시라도 다가오면 쏴 버려. 누가 오든."

"다, 당신은?"

철컥.

대답하기 전에 에리히가 황급히 몸을 돌리며 자기 총을 겨누었다. 리누스가 총구를 그에게 향한 채 서 있었다. 몸을 전부 아무렇게나 노출한 채였다.

클레어는 긴장으로 숨조차 쉬지 못했다. 몸이 무거워서 좌석에 달라붙을 것 같았다.

리누스는 삶에 미련이 없다. 그는 이미 물에 몸을 던진 적이 있다. 자결과 타살은 서로 다르다지만, 리누스의 경우에는 명예나 자존심 때문에 죽으려 한 것이 아니다. 그러니 무슨 짓을 할지 모른다. 클레어의 생각에는 그랬다.

하지만 에리히의 생각은 달랐던 모양이다. 그는 조준했던 총구를 내리고, 리누스를 쳐다보았다.

"네가 이런 짓을 할 줄은 몰랐다."

"왜? 멍청한 겁쟁이는 인형처럼 어머니한테 끌려다니기나 할 줄 알았나 보지?"

"아니라고 할 순 없군. 네가 인형처럼 끌려다닌 건 부정할 수 없지 않나."

"네가 뭘 안다고!"

리누스가 고함지르며 총구를 흔들었다. 에리히는 새파란 눈동자에 그늘을 드리우고 그를 쳐다보았다.

"그래, 모르겠군. 우유부단할 뿐이지, 근본은 착한 애라고 생각했는데."

그 말에 리누스는 오히려 더 모욕감을 느끼고 방아쇠에 건 손가락에 힘을 주었다. 에리히가 눈을 내리깔았다. 마치 리누스가 자기를 쏠 수 없을 거라고 생각하는 듯한 태도였다.

땀과 흙먼지가 몸에 엉키고, 늘 단정하게 갖춰 입는 옷차림새는 간곳없이 단추까지 날아간 셔츠 위에 묵직한 가죽조끼를 입었을 뿐이다. 그런데도 거만한 몸짓이 남아 있는 탓인지 평소의 그와 크게 차이 나 보이지 않았다.

리누스는 증오심을 품었다. 자신 쪽이 훨씬 깔끔한 상태이고, 체력도 남아 있었다. 무엇보다도 제 손에도 총이 쥐어져 있는데, 어째서 이렇게 패배감이 드는지 모르겠다.

그의 손이 흔들렸다.

"지금이라도 다시 생각해. 네가 이 일에서 빠져나와 멀리 떠나겠다면, 제러드를 생각해서 눈감아 주겠다."

"무슨 개소리⋯⋯!"

리누스가 흥분하여 소리치는 순간 에리히가 달려들었다. 처음부터 그게 목적이었던 것이다.

제대로 방어하지도 못하고 주먹이 턱을 강타한 순간 리누스는 그대로 자빠졌다. 에리히는 그를 깔고 앉아 총을 쥔 손을 비틀어 쥐었다.

"끄, 윽!"

리누스는 발광했으나 본디 그는 몸을 단련한 적이 없었다. 손목뼈가 부서지는 듯한 통증에 벌어진 손가락 사이에서 권총이 바닥에 떨어졌다. 에리히가 싸늘하게 말했다.

"네가 이런 놈인 줄 알았다면, 제러드도 후회했을 거다."

"어차피⋯⋯!"

"어차피, 뭐? 멀리 떠나게 해 주겠다, 보호해 주겠다는 제안을 거절한 건 너였어."

퍽!

그의 주먹이 리누스의 복부에 꽂혔다. 컥, 하고 리누스가 숨막히는 소리를 질렀다.

"제러드가 네게 몇 번이나 손을 내밀었고, 클레어도 네게 기회를 줬을 테지. 선택지가 없었다는 것은 핑계에 불과해."

"그게, 무슨, 윽, 소리야⋯⋯!"

리누스가 반쯤 비명을 질렀으나 에리히는 무시했다. 그는 깔아뭉개 제압한 리누스 따위는 아무런 장애도 되지 않는다는 듯이 들고 있던 리볼버의 탄창을 열어 총알을 넣었다. 그제야 리누스는 그가 들고 있던 것이 빈 권총이라는 사실을 알았으나, 이미 늦은 일이었다.

"이제 괜찮아, 클레어."

클레어가 야코프를 배신한 참모를 겨눈 채 덜덜 떨고 있던 팔을 애써 내렸다. 에리히는 그자를 쳐다보고 물었다.

"소속과 이름은?"

"제3 친위사단 참모부 소속 뒤프레입니다. 7년 전, 막시밀리안 연대에 소속되어 있었습니다."

"그렇군."

친위대원이 옛 상관을 위해 사단장을 배신하다니, 예전의 에리히였다면 용납하지 못할 일이었다. 충성스럽지 못하다.

그러나 그는 이제 전과 다르게 판단했다. 클레어가 위험할 수도 있는 순간에 들어온 적절한 지원이었다.

"이번 일이 끝나면 사직하도록 해. 귀관은 군에 있을 자격이 없다."

"예."

뒤프레의 안색이 어두워졌다. 에리히는 한마디를 덧붙였다.

"개인으로서는 꼭 사례하고 싶으니, 한가해지면 한번 찾아오도록. 비서에게 귀관의 이름을 말해 두지."

"예, 영광입니다!"

아마 저자가 바란 것도 그것이리라. 환한 얼굴로 경례를 올리는 그에게 에리히는 명령했다.

"가서 기관차를 세우도록."

"옛!"

그가 거수하며 대답하고는 객차의 앞쪽으로 달려갔다.

리누스는 벗어나려고 몇 번이나 꿈틀거렸으나, 에리히가 그의 몸을 꺾어 누른 무게와 힘을 도저히 감당할 수 없었다. 마침내는 사지에 경련이 일어날 정도의 통증이 퍼졌다.

"끄아악!"

비명을 지르는 순간, 몸이 해방되었다. 리누스는 혼란한 채로도 재빨리 일어나려고 했으나 그 전에 에리히의 총구가 그의 이마에 닿았다.

"큭!"

"이만하면, 나도 할 만큼 했고 참을 만큼 참았다. 제러드도 더 이상 불만 없겠지."

정말로 일이 이렇게 되길 바라지 않았다. 아직도 그의 기억 속에는 정원 그늘 속에 숨어 창백한 얼굴로 이쪽을 훔쳐보는 소년이 있었으니까.

'정말로 저 녀석 때문에 그렇게까지 할 생각이냐?'

그의 질문에 제러드는 웃는 낯으로 당연하다는 듯이 말했다.

'리누스에게는 죄가 없어.'

'황실의 혈통을 어지럽힌 것만으로도 이미 대역죄야.'

'별로 심각하게 생각하고 있지 않으면서 말만 그렇게 하지. 난 저 애가 그걸 알고 있을 거라고 생각하지 않아.'

실제로 가능성이 낮은 일이긴 했다. 아는 사람이 적을수록 좋은 일을, 굳이 어린아이 당사자에게까지 알릴 필요가 없었으니까.

'어차피 내 대가 되면 리누스는 방계가 돼. 그리고 황후 폐하께서 내 뜻을 받아들이면, 굳이 저 애가 상처받지 않고 끝날 텐데, 일부러 상처 줄 필요는 없잖아.'

'속도 좋군.'

'도와줄 거잖아? 형은 의회주의자니까.'

'형은 무슨. 이럴 때만 형이지. 그리고 너 때문에 의회가 낫다고 판단한 게 아니야. 다룰 줄 모르는 사람이 권좌에 앉았을 때 일어나는 부작용을 목격했기 때문이지.'

그래서 에리히는 복잡한 기분이 되곤 했다. 각자 가문이 갈린 데다가 이종사촌이었다. 형제라는 의식은 없었지만, 그 마음을 거절하기는 쉽지 않았다.

하지만 이 정도 했으면 제러드도 납득해 줄 것이다. 리누스는 너무 선을 많이 넘었다.

단순하게 황후에게 끌려다닌 것만이라면 정상 참작의 여지가 있겠으나, 클라우제너 저택을 습격하고 비상용 요트를 폭파한 것은 리누스 자신의 뜻이다.

그리고 그 모든 것이 클레어를 해치기 위한 목적이었다. 설령 연민이 남아 있었더라도, 분노를 덮을 만큼은 아니었으리라.

"고통 없이 보내 주는 게 내 마지막 정인 줄 알아라."

그가 방아쇠를 당기려는 순간이었다. 클레어가 그를 불렀다.

"잠깐만요. 지금 쏘지 말아요."

"……."

"자비를 베풀자는 게 아니에요."

에리히는 눈만 흘끗 돌려 클레어를 바라보았다. 클레어가 아직도 간헐적으로 총성이 계속되고 있는 뒤쪽 차량을 눈짓했다.

에리히는 이미 지쳤고, 저기에 아군이 몇 명이나 있을지 알 수 없었다. 기차에서 내렸을 때, 거기에 누가 있을지도 알 수 없다. 가장 확실하게 안전을 보장받는 방법은 리누스를 인질로 잡는 것이다.

그 뜻을 알아듣고 에리히는 몸을 일으켰다. 리누스가 발광하듯 소리쳤다.

"쏴! 쏘라고! 무서운 것도 아닐 텐데!"

퍽!

에리히는 총을 쥔 손으로 그를 후려쳤다. 안 그래도 묵직한 주먹에 쇳덩어리까지 더해진 타격을 이기지 못하고 리누스의 고개가 꺾였다.

에리히는 억지로 리누스를 일으켜 세웠다. 그리고 그를 끌고 가 뒤쪽 차량과 연결되는 문을 열었다. 그와 동시에 총격이 멎었다. 친위대원들은 어찌할 바를 모르고 두 팔을 아래로 내렸다. 다리에 부상을 입은 에리히의 부관이 힘없이 주저앉으며 중얼거렸다.

"오, 하느님. 각하. 고맙습니다."

에리히는 명령했다.

"총을 바닥에 내려놔라. 황명에 따라. 스스로를 황제 될 이라 참칭한 리누스 로멜을 반역죄로 체포한다."

기차에 먼저 오른 것은 야코프가 가장 신뢰하는 에른스트파의 장교들이었으나, 리누스가 에리히의 손에 붙들려 있는 이상 저항은 무의미했다.

참모가 무사히 기관차를 장악했는지, 마침내 기차가 천천히 멈춰 섰다. 에리히는 리누스를 부관에게 넘기고 클레어에게 다가갔다. 그리고 바닥에 주저앉아 무릎에 얼굴을 파묻고 있는 클레어를 두 팔로 끌어안았다.

엘리엇은 밤중에 자다가 눈을 떴다. 사실 자지 않고 버티고 있었다. 마사가 잠들면 밤에 몰래 침대에서 빠져나갈 생각이었기 때문이다.

아니다. 진짜 사실을 말하자면 깜빡 잠들었었다. 그렇지만 너무 피곤한 하루라서 어쩔 수 없었다. 이모할머니가 어려운

말로 선언을 했고, 증인이니 증거니 선서니 하는 것들이 계속 이어졌다.

의사당에서 어른들이 고개를 숙이는 순간은 엘리엇의 마음에도 뭔지 모를 선명한 인상이 남았지만, 솔직히 그 의미를 다 이해하고 있진 못했다.

그다음에는 마차를 타고 황궁으로 왔다. 황궁에도 사람이 잔뜩 있고, 엄청 시끄러웠고, 나쁜 냄새도 났다. 엘리엇으로서는 뭐가 뭔지 모를 무서운 일이 벌어지고 있다는 것만 어렴풋이 느꼈다. 이모할머니는 계속 같이 있어 주겠다고 하고서는 결국 무슨 바쁜 일이 생겼다며 저녁 식사 이후에는 엘리엇을 두고 가 버렸다.

집에 가고 싶었다.

여기는 로텐부르크가 아닌가. 아빠 집이 있을 것이다. 엘리엇은 혼자서 거기까지 찾아갈 수 있을 거라고 생각했다. 그 집이 엘리엇은 무척 좋았다. 거기에는 크고 훌륭한 자기 방도 있고, 해적선도 있고, 분수대도 있고, 진짜 멋진 자전거도 있었다.

그리고 엄마도 집에 있을 것이다. 바쁜 일 때문에 먼저 집에 가 봐야 한다고 했었으니까.

"이모 나빠."

엘리엇은 혼잣말로 투덜거렸다. 나쁘니까, 엄마라고 안 불러 줄 거다.

사람들이 모두 하늘에 있는 엄마와 아빠 이야기만 하는 게 엘리엇은 섭섭했다. 지금 보고 싶은 것은 하늘에 있는 엄마보다 이모였다. 이모가 슬퍼할 것 같아서 말하지 않았지만 사실 엘리엇은 하늘에 있는 엄마보다 이모가 더 좋았다. 아빠도.

하늘에 있다는 진짜 아빠도 궁금했지만 지금의 아빠가 더 보고 싶었다. 집에 가면 아빠도 와 있을까? 만약에 자기만 빼놓고 또 둘이서만 놀고 있다면 너무 화가 날 것 같았다.

"치."

엘리엇은 눈을 손으로 마구 비벼 닦았다. 그리고 곁에 누워 숨소리를 내며 깊이 잠들어 있는 마사를 살펴보았다. 그리고 그녀가 잠에서 깨지 않도록 살금살금 침대에서 기어 내려와 발꿈치를 들고 걸었다.

이럴 땐 항상 로저가 같이 화내 줬는데 요즘에는 그도 만나지 못한 지 오래되었다. 그것도 서러웠다.

그레이는 만났지만, 사실 엘리엇은 그를 볼 때마다 조금 긴장하곤 했다. 맨날 어려운 이야기만 했기 때문이다. 그리고 그레이는 한 번도 그의 머리를 쓰다듬어 준 적이 없었다.

달, 칵.

신중하게 문고리를 돌려 열었는데, 문밖에 낯선 사람이 서 있었다.

"이크."

엘리엇은 깜짝 놀라 얼결에 소리를 내고는, 두 손으로 얼른 입을 틀어막았다. 그리고 방 안을 돌아보았다. 다행히 마사는 깨지 않았다.

"휴."

"전하."

엘리엇은 그게 자기를 부르는 말이라고 전혀 생각하지 않았기에, 방문 앞을 지키고 있던 근위대원을 올려다보고 어쩔 줄을 몰랐다.

"아저씨, 비밀로 해 주세요."

"예?"

"절 여기서 본 거요."

클라우제너 호위팀의 제복을 입고 있었다면, 문 앞을 지키는 사람인 줄 알았을 것이다. 그러나 이곳은 모르는 곳이었고, 상대도 모르는 제복을 입은 사람이었다. 엘리엇은 아예 상대를 우연히 마주친 남이라고 생각했다.

근위대원은 당황하여 조그만 황태손을 내려다보며 조심스럽게 물었다.

"어딜 가시려고 하십니까?"

"아저씨는 몰라도 돼요."

엘리엇은 당당하게 말했다. 이제 나이 이십 대 초반밖에 되지 않은 근위대원은 신분 높은 아이를 어찌 대해야 좋을지 몰라 머뭇거렸다.

"함부로 나가시면 안 됩니다. 유모는 무얼 하고 있습니까?"

"아저씨, 마사한테 이를 거예요?"

엘리엇이 깜짝 놀라 근위대원을 돌아보았다. 근위대원은 당황하며 고개를 저었다.

"이르다니요? 제가 황태손 전하의 일을 어떻게 함부로 누설

하겠습니까? 하지만 이렇게 혼자 나가시면 안 될 텐데요."

빅토리아 대공이 어린 엘리엇을 재우기 위해서 예전에 황태자의 처소로 쓰이던 공간을 열게 했다. 그러나 이곳이 황궁 깊숙이 있어서 고요한 것이지, 모든 일이 끝난 게 아니었다. 아직도 그랜드 홀에서는 격렬한 싸움과 토론이 계속되고 있었다.

"빅토리아 대공께서 밤에 함부로 방 밖으로 나오면 안 된다고 말씀하시지 않았습니까?"

엘리엇은 거기서 뜬금없는 것을 떠올리고 비명을 지를 뻔했다. 그래서 얼른 두 손으로 입을 막고 푸른 눈동자를 휘둥그렇게 뜬 채 근위대원을 올려다보았다.

그러고 보니까 좀 무서웠다. 복도는 바람이 움직이는 소리가 들릴 정도로 고요한 데다가 인기척이 없었고, 또 복도의 가구에는 하얀 천이 덮여 있었다. 커튼도 대부분 검은 암막이었다.

엘리엇은 떨리는 목소리로 물었다.

"여기 혹시, 귀신 나와요?"

"아……."

그제야 아이의 아이 같은 모습이 눈에 들어온 근위대원의 입꼬리가 실룩거렸다.

"그렇지는 않습니다만."

"휴."

엘리엇이 노골적으로 안도의 한숨을 내쉬었다. 근위대원은 애써 진지하게 말했다.

"단지…… 어리신 분이 혼자서 밤에 이렇게 돌아다니시면 안 됩니다. 바깥이 안전하지도 않고요."

"그치만……."

엘리엇이 시무룩하게 말했다. 맑은 호수 같은 눈동자에 눈물이 그렁그렁 고여 드는 것을 보고 근위대원은 몸 둘 바를 몰랐다. 클라우제너 공작 영윤이라고 해도 부담스러울 판에, 상대는 5년 만에 되찾은 황태손이었다.

그는 근위대에 소속된 지 이제 3년 차였으나, 제정신이 아니었던 황제가 하나뿐인 손자를 되찾고 비로소 제시간에 밥과 물을 먹고, 매일 걷고, 건강을 되찾기 위해 애쓰기 시작했다는 사실을 알고 있었다.

여기서 울면 자신이 울린 게 되는 걸까? 감당 못 할 일이라고 생각했을 때, 구원의 목소리가 들려왔다.

"아가가 일어났구나."

다정한 목소리였다. 엘리엇은 움찔해서 그쪽을 돌아보았다.

"황제 할아버지……."

보드라운 분홍색 입술이 서럽게 벌어졌다가, 울지는 않고 꾹 다물렸다. 황제는 아직 조금 위태로운 걸음으로 휘적휘적 엘리엇 앞으로 다가왔다.

피곤했으나 잠은 오지 않았다. 아직도 재판을 어떻게 할 것인가에 대한 논의가 벌어지고 있었다.

시위에도 참여하지 않고 의사당에도 나오지 않은 하원 의원들을 어떻게 할 것인가, 에른스트의 가신들은 어떻게 할 것인가. 그밖에도 의논할 것이 많았다. 마르고트 에른스트를 재판

한다면 재판소를 어떻게 구성할 것인가.

재판소의 고위직도 지금까지 대부분 그녀의 사람이었으므로, 이대로는 재판을 해도 의미가 없었다. 손을 쓰지 않아도 눈치를 보아 손바닥 뒤집듯 태세 전환을 하는 자가 있을 테지만, 적어도 지금 그랜드 홀에 들어와 있는 시민들이 원하는 바는 그런 게 아닐 터이다.

의회에 맡기자는 의견도 있었으나, 의회를 어떻게 믿느냐는 의견도 많았다. 그렇다면 선거를 다시 할 것인가. 지금까지 희생된 자와 그 가족들은 대부분 선거권을 갖고 있지 않다. 그들은 당연히 피의 대가를 요구할 것이다.

황제는 그 모든 일의 결정에서 한발 물러났다. 그는 황후를 폐위한다는 문서에 국새를 찍고, 그녀를 반역죄로 옥에 가두게 한 다음, 새 의회의 회기가 시작되면 모든 통치권을 위임하겠다는 서약서를 썼다.

그리고 그랜드 홀에서 물러났다. 이제 위임받을 의회가 지금의 의회인지 다음의 의회인지에 대해서는 투명하게 말할 수 없었으나, 오늘 밤 황제는 그것을 마지막으로 물러났다.

그러고서도 그는 몇 가지 일을 더 해야 했다. 다른 것은 몰라도 친위사단의 반역죄에 대해서만은 그가 정리해야 했다.

그를 보고 곧바로 물러나 길을 연 자들은 공과가 상쇄되었다고 할 수 있지만, 북방군과 싸운 부대는 단순히 명령을 들은 것뿐이니 용납할 것인가. 그런 문제를 근위대장인 로건과 의논하고, 또 빅토리아 대공과 만나 귀족원의 태도를 듣고 돌아오니 이 시간이었다.

어차피 오늘 밤에는 잘 수 없을 것 같았다.

사실 눕고 싶었다. 지금도 손발부터 등까지 무거운 쇠로 추를 달아 놓기라도 한 것처럼 바닥으로 꺼질 것 같았다. 모든 것을 포기하고 싶었고, 미루고 싶었고, 결정은 오로지 머릿속에서 내리는 것으로 끝내고 싶었다.

그러면 아무 고통도 겉으로 생겨나지 않을 테니까. 모든 것에 둔감해지면 고통도 속에서만 맴도는 것으로 끝낼 수 있다.

그래도 이제는.

"왜 울고 있니?"

"안 울었어요."

엘리엇은 얼른 주먹으로 눈을 비비고 손을 뒤로 감추었다. 젖은 걸 들킬까 봐 그런 것이다. 황제는 천천히 엘리엇의 앞에 한쪽 무릎을 꿇고 앉아 눈높이를 맞추었다. 아이의 볼은 빨갛게 물들어 있었고, 곧이라도 울음을 터뜨릴 듯이 실룩거렸다. 그는 조심스럽게 말했다.

"오늘 힘들었지? 울어도 된단다."

"용감한 소년은 울지 않는 거라고 아빠가 그랬어요."

"가족이 함께 있을 때는 울어도 되는데?"

엘리엇이 입을 꾹 다물고 고개를 도리도리 흔들었다. 마치 세상에 저 혼자가 된 양 억지로 용기를 끌어모으는 듯했다. 황제는 안쓰러운 기분으로 그 얼굴을 바라보다가 조심스럽게 손을 뻗어 아이를 보듬어 안았다.

엘리엇이 잠깐 움찔했지만, 곧 황제에게 폭 안겨 들었다.

엘리엇은 황제 할아버지도 좋아했다. 가끔 무섭긴 하고, 또 같이 있으면 이모할머니와 대장님이 무서운 태도를 보일 때도 있지만, 아이는 자기를 사랑하는 사람이 누구인지 잘 아는 법이다.

"내 앞에서는 울어도 된단다."

그래도 엘리엇은 고집스럽게 고개를 저었다. 황제 할아버지는 엄마도, 아빠도 아니니까. 아빠는 저번에도 황제 할아버지 앞에서 용감하게 행동했다고 칭찬해 주었다.

"아빠 집에 가고 싶어요."

"……여기가 네 아빠의 집이었단다."

"아니야!"

엘리엇이 돌연 날카롭게 말했다. 그러고는 결국 못 참고 울먹거리기 시작했다.

"아빠 집은 여기가 아니에요. 아빠 집에는 내 방이 있는걸. 아빠가 보고 싶어요."

황제는 엘리엇을 홀쩍 안아 올렸다. 아이가 말하는 아빠가 에리히라는 것은 당연한 일이다. 그런 당연한 일에도 마음이 아팠다. 엘리엇에게 서운해서가 아니라, 아이가 제 친부모를 잃었다는 사실 자체가 슬펐기 때문이다.

"엘리엇, 오늘 저녁에는 할아버지랑 같이 자지 않겠니?"

"……집에 가고 싶어요."

엘리엇은 조금 망설였다. 역시 여기는 무섭고, 집에 가고 싶었지만, 황제가 슬퍼 보였기 때문에 팽개치기가 미안했던 것이다. 하지만 오늘은 마사랑 같이 자는데도 집에 가야겠다고 생각했을 만큼 이곳이 싫었다.

황제가 엘리엇을 달래려고 다정한 목소리로, 어린 제러드에게는 백발백중 통하던 비장의 수를 꺼냈다.

"코코아를 마시러 가는 건 어떠니? 곰돌이 모양 마시멜로를 띄워 주마."

"우웅."

평소 같으면 팔짝 뛸 만큼 좋아할 일이었으나, 이번에도 엘리엇은 고개를 도리도리 저었다. 황제는 염려스럽게 아이를 바라보았다.

"알았다."

"황제 폐하."

그의 뒤에 서 있던 로건이 우려를 담은 목소리로 불렀다. 황제는 가볍게 손을 들어 괜찮다고 표시했다.

"호위 인력이 모자란 것이 문제라면, 내가 함께 가면 될 일이 아니겠느냐?"

황제가 말했다. 확실히 그것이 제일 안전한 방법이긴 했다. 공작 부부에게 의견을 묻더라도, 이런 상황에서 황제가 아이를 위해 공작저에서 하루 머물겠다는 것을 굳이 거절하지는 않을 것이다. 로건은 오히려 다른 것을 걱정하고 있었다.

"지금 황궁을 비우시는 건 현명한 선택이 아닐 것 같습니다."

"어차피 물러날 사람이, 지금 황궁에 있든 말든 무슨 상관이

겠느냐?"

황권을 유지하려면, 발언을 하지 않을지라도 토론이 벌어지고 있는 그랜드 홀에 남아 있었어야 한다. 자리를 지키고 앉아 권위를 보여야 할 테니 말이다. 황제는 그럴 생각이 없었다.

엘리엇에게 물려주고 싶은 건 가혹한 권력 다툼이 아니다. 실은 제러드를 상대로도 그렇게 생각했기에, 물러서고 물러서다가 어리석은 일을 저지르지 않았던가. 무엇보다도 엘리엇의 미래에 대해서는 그 부모와 다시 한번 대화해 보지 않으면 안 될 일이다.

어느 쪽이든, 자신은 물러나야 한다. 칩거한 시점부터 이미 황권은 포기한 것과 다를 바가 없으며, 황후를 방치했다는 점을 고려하면 사실상 죄인 중 한 명이기도 했다. 이제 와 황궁을 잠시 비운다고 해서 특별히 문제가 되지도 않을 것이다.

다만 걱정인 것은, 지금 공작저가 비어 있는 것으로 알고 있는데, 괜히 아이가 거기 갔다가 텅 빈 집을 보고 당황하고 상처받는 쪽이었다.

"가서 아이의 유모를 데려오너라."

"알겠습니다."

보통 때라면 황제와 황태손의 행차에 유모가 관여할 일은 없었다. 그러나 지금 엘리엇을 가장 잘 알고 보살필 수 있는 것은 그 유모일 터라, 황제는 기꺼이 그녀를 불러들였다.

"이잉. 마사는 그냥 자라고 할 텐데."

엘리엇이 떼쓰는 목소리를 냈다.

"그러면 무얼 하고 싶으냐? 놀이방에 갈까?"

"놀이방이 있어요?"

엘리엇이 깜짝 놀라 물었다. 황제는 웃으며 엘리엇의 머리를 쓰다듬었다.

"그럼, 있지. 네 아빠도 자주 놀러 왔었단다."

황제는 잠시 망설인 끝에 부드럽게 말했다.

"하늘에 있는 아빠 말고 에리히 말이다."

그 말에 엘리엇이 반짝반짝 눈을 빛냈다. 그 얼굴이 피를 물려준 아비를 꼭 닮았기에 황제는 씁쓸함과 달콤함을 함께 맛보았다.

"하늘에 있는 아빠와 네 아빠는 사이가 좋았거든."

"진짜요? 아빠는 그런 말 한 적 없어요."

"에리히는 원래 속말을 잘 안 하는 편이니 말이다."

그 말에 엘리엇이 고개를 갸웃거렸다. 엄마와 아빠가 싸울 때 보면 아빠가 더 시끄러울 때도 종종 있었는데 말이다.

그 생각을 하니까 또 엄마와 아빠가 보고 싶었다. 엘리엇은 잠깐 놀이방 생각에 팔렸던 정신이 돌아왔다.

"내일 아침에는 공왕 할아버지도 올 거란다. 그러니까 다 같이 아침을 먹고, 그때 돌아가면 어떠니? 왜 그래?"

엘리엇이 손가락을 쪼물거렸다.

"할아버지 말씀은 감사하지만, 전 집에 갈래요."

"그래……."

황제는 어쩔 수 없이 그렇게 대답했다.

그때 마사가 허겁지겁 방 밖으로 나왔다. 잠들었던 참이라 구겨진 옷 위에 외투를 걸치고, 머리도 정돈하지 못한 채 황급히 황제 앞에 무릎을 꿇었다.

"황제 폐하, 황공합니다. 황손 전하께서 깨신 줄도 모르고 제가 감히⋯⋯."

"오늘 밤은 모두에게 힘든 밤이었으니까. 자네에게 죄가 있다고 생각지 않네. 불러오라고 한 것은, 엘리엇이 클라우제너 공작저로 돌아가고 싶다고 해서인데⋯⋯."

"도련님, 그러시면 안 된다고."

마사가 엘리엇을 달래려다가 얼른 입을 다물었다. 황제가 고개를 저었다.

"염려되는 일이 있는 걸 알고 있으니 자네를 불러오게 한 거야."

"황제 폐하께서 돌아가도 된다고 판단하셨다면, 제가 무어라고 반대하겠습니까? 하지만 제 얕은 생각으로는, 어린 도련님이 추운 집에 돌아가시는 것은 그리 좋은 일이 아닐 듯하여⋯⋯."

빈집이라고도, 불 꺼진 집이라고도 말할 수 없었으므로 마사는 떨리는 목소리로 애써 돌려서 말했다. 엘리엇이 마사의 소매를 잡아당기며 물었다.

"추워?"

"⋯⋯네, 도련님. 창문이 깨져서 무척 춥답니다. 그러니까 우리 오늘은 여기서 자고, 내일 아침에 창문을 고친 다음에 돌아가요."

엘리엇이 자주 보던 동화책에, 장난을 치던 아이가 창문을 깨뜨리는 바람에 밤에 감기 걸린 이야기가 있었던 것을 알고 있는 마사는 그렇게 말했다. 엘리엇이 시무룩하게 말했다.

"그럼 엄마랑 아빠도 감기 걸려?"

"아아, 도련님. 두 분은 괜찮으셔요. 어른이시니까……."

마사는 안쓰러움을 이기지 못하고 황제의 앞인 것도 잊고 엘리엇을 꼭 안아 주었다.

그때 전령 하나가 다급히 달려왔다.

"황제 폐하! 왔습니다!"

"음?"

"클라우제너 공작 각하와 부인께서!"

황제는 벌떡 자리에서 일어섰다. 에리히의 동향에 대해서 그는 확실하게 파악하고 있지 못했다. 북방군과의 전투를 멈추도록 근위대와 제2 친위사단을 보냈으니, 오늘 밤 안에는 마무리 지을 수 있기를 바랐을 뿐이다.

"가 보자꾸나."

황제가 미처 말하기도 전에 엘리엇이 마사의 손을 마구 잡아끌었다. 그러다가 어른들의 속도가 성에 차지 않는지 혼자서 복도를 마구 달렸다.

"도련님! 그쪽으로 가도 못 나가요!"

"빨리! 빨리!"

엘리엇이 제자리에서 팔짝팔짝 뛰었다. 황제의 눈짓을 받은 로건이 엘리엇을 안아 들었다. 그리고 사람 팔 위에서도 들썩거리고 뛰어오르려는 엘리엇을 안고 서둘러 밖으로 걸음을 옮겼다.

✦

에리히는 황궁 안까지 들어와서야 클레어를 말에서 내려 주었다.

거의 끌어안다시피 하고 왔지만, 물에 젖은 몸은 도무지 따뜻해지지 않았다. 거기에 말 위에서 바람까지 맞았으니 아직도 벌벌 떨고 있었다.

하지만 그는 굳이 옷을 갈아입으라고 권하지 않았다. 마차를 찾아오게 해 갈아타지도 않았다. 그런 일로 시간을 낭비하고 싶지 않았고, 클레어도 같은 심경일 터였다.

그랜드 홀에 다 들어가지 못하고 넘친 인파가 정원을 메우고 있었다. 그럼에도 소식이 벌써 안으로 전해진 듯했다. 사람들은 그녀에게 기꺼이 길을 열어 주었다.

"괜찮아요. 우리는 내궁으로 갈 거예요."

에리히에게 어깨를 안긴 채 클레어는 파랗게 질린 얼굴로 그렇게 말했다. 그랜드 홀에 있던 사람들이 서둘러 밖으로 나오려 해서, 군중은 끓는 물처럼 움직였다.

"클라우제너 공작 부인."

"클레어 님!"

디트마어와 리나가 제일 먼저 달려왔다. 클레어는 두 사람에게 괜찮다고 손짓했다. 말할 수도 없이 피곤했던 데다가, 공작 부인인 자신이 낄 자리가 아니라고 느끼기도 했다. 에리히도 노이만 의장에게 됐다고 손짓하고 내궁 쪽으로 향했다.

로건의 품에 안긴 엘리엇이 나온 것은 그때였다.

"이모!"

엘리엇이 소리쳤다.

클레어는 손으로 입을 막았다. 이모라고 불린 게 섭섭하지는 않았다. 그게 클레어에게는 엘리엇이 세상 누구보다도 자신을 사랑한다는 의미였으니까.

지금까지 참고 참았던 눈물이 솟구쳤다. 배 속부터 온통 뜨거워졌다.

영영 잃어버린 줄 알았다. 다시는 이 웃는 얼굴을 보고 매달리는 무게를 느끼지 못할 줄 알았다. 또다시 혼자가 되는 줄 알았고, 이 어린아이를 혼자로 만들게 될 줄 알았다.

클레어는 울면서 두 팔을 벌렸다.

로건이 내려 주자 엘리엇이 달려와 온몸으로 힘껏 부딪치듯 그녀의 품에 뛰어들었다. 클레어가 그 힘을 감당 못 해서 뒤로 넘어지려는 것을 에리히가 뒤에서 받쳐 안아 주었다. 그리고 한숨을 내쉬었다.

"엘리엇, 엄마한테 그렇게 힘껏 부딪치면 뭐라고 했지?"

"우리 이모야!"

엘리엇은 듣지도 않고 소리치고 클레어의 목에 매달렸다.

클레어는 꺽꺽거리는 소리를 내며 아이를 껴안았다.

바라던 모든 것이 여기에 있었다.

회복기

클레어는 호되게 앓았다. 그녀가 건강하다고는 해도, 병이 없고 일상생활에서 별문제 없이 활동할 수 있다는 뜻이지, 육체적 능력이 탁월하다는 뜻은 아니다. 클레어는 운동 신경도 별로였지만, 특별히 몸을 단련한 적도 없었다.

이 날씨에 더러운 강물에 빠졌다가 건져져서, 흠뻑 젖은 채 온몸에 힘을 주고 밤새 두려움과 싸웠다.

긴장을 하고 있던 동안에는 별일 없었던 것 같았지만, 잠들었다가 다음 날 아침이 되자 일어날 수 없게 되었다. 그나마 씻고 잔 게 다행이었다. 머리카락에서 아직도 하수도 냄새가 나는 것 같은 기분이 들었으니까.

첫 사흘 동안은 고열이 펄펄 끓는 상태로 그녀는 잠꼬대하듯 신음했다.

"수질 오염을 막아야겠어……."

그나마 생활 하수 정도나 버려지는 강이라 다행이었다. 폐수로 오염된 시커먼 물이었다면 무슨 일이 생겼을지 모르니.

엘리엇은 또다시 엄마와 격리되어야만 했다.

"싫어! 싫어! 엄마랑 잘래!"

전에 없이 울고불고하며 떼를 썼지만 어쩔 수 없었다. 폐렴이 엘리엇에게까지 옮으면 큰일이니까.

"또 아빠만 엄마랑 있고! 흐어엉, 엄마랑 같이 잘래."

"엄마는 아프니까 조금만 기다리면 된다고 하지 않았니?"

"엄마아아아, 으아아앙, 엄마아아아!"

에리히는 목 놓아 우는 아이를 달래려고 안아 주다가, 단어 그대로 얼굴을 쥐어뜯겼다. 걷어차인 가슴팍에 멍이 든 것을 보니 많이 컸구나 싶긴 했다.

그나마 사흘째가 되자 열도 좀 내리고, 격렬한 기침만 하는 상태가 되었다.

클레어는 침대에서 꼼짝도 하지 않고 면으로 된 마스크를 쓴다면 면회가 가능하다는 의사의 조건부 허락을 간신히 얻어 냈다.

엘리엇은 침대로 올라가면 안 된다는 말에도 반발했지만, 그래도 착한 아이답게 아픈 클레어의 모습을 보고는 얌전히 손만 잡았다. 그리고 방울방울 눈물을 흘렸다.

클레어는 애써 웃으면서 쉰 목소리로 말해 주었다.

"아주 용감하게 기다렸다면서?"

"나 용감한 거 싫어."

"칭찬하는 건데도?"

"나 착한 아이 싫어. 나쁜 아이 할 거야. 하늘에 있는 엄마도, 아빠도, 다 싫어. 엄마도 미워! 흐으으응!"

말꼬리에 또다시 울음이 섞였다. 클레어는 아이를 보듬어 주지도 못하고 손으로 겨우 눈물만 닦아 주었다.

"미안해."

"엄마 나빠."

"다시는 이런 일 없을 거야. 손가락 걸고 약속할게."

"거짓말."

그러면서도 엘리엇은 클레어의 새끼손가락에 제 손가락을 걸고 도장을 세 번이나 찍었다. 그러고도 불안한지 울먹거리며 호소했다.

"엄마, 아프면 안 돼. 아파서 하늘에 있는 엄마처럼, 흑."

"안 그래."

클레어는 눈물을 떨어뜨리지 않기 위해 애써야만 했다.

"그냥 감기가 너무 심하게 걸린 거야. 진짜야. 너도 그런 적 있잖아?"

"그치만……."

"내가 우리 엘리엇을 두고 가긴 어딜 가? 엄마 목소리 들어봐. 너도 이런 적 있잖아?"

"응……."

결국 엘리엇은 착하게 고개를 끄덕이고 말았다. 클레어는 안아 주는 대신에 머리밖에 쓰다듬어 주지 못했지만, 이내 엘리엇의 손을 꼭 잡고 다시 잠들고 말았다.

그리고 사나흘이 더 지나자 침대에서 일어날 만했다. 용케도 배 속의 아기도 무사했다. 주치의는 안도의 한숨을 내쉬었다.

"정말로 운이 좋으신 겁니다. 다행히 큰일 겪으시기 전에 아기씨가 제자리를 잡으신 것 같습니다."

"그런 것 같아요. 아니, 컨디션이랑 직접 관련된 건 아닌지도 모르겠지만……. 이상하게 입덧도 없어졌거든요."

먹을 걸 생각만 해도 구역질이 났었는데, 이제는 입에 넣는 족족 잘 들어갔다. 그간 못 먹은 영양소를 한꺼번에 흡수하기라도 할 것 같았다.

"입덧이 아니라 스트레스 때문에 입맛이 없었던 거였을까요?"

"아직 원인을 모르는 증상이니까요. 시기상 점차 없어질 때이기도 합니다. 큰일을 겪으신 후라 아기씨가 부인을 위하고 계시는 것일지도 모르겠습니다."

"그렇군요."

"이제 진짜로 몸을 안정시키고 보양하셔야 합니다. 출산은 아주 큰 일입니다. 잘 알고 계시겠지만……."

"이제 몸조심해야죠. 아픈 뒤라서 까라지네요."

클레어는 그렇게 대답했다. 전에는 보양하라고 하면 화가 날 정도로 뭘 먹을 수가 없었는데, 이제는 괜찮았다.

아픈 그녀를 위해 주방에서 전복과 소고기를 넣은 죽을 만들어 주었는데, 자꾸만 버터를 넣거나 푹 끓이지 않고 쌀알이 씹히게 만들어서 클레어는 조금 불만이었다.

그래도 뭐든 먹어지는 게 고마운 일이었다. 여전히 매콤 새콤 한 게 당겼지만, 그건 에리히를 갈아넣어 보자고 생각한다. 하지만 그 희망 사항은 금세 파기되었다. 클레어가 침대에서 일어날 수 있게 되어 아침 식탁에 나가 보니.

"욱."

에리히가 입덧을 하고 있었다.

✦

"어이가 없어서 진짜."

응접실에 앉아 그간 못 먹었던 버터 듬뿍 쿠키를 차례차례 입에 집어넣으며 클레어가 혼잣말로 중얼거렸다.

"애는 내가 가졌는데, 왜 당신이 입덧을 해요?"

"내가 뭘."

에리히는 쿠키 냄새에 구역질이 올라오는 듯 파랗게 질린 얼굴로 잠깐 고개를 돌리고 입을 막았다. 그렇다고 클레어에게 먹지 말라고 할 수는 없어서 그냥 견뎠다.

그를 오래 알아 왔지만, 이렇게까지 안절부절못하는 사람처럼 손과 머리를 계속 움직이는 것은 클레어도 처음 봤다.

얼굴도 그랬다. 아니, 그 싸움 직후에도 멀쩡하게 하얀 안색을 하고 있던 사람이 지금은 시커멓게 죽은 얼굴이었다.

'못 먹고 계속 토하는 게 힘들긴 하지.'

클레어는 쿠키를 물리고 창문을 열어 환기를 시켰다. 쿠키가 먹고 싶어서 못 견딜 것도 아니고, 그냥 진짜인가 확인차 갖고 오게 해 봤던 것이었다.

파벨이 민망한 얼굴로 고개를 숙이고 대신 변명했다.

"사랑이 깊어서 그러신 게 아니겠습니까?"

"아니, 애 하나 더 생긴다고 책임지는 게 힘든 처지도 아니잖아요. 스트레스 받을 게 뭐가 있다고?"

클레어는 반박했다. 그리고 에리히를 향해 말했다.

"아빠 되는 기분만 내면 될 사람이 왜 이래요? 그렇다고 나한테 동조했다기에는, 입덧하는 거 본 적도 없으면서?"

"……."

"다른 데가 아픈 거 아니에요? 구역질하는 거 보니까 투정 부리는 건 아닌 것 같고."

"내가 엘리엇도 아니고."

"그럼 엄살인가?"

"뭐?"

에리히가 눈썹을 치켜들었지만, 그 얼굴에 힘이라고는 하나도 없었다. 오히려 죽을 위기에 처했다가 탈출해서, 걸어서 수도까지 왔을 때보다 얼굴이 더 안됐다.

"임신한 것도 힘들어 죽겠는데 남편 입덧까지 신경 써야 하다니……."

"신경 안 써도 돼."

"그런 얼굴을 하고 있는데, 어떻게 신경을 안 써요?"

"며칠 식사 거른다고 죽을 것도 아니고. 난 됐어. 네가 제대로 먹게 되었으니 다행 아닌가?"

"이왕 대신 해 줄 거면 낳는 걸 대신 해 주지. 만삭 기간이나."

"……."

"머리는 또 왜 이렇게 지저분해요?"

이번에도 에리히는 침묵했다. 네가 기르라고 하지 않았느냐는 말이 목구멍까지 올라왔지만, 그냥 참았다. 반박하고 싸울 기력도 없었다.

클레어가 한숨을 내쉬었다.

"시원한 건 좀 넘길 수 있을지도 모르니까 아이스크림을 사다 놓으라고 할게요. 난 그게 제일 낫더라고요."

"음……."

"입 벌려 봐요."

이유도 모르면서 에리히는 순순히 입을 벌렸다. 클레어가 그의 입에 레몬 사탕을 하나 넣었다.

"음."

"안에 레몬 꿀을 넣은 거예요. 이걸 먹으면 속이 좀 가라앉더라고요."

에리히는 사탕을 입 안에서 굴리며 고개를 끄덕였다. 확실히 효과가 좀 있는 것 같았다.

집사가 소식을 알렸다.

"황제 폐하와 공왕 전하께서 당도하셨습니다."

두 사람은 자리에서 일어섰다. 곧 시종이 문을 열었다.

행차는 퍽 간소했다. 호위는 로건을 비롯해 근위대 몇 명이 전부였고, 시종도 둘뿐이었다. 공왕 쪽은 무어 공작이 동행하고 있었다.

에리히의 안색이 변했다. 시종 하나가 들고 있는 상자에서 달콤한 냄새가 났기 때문이다.

"웃."

그는 애써 입을 막지 않고 짧은 신음으로 참아 냈다. 클레어가 물려 준 레몬 사탕으로도 속이 진정되지 않았다.

그의 표정이 순식간에 무너지는 것을 보고 다른 사람들이 당황했다. 무슨 큰일이라도 있는가 싶어 황제가 물으려는 찰나, 에리히가 견디지 못하고 빠른 걸음으로 응접실을 나갔다. 체면을 생각해 그렇게 말한 것이지, 사실 파랗게 질린 얼굴로 뛰쳐나갔다고 해야 맞을 것이다.

손님들이 당황하여 어찌할 바를 모르며 클레어를 돌아보았다. 아렌 공왕이 물었다.

"에리히 공은 건강에 문제라도 생긴 건가? 아니, 물론 이번 일로 그도 무척 힘들었을 테지만……."

"입덧이래요."

클레어가 웃는 얼굴로 즐겁게 대답했다. 무어 공작이 입을 동그랗게 벌리고 놀랐다.

"하하."

아렌 공왕이 재미난 것을 보기라도 한 듯이 웃음을 터뜨렸다. 클레어는 고개를 갸웃하며 그를 바라보았다.

"외숙질 간인데도 닮은 곳이 전혀 없다고 생각했었는데, 이제 와서 보니 에리히 공이 황실의 핏줄을 짙게 받은 게 느껴지긴 하는군요."

"그게 무슨 말씀이신가요?"

"황제 폐하께서도 크게 고생하셨었다네. 맨프레드 대공도 그랬지, 아마?"

아렌 공왕이 웃으며 말했다. 그러면서, 이런 이야기를 이제 웃으며 할 수 있게 되었다는 사실을 실감했다.

클레어는 약간 어이없는 기분으로 웃어 버렸다. 드라마에서 간혹 남편이 입덧하는 걸 보긴 했지만, 흔한 일은 아닐 텐데.

"그런 게 체질과도 관계있나 보지요?"

황제도, 맨프레드 대공도 아내에게 영향을 많이 받는 사람처럼 들리긴 했다. 에리히가 그럴 줄은 몰랐지만. 클레어는 그런 생각을 하면서 황제를 바라보았다.

열흘 전 쓰러지기 전에 황궁에서 잠시 인사를 나누기는 했지만, 솔직히 그때는 좀 제정신이 아니었다. 사실상 제대로 된 만남은 지금이 처음이었다.

기묘한 기분이었다. 제국 귀족으로서 작위를 받은 지 벌써 10년이 되어 가는데, 황제를 알현하는 것은 이번이 처음이다. 알현장이나 그랜드 홀에서, 혹은 파티 같은 곳에서 무릎 구부리고 인사를 올리는 것이 아니라 이렇게 사적인 장소에서 마주 앉아 인사를 하게 될 줄은 더더욱 몰랐고 말이다.

아렌 공왕이 미소를 지었다.

"마음이 깊어서 그렇다고들 하는데."

"이렇게 되니, 더더욱 우리가 오기를 잘했다는 생각이 드는군. 자네가 불편한 몸으로 움직이는 것도 껄끄럽다고 생각했었지만."

황제가 말했다. 아무래도 임신한 데다가 아픈 후였다. 완전 개방 상태인 황궁이 안전한가도 문제였으나, 온다고 해도 예법 때문에 괜히 몸에 부담을 줄 수 있겠다 싶어 방문으로 결정했다.

그러고서도 황제는 걱정했었다. 에리히는 그럴 리 없겠지만 클레어로서는 집에 황제의 행차가 들어오는 것을 부담스러워할지도 모른다고 생각했던 것이다.

"계속 보러 와야겠다는 생각은 하고 있었는데, 자네가 앓고 있었던 데다가 모든 사람에게 휴식이 필요한 시기였으니까."

"마음 써 주셔서 감사합니다. 이제는 괜찮아요."

무어 공작이 미소를 지었다.

"우리가 온다고 해도 남작이 엄청나게 티파티나 오찬을 준비할 거라고는 생각하지 않아서 방문한 것이니, 이해해 주게."

"그럼요. 사실 지금은 손이 닿지 않아서, 준비하고 싶어도 할 수 없어요."

"다과는 우리가 준비해 왔어. 남작이 고구마와 얼린 우유를 좋아한다고 해서."

"특별히 좋아하는 게 아니라 그게 당이랑 탄수를 제일 쉽게
보충해 주니까……."

클레어는 민망함에 뺨을 붉히며 웅얼거렸다. 그게 벌써 소
문이 났을 줄 몰랐다.

시종이 가져온 상자 하나에는 군고구마 아이스크림이, 다른
하나에는 초콜릿 케이크가 들어 있었다. 후자는 엘리엇 몫인
듯했다. 황제가 아닌 척하면서 살짝살짝 응접실 문 쪽을 신경
썼다.

"감사합니다. 엘리엇이 좋아하겠어요. 생일 아니면 이렇게
커다란 케이크는 주지 않는데."

"아, 교육적으로 안 좋다면……."

"괜찮아요. 며칠 정도는 어리광을 받아 주어야지요. 그리
고 황제 폐하를 만나 뵙는 일을 기뻐하게 되는 것도 좋은 일
이고요."

그 말에 황제가 민망한 듯 살짝 고개를 숙였다.

"일어나면 데려오라고 유모에게 말해 두었어요. 어젯밤에
늦게 잠들었거든요."

같이 잤으면 좋았겠지만 클레어는 아직도 기침을 하고 있는
터라, 역시 옮을 것이 걱정되어 마스크를 쓴 채로 잠들 때까지
동화책을 읽어 주는 걸로 끝내기로 했다.

엘리엇은 클레어가 떠나는 게 걱정되는 것처럼 눈을 안 붙
이려고 발버둥을 치다가 진짜로 늦게 잠들고 말았다. 아침에

잠깐 일어나 인사를 하고 밥을 먹었지만, 못 참고 금세 낮잠이 들어 버렸다.

어제, 그제, 연이어 엘리엇을 만나러 왔던 아렌 공왕은 여유로운 웃음을 머금은 채 말했다.

"오히려 잘됐네. 제 일이라고는 하지만, 아직 아이가 들을 이야기는 아니니까."

클레어는 고개를 끄덕였다.

황제가 결심을 세운 모양이었다.

"의회 쪽 소식은 간단히 들었습니다. 퇴위는 하지 않기로 결정하셨다고요."

"그래. 의회의 반발이 상당했다네. 내가 물러나면 당장 엘리엇이 계승하게 되는데, 너무 어린 것도 어린 것이지만, 에리히가 섭정이라도 하게 되면 또다시 이번 같은 문제가 생길 것을 우려하는 것 같더군."

"그랬다가 자칫하면 황권이 강해지면서, 정작 그걸 쥔 사람이 황제 폐하가 아니게 될 테니까요. 황실을 폐지하자는 쪽으로는 이야기하지 않던가요?"

"그런 의견도 있는 모양이지만, 귀족원의 반발도 있어서 말이야."

무어 공작이 설명을 덧붙였다.

"영주들의 과반수가 아직은 귀족이야. 황제 폐하께서 위에 계시지 않으면, 안 그래도 혼란스러운데 더욱 문제가 가중되겠지."

"아렌과 로멜이 전쟁을 다시 하지 말란 법도 없으니까. 상징 정도로 앉아 있는 게 좋겠다는 말에 동의했다네."

황제가 씁쓸하게 중얼거렸다.

"죄인인 내가 이 자리에 있을 자격이 없고, 이미 물러나겠다고 말한 데다가 권한도 모두 하원으로 넘긴 터이지만……, 오히려 그러니까 그냥 있으라더군."

"아아. 이해했습니다."

"의회가 새로 구성되면, 거기서 또 새로운 결론이 나오겠지. 그때까지는 보류하기로 했네."

황제가 말하고, 잠시 생각을 정리했다.

그가 초조한 듯이 몇 번 주먹을 쥐었다 폈다 했다. 흩어지려는 생각과 의지를 다시 다듬으려 할 때마다 생긴 습관이었다. 전에는 늘 손안에 파란 돌을 쥐고 있었는데, 이제는 그것 없이도 그럭저럭 견딜 만했다.

클레어는 조금 불편한 마음으로 그 손을 바라보았다. 엘리엇을 내줄 생각은 없었다.

엘리엇은 이미 가혹한 일을 겪었다.

처음부터 황위 따위와 관계없이 행복하게 살아 주었으면 좋겠다고 생각했다. 이제는 어쩔 수 없다는 걸 알지만, 적어도 유년 시절만큼은 자신의 슬하에서 행복하게 살았으면 한다.

아마도 욕심일 것이다. 황제가 제 자식을 그렇게 키우려다가 이 모든 사달을 만들었다는 것을 생각하면 더더욱.

하지만 황제는 그녀의 마음을 이해한 듯이 말했다.

"사실, 엘리엇을 내가 키우게 해 달라고 하고 싶었다네."

"네……."

"내 아들이 남긴……, 하나뿐인 자식이니까. 아니, 지금까지 자네가 소중히 키워 왔고, 동생의 아이라고 해서 손자를 생각하는 할아비의 마음보다 모자랄 거라고도 생각하지는 않네만……."

"아니요. 이해합니다. 부모를 잃으면, 아무래도 조부모가 먼저 거두게 마련이니까요."

"알아주어 고맙네. 하지만 그러면 안 되겠더군. 엘리엇이 자네를 많이 사랑해."

이모라고 불렀지만, 사실 그 말이 엄마를 대신하는 말이다. 부모가 있다면, 조부모가 나설 일은 없다. 황제는 마음이 쓰림을 느꼈지만, 또 자신이 제러드의 아이를 키우겠다고 나설 주제도 못 된다고 생각했다.

"하지만 엘리엇을 황태손으로 책봉하셨다고 들었습니다. 교육에도, 양육에도 법이 있는 걸로 알고 있습니다."

"가장 중요한 건 엘리엇이 행복하고……, 다시는 이런 일을 겪지 않는 것이지."

"네……."

"의회에서 나더러 다시 집정하라고 할 리는 없어. 황실의 양육 법도라는 것도 앞으로는 바뀔 수밖에 없을 거고. 설령 그렇지 않더라도, 믿음직한 친척이나 훌륭한 가문에 보내어 양육하는 풍습이 옛날에 있었으니 크게 문제 되지는 않을걸세."

황제가 고개를 숙였다. 콧날로 눈물방울이 떨어져 무릎을 적시는 게 보였다.

"그렇지 않아도 자네와 에리히가 아이를 잘 보살펴 주겠지만, 부디 잘 부탁하네."

클레어는 아랫입술을 깨문 채 그에게 마주 고개를 숙였다.

"제 자식인걸요. 오히려 제가 폐하께 많이 사랑해 주시라고 부탁드려야 합니다."

로멜이라는 성을 물려받게 될지, 아니면 황실이 폐지되고 결국 클라우제너 소속이 될지, 혹은 처음 계획했던 대로 자신의 이름을 물려주게 될지는 아직 알 수 없다.

그러나 한 가지는 분명했다. 엘리엇은 그녀의 아이였고, 앞으로도 그럴 것이다.

엘리엇이 눈을 비비며 일어난 것은 그 오후의 일이다. 반짝 눈을 뜨고 일어나자마자 엘리엇은 소리쳤다.

"엄마!"

엄마는 없었다. 하지만 아빠 집의 자기 방이었다.

햇살이 환하게 들었다. 바닥에는 동화책이 흩어져 있고, 장난감도 여기저기 널브러져 있었다. 엘리엇은 안심했다. 여기는 아빠 집이다. 아빠는 아빠 집이라는 말에 뭔가 충격을 받은 것 같은 얼굴을 했지만, 엘리엇에게 그건 아주 좋은 말이었다. 아빠 집에는 늘 재밌는 일이 가득했으니까.

엄마는 방으로 돌아가서 자고 있을 것이다. 엘리엇은 이제

안심하고 그렇게 생각할 수 있었다.

침대에서 폴짝 뛰어 내려오자 방 한쪽에 있는 테이블에 찰스 외삼촌이 찌그러져 있는 것이 보였다.

"어? 찰스 외삼촌!"

집에 돌아갔다고 들은 것 같은데, 다시 왔나 보다. 반가운 마음에 엘리엇은 얼른 그쪽으로 달려갔다.

찰스는 움찔했다.

엘리엇을 사랑하긴 했지만, 황손이라고 할 때도 부담이 너무 컸는데, 이제는 황태손이라고 한다. 클라우제너라고 할 때만 해도 아이를 핥아 먹을 기세로 좋아했던 아버지 제임스조차도 움찔했는데, 그가 괜찮을 리 없었다.

그런데도 그가 여기 앉아서 엘리엇이 깨어나기를 기다린 것은 클레어가 을러댔기 때문이었다.

'엘리엇이 이래저래 불안한 것 같으니까 너라도 옆에 있어 줘. 당연히 내가 데리고 있어야 되는데, 감기 옮는 게 좀 그래서.'

'마, 마사가 있잖습니……. 있잖아.'

평생 반말 쓰고 살아온 사촌 누이한테도 존댓말이 나올 지경이었다.

'마사도 있을 거고, 집사랑 보모도 불러올 거야. 그리고 너도 좀 있어. 엘리엇이 어릴 때부터 보아 온 사람들을 여럿 데려와

서 주변을 좀 안정시키려고 해.'

취지에는 공감했으나 찰스는 당황하지 않을 수 없었다.

'마사나 제니는 그렇다 치더라도, 하필 내가? 차라리 집사라거나……'

'친척과는 아무래도 다르지. 게다가 엘리엇이 널 좋아하잖아. 아니면, 엘리엇이 생각보다 더 높은 신분이라는 걸 알고 나니까 더 이상은 외삼촌 노릇을 할 수 없다고 생각하는 거야? 그렇진 않잖아.'

그게 찰스의 솔직한 본심이었지만, 클레어는 심각한 얼굴로 고개를 저었다.

'아이 아버지가 누구든 간에 결국은 엘리사의 아이야. 네가 외삼촌이고. 어차피 아버지가 클라우제너 공작이었다고 해도, 우리 집안 기준으로는 말도 안 되게 높은 신분이었다는 거에는 차이가 없잖아.'

'그, 그렇긴 하지.'

마음속으로는 차이가 없긴 왜 없냐고 생각했지만, 클레어의 말에도 일리가 있었다. 어차피 너무 격차가 커서 델포드와 비교 대상이 아니라는 건 마찬가지였으니까.

클레어는 앞으로 엘리엇이 더 외로워질지도 모르니까, 가족과의 유대를 강하게 해 주고 싶었다. 일가친척만 생각하느라 암군이 될 우려는 하지 않았다. 엘리엇의 선량함을 믿어서가 아니라, 이미 제국은 돌이킬 수 없는 곳까지 왔다.

이러나저러나 찰스는 부담을 느꼈다. 그러나 엘리엇이 그가 움찔하는 것을 보더니, 평소처럼 달려오지 못하고 머뭇거렸다. 고운 하늘색 눈동자에 아이답지 않은 그늘이 서렸다.

찰스는 클레어가 입버릇처럼 '애도 다 알아'라고 말했던 것을 떠올리고 반성했다. 엘리엇이 발목을 꼬며 조심스럽게 말했다.

"외삼촌은 이제 내가 싫어?"

"그럴 리가. 이리 와."

찰스는 용기를 내서 손을 뻗었다. 엘리엇이 조금 더 머뭇거리다가 그의 품에 안겼다.

그도 엘리엇을 사랑했다. 첫 조카였고, 찰스에게도 사랑을 줄 수 있는 첫 핏줄이었으니까. 해 줄 수 있는 게 별로 없었지만 말이다.

그게 아니라도 엘리엇은 사랑할 수밖에 없는 아이가 아닌가. 엘리사가 명예를 더럽혔느니 어쩌느니 하면서 흠을 잡았던 제임스도 이것에는 동의했다.

"고생했다."

"왜 안 안아 줬어?"

"황제 폐하랑 근위대장님이 무서워서."

그는 엘리엇이 이해할 수 있는 말로 대답했다. 그러자 엘리엇이 키들거렸다.

"황제 할아버지는 안 무서운데, 대장님은 무서워."

"넌 모르겠지만, 황제 폐하가 훨씬 더 무서운 사람이야. 외삼촌은 황제 폐하에게 실수하면 큰일 난다고."

"괜찮아, 여기는 아빠 집이니까."

클라우제너 공작도 무섭긴 마찬가지였으므로 찰스는 고개만 저었다.

"외삼촌도 여기 같이 살았으면 좋겠다. 방 엄청 많은데."

"그건 좀 그렇고……."

"안 돼?"

"나는 우리 집에 가야지."

"응……."

"네가 오면 되잖아. 내가 집에 안 가면, 마리는 누가 돌봐 줘?"

엘리엇이 몹시 부러워하는 제 애마의 이름을 말하며 찰스는 아이의 엉덩이를 두드렸다. 그래도 엘리엇은 시무룩했다.

"마리 보고 싶다. 보리도 보고 싶어. 그리구 외삼촌 가는 거 싫어."

"바로 안 가. 가긴 할 건데, 당분간은 수도에 있어야지. 클레어가 아기 낳는 것까지는 보고 가야 하니까."

엘리엇의 눈이 똥그래졌다.

"아기?"

찰스는 아차 했다. 그러고 보니 엘리엇에게는 아직 알리지 않았을 것이다. 둘째를 낳으면 첫째를 더 신경 써야 해서 신중하게 어쩌고 하는 이야기를 클레어가 했던 것 같다.

그러나 이미 늦었다. 엘리엇이 찰스의 무릎을 팡팡 때렸다.

"아기? 엄마가 아기 낳아?"

"어, 어……."

찰스는 긍정의 대답인지 신음인지 모를 소리를 작게 흘렸다. 엘리엇은 그 소리를 끝까지 듣지도 않고 우당탕퉁탕 달려가, 문을 열려고 팔짝팔짝 뛰었다.

"야, 엘리엇!"

"갈래! 갈 거야! 엄마한테!"

찰스는 이게 자기가 수습하지 못할 일인 것을 알고 얌전히 문을 열어 주었다.

마침 저택의 경호 태세를 점검하기 위해 아이 방 앞 복도까지 와 있던 막시밀리안이 뛰어나오는 엘리엇을 보고 눈가를 접으며 웃었다.

"엘리엇 님."

그렇게 뛰면 안 된다고 지적할 작정이었는데, 그럴 시간도 없었다. 엘리엇이 신발에 풍선이라도 달린 것처럼 방방 뛰었다.

"엄마한테 갈래!"

"기다리십시오, 엘리엇 님!"

클레어가 어디에 있는지, 막시밀리안의 말은 듣지도 않고 엘리엇이 마구 복도를 달려갔다.

찰스가 어쩔 줄을 모르며 그 뒤를 따라갔다. 막시밀리안은 아이를 잡아채 안아 들 수도 있었지만, 잠에서 깬 엄마를 보고 싶어 하는 아이의 심정을 이해했으므로 그냥 조용히 그 뒤를 따랐다.

엘리엇은 복도를 가로질러 먼저 클레어의 침실로 갔다가 빈 것을 발견하고 곧바로 서재로 방향을 틀었다. 하지만 서재도 비어 있었다.

"히잉."

엘리엇은 발을 동동 구르다가 깜짝 놀란 듯한 얼굴로 이번 에는 응접실을 향해 뛰었다. 생각해 보니 오늘 황제 할아버지 가 온다는 이야기를 들은 것 같기도 했다.

"야, 엘리엇!"

찰스는 그 뒤를 따라 달리느라 숨이 턱에 닿았다. 뭔 어린애 가 이렇게 체력이 좋은지, 몇 번 잡으려 했지만 실패하고 말았 다. 엘리엇은 이제 찰스와 '경찰과 도둑 놀이'라도 하는 것처럼 신나서 까르르 웃음소리를 흘리며 달려갔다.

그리고 응접실에 도착했다. 이번에는 문고리를 잡으려고 팔 짝거릴 필요도 없었다. 앞에 서 있던 시종들이 황태손의 모습 을 보고 당연한 듯이 문을 열어 길을 틔워 주었기 때문이다.

황제의 모습에 놀라서 그 자리에 정지한 것은 찰스뿐이 었다.

"힉!"

엘리엇은 개의치 않았다. 할아버지들이 무섭지도 않았지만, 클레어 외에는 문을 열어 준 사람이 있는지 어떤지도 눈에 보이지 않았다.

"엄마! 엄마엄마엄마!!"

아이는 곧바로 클레어의 무릎으로 달려들었다. 클레어는 애써 그 몸을 받아 냈다. 앉아 있어서 다행이었다.

"엄마 여기 있어. 아무 데도 안 갔어."

얼마나 불안하면 이럴까 싶어 엘리엇을 안아 주면서, 엉거주춤 문간에 선 찰스에게 눈치를 주는데, 엘리엇이 눈알이 별똥별이 되어 튀어나올 만큼 반짝반짝 빛내면서 소리쳤다.

"엄마 아기 낳아?"

"응?"

"찰스 외삼촌이 그랬어! 엄마 아기 낳아? 나 동생 생겨?!"

"아."

'안심시켜서 잘 좀 데리고 있지'라는 눈총이 '애한테 무슨 소리를 했냐?'라는 칼날로 변했다. 찰스는 주춤주춤 뒷걸음질 쳤다.

엎질러진 물은 주워 담을 수 없다. 좀 더 진정된 다음에, 세상에서 널 제일 사랑하고, 아기가 태어난 다음에도 그럴 거라는 말과 함께 알려 줄 작정이었지만, 여기서 얼버무려 봤자였다.

일단 대답해 놓고 설명할 작정으로 긍정의 대답을 했는데.

"응."

"동생!"

엘리엇이 신나서 펄쩍 뛰었다.

"언제? 언제 나와?"

"아직 멀었어."

클레어가 웃음을 머금고 말했다. 낳고 나서는 또 어떨지 모르는 일이지만, 일단은 걱정하지 않아도 될 것 같았다.

"전에 코넬리아 부인을 만난 적 있지? 그만큼 엄마 배가 커져야 해."

"응……."

엘리엇이 고개를 끄덕였다. 그러고 보니 아기는 엄마 배 속에 있는 거라고 했었다. 그런데 지금 엄마의 배 속에는 아기가 있을 것 같지 않았다.

"아직 너무 작아서 그래."

"동생 생길 거라고 하니까 좋니?"

무어 공작이 미소를 지으며 물었다.

"좋아요! 내가 핫초코랑 우유랑 먹여 주고 엄청 재밌게 같이 놀아 줄 거예요! 그리고 동화책도 같이 읽고, 같이 해적 놀이도 할 거예요! 아, 칼싸움도! 신사 놀이도!"

낳을 때 되면 엘리엇은 여섯 살에 가까울 텐데, 같이 놀기에는 터울이 크지 않을까 생각하면서도 클레어는 미소를 짓고 말았다. 황제가 눈을 가늘게 하고 다정한 웃음을 띤 채 말했다.

"실은 걱정을 좀 했었는데, 그럴 필요는 없겠군."

공작가에 다른 아이가 생기면 엘리엇이 소외감을 느끼거나 서운해하지 않을까 해서 말이다. 하지만 이 기세를 보니 섣부른 걱정이었던 듯했다. 양육은 역시 이 집에 맡기는 게 옳았다.

"황제 할아버지!"

엘리엇이 신난 채로 돌아보았다가, 그제야 공왕과 황제를 보고 방글방글 웃었다.

"저 동생 생긴대요!"

자랑하듯 말하는 아이에게 황제가 손을 뻗었다. 엘리엇이 달려와 그의 손안에 머리를 비비고, 이번에는 공왕에게 가서 그 무릎 위에 올라앉았다. 기분이 좋아서 모든 사람에게 뽀뽀라도 할 작정인 모양이었다.

클레어는 어이가 없어 웃었다.

"진짜로, 에리히를 닮았다는 건 말도 안 되는 소리죠."

"사실, 나도 그 말에 동감이라네."

손자를 쳐다보느라 여념이 없는 두 할아버지 몰래, 무어 공작이 클레어에게 몸을 기울이고 살짝 속삭였다.

재판(1)

단시간에 모든 일이 해결되지는 않았다. 에른스트령에는 이미 징집된 병사가 수만 명 단위로 모여 있었다. 북방군이 제때 철도와 전신을 끊지 않았다면, 이들은 이미 수도와 아렌으로 밀려들어 갔을 것이다.

그러나 철도가 끊기면서 육로 이동은 어렵게 되었고, 해로는 빅토리아 대공 때문에 막혔다. 사우스랜드 곡물상이 배신하여 클레어에게 붙으면서, 군량의 확보조차 여의치 않게 되었다.

사실상 군대로 막힌 곳은 하나도 없는데도 식량이 떨어진 채 포위당한 성 같은 상황이 되어, 에른스트 공작은 혼란에 빠져 있었다.

"황후 폐하께서 다른 지시는 없는 건가? 수도로부터 연락은?"

"결단을 내리셔야 합니다, 공작 각하."

"황자 전하께서 친위사단을 거느리고 오시기로 했다고 들었는데! 어찌 되었느냐, 황자 전하께서는?"

그 소식을 알 수 있을 리 만무했다.

에른스트령을 중심으로 여러 지역에서 상당수의 지방군이 모여 새로 편제를 이룬 상태다. 북방군 중에도 몇 개 부대는 이탈하여 이쪽과 합류하기 위해 움직이고 있었다. 결단을 내린다면 독자적으로도 충분히 움직일 수 있었다.

그러나 공작은 황자와 친위사단의 행방만 반복해서 물었다. 마르고트로부터 이럴 때를 대비한 지시는 받지 못했다. 그는 스스로 이런 일을 감당할 수 있는 사람이 아니었다. 참모를 자처하며 이런저런 말을 귀에 불어넣는 자는 많았으나, 애초부터 그는 간담이 작아 제가 스스로 판단하기를 싫어하는 사람이었다.

그렇다는 것은 황제 특사 앞에서 바로 납작 엎드린다는 결단도 쉽게 하지 못했다는 뜻이다.

"북방군이 황제 폐하의 명을 따른다는 말을 또 어찌 믿느냐? 우리가 수도와 연락이 끊겼다는 것을 알고 클라우제너 공작이 수작을 부린 것일 수도 있어. 황제 폐하께서는 서거하시지 않았느냐!"

"그러면 수도로 진군하시겠습니까? 인편 연락이 닿는 곳까지 내려가면 황후 폐하께서 지시를 내려 주실 겁니다."

"어······. 기다려 봐."

그 결단도 쉽게 내리지 못하고 에른스트 공작은 더듬거렸다. 그러는 동안 문을 열어 황제 특사를 받아들인 것은 에른스트 공작 부인이었다.

그녀는 소극적이었으나, 이 일에 친정까지 연루된 것을 생각하니 가만히 있을 수 없었다. 적어도 먼저 문을 열면, 마음 약한 황제는 친정까지 반역죄로 처벌하지는 않을 것이다. 그녀의 친정도 황실의 방계이기 때문이다.

그리고 황실 특사가 들어오자 에른스트 공작은 아무 말도 하지 못하고 인장 반지를 벗어 내주었다.

클레어는 노이만 의장으로부터 설명을 듣고 나서 고민스러운 얼굴로 말했다.

"그러고 나니, 행정 공백이 생긴 거군요. 생각해 보면, 대부분의 관리가 수도 인근에 남을 게 아니라면 자기 고향 쪽으로 발령되기를 원하니, 에른스트령의 행정관은 에른스트 출신이 많을 테고요."

"그렇습니다."

노이만 의장이 무겁게 말했다.

"에른스트만이 아니라 각지의 행정관 대부분이 해임되어야 합니다. 단순히 연루된 것만이 문제가 아니라……."

"특별히 황후의 명령을 받아 행동한 게 없었어도, 지금까지 로멜 우월주의에 따라 정책을 시행했다면 그것도 문제이긴 하죠."

"맞습니다. 지금 황제 폐하께서 마르고트 에른스트의 죄를 오로지 황실의 혈통을 속였다는 것 하나에 한정시켰기에 아직 죄가 씌워지지 않았을 뿐입니다."

"정책 결정에서의 부당한 행위나 아편 유통을 눈감은 문제가 재판소에 올라가면, 남을 사람이 별로 없겠군요. 사실상 지금까지 힘 있는 영주가 맡고 있는 곳은 행정관이 가신이나 다름없기도 했고."

그 문제에 대해서도 에리히와 이야기해 보긴 했다. 하지만 직접 관여할 생각은 없었다. 그냥 늘 하듯, 여러 이야기를 하던 중에 나온 말에 불과하다.

현실적으로 단번에 모든 행정관을 갈아 치울 방법은 없다. 당장 총선거를 앞두고 있다는 것을 생각하면, 공백을 메우는 게 제일 중요했다. 앞으로 어떻게 할지는 결국 새 의회가 결정해야 할 일이기도 했다.

"일단 도와 드릴 수 있는 부분이 있을 것 같네요. 사우스랜드 곡물상을 통해 에른스트 공작령의 행정을 도와 드릴 수 있을 거예요."

"오오."

"그쪽에서도 원래 군량으로 보내려던 곡물 재고를 창고에서 내보내지 못해서 곤란을 겪고 있었으니 차라리 잘되었어요. 해로를 통해서 보내고, 식량을 배급하면서 징집병의 신원을 파악해서 고향으로 돌려보내 주도록 하죠. 비용은 에른스트 공작이 기꺼이 지불해 주리라 믿어요."

"그럴 겁니다."

"아마 민간에도 배급이 필요할 테죠. 공단 쪽도 맡아 줄 수 있는지 확인해 볼게요. 배급을 개인에게 하면 어느 정도는 노예 현황도 파악할 수 있을 거예요."

"그렇게 해 주시면 더 바랄 게 없겠습니다. 안 그래도 자기 잘못을 덮기 위해 행정관들이 증거를 인멸할까 봐 염려하던 참입니다."

"상단이 그걸 전부 견제하거나 막을 수 있을 거라고는 생각하지 않지만, 대강 분위기 정도는 알 수 있을 거예요."

암살이나 살인 증거는 대부분 이미 사라졌을 테지만, 정책 문제나 양귀비 유통 경로는 그러지 못한다. 마약상이 된 자들이 그렇게 쉽게 자기 이익을 포기할 리도 없었다. 사라질 증거를 염려할 게 아니라, 새로 생겨날 범죄를 염려해야 할 판이었다.

"상단에 부담이 크게 가해질 텐데 괜찮으시겠습니까?"

"사우스랜드 곡물상이 죄를 갚으려면 지난 20년 동안 만든 상단의 기반까지 모조리 뽑아다 반납해야죠. 염려 마세요. 총선거를 앞두고 있으니, 지금은 행정관들은 거기에 집중할 수밖에 없다는 사정을 이해하고 있습니다. 노이만 의장님은 염려 없으시겠지만, 하원은 난리들이죠?"

"거의 대부분 고향으로 내려갔습니다."

노이만 의장이 한숨을 내쉬었다.

지금까지는 수도에 있어도 크게 상관없었다. 의석이 지역별로 정해진 수가 배치되는 것은 마찬가지였으나, 선거권은 재산세에 비례했기 때문에 투표권을 많이 가진 자와만 이야기하면 되었다. 귀족이나 지역 유지가 밀어주면, 단 한 사람의 힘으로도 당선이 가능한 곳도 있었다.

하지만 이번에 처음으로 체제가 바뀌었다. 세금 장부를 기준으로 이름이 실린 자는 모두 한 표씩 선거권을 갖게 되었다. 이것은 황궁에 들어왔던 시위대가 지키고 서서 기어이 얻어 낸 권리였다.

상원도 체제를 바꿀 준비를 하고 있었다. 지금까지는 작위 귀족들이 영주로서 자기 영지의 대표자 노릇을 했으나, 이번 일에 연루된 가문이 많아 새삼 세어 보니, 이미 영지를 팔아 버린 자가 많았다. 이쪽은 하원 총선거가 끝난 후에 다시 정비될 것이다. 달리 말하면, 그때까지는 권리가 정지된 셈이었다.

당연히 반발하는 자가 많았다. 그러나 황궁과 의사당 문이 활짝 열려 있고, 지금도 쉬지 않고 의사당 앞에서 연설회와 집회가 열리고 있는 상황에서 정면으로 불만을 말할 만큼 담대한 자는 없었다.

클레어는 조용히 말했다.

"흘린 피가 적어서 다행이라고 생각해요."

"총선거 비용은 황제 폐하께서 사재로 대기로 하셨습니다."

"그쪽은 걱정 없겠네요. 그보다 전 재판소 쪽이 걱정인데요. 아니."

그녀는 거기에서 말을 멈췄다. 노이만 의장이 관여해서 좋을 일이 아니었다. 그는 지금까지처럼 두루 여러 사람과 부드럽게 지내는 쪽이 좋다. 그리고 자신이 그에게 말해서 나서면, 마치 명령하는 것처럼 되고 만다.

'쉽지 않네, 정말.'

딱 하나만 확실하게 해 두고 싶은데.

전 같으면 망설임 없이 저질렀을 것이다. 델포드 남작이 군중에 섞여서 무슨 일을 좀 하더라도, 그저 하급 귀족이 한 일에 불과했으니까.

하지만 이제는 그렇지 않았다. 무슨 일을 하든 표면에 드러나면 황태손의 이모가 제 조카를 황좌에 올리기 위해서 음모를 꾸몄다고 기록될 가능성이 컸다.

그러느니 아무 일도 하지 않는 게 낫다. 이 일이 대귀족의 음모와 권력 다툼으로 끝나서는 안 되니까. 그렇다고 결말이 보이는 문제에 손을 놓고 있을 수만은 없었다.

비서가 조심스럽게 문을 두드린 것은 그때였다.

"공작 부인, 손님이 오셨습니다. 슐츠 경이십니다."

"전 이만 일어나야겠군요."

노이만 의장이 자리에서 일어섰다. 클레어도 일어서서 그에게 손을 내밀었다.

"바쁘실 텐데 이렇게 직접 찾아와 주셔서 감사합니다. 오늘 이렇게 얼굴 뵙고 서로 무사한 걸 확인했으니, 다음에는 보좌관을 보내 주셔도 괜찮아요."

"천만의 말씀입니다. 당연히 찾아뵈어야지요. 의사당에도 한번 얼굴을 비쳐 주십시오. 다들 기뻐할 겁니다."

"그러니까 오히려 안 나가야 하지 않을까 싶어서요."

클레어는 미소를 지으며 그렇게 말했다. 노이만 의장이 그녀의 손등에 키스하고 물러갔다. 클레어는 손등을 싸쥐고 가볍게 한숨을 내쉬었다.

응접실로 안내된 슐츠 하원 의원은 긴장하여 주먹을 몇 번 쥐었다 폈다.

'여기서 잘해야 해.'

이대로라면 그는 에른스트에 연루될 수밖에 없었다. 정계 입문 당시부터 에른스트의 후원을 받았던 것은 사실이다. 에른스트나 황후의 법적 문제에 깊이 관여한 적은 없고, 법률 고문 노릇을 하거나 비공개적으로라도 조언한 바도 없으나, 그걸 누가 믿어 주겠는가.

그레이도 먼저 선을 그었다.

'선생님의 입장은 이해하고, 또 도 넘은 행동을 하실 분이 아닌 것도 잘 알고 있습니다. 그렇지만, 그렇다고 제가 선생님을 위해 남작님께 청탁을 넣는 것은 도리에 어긋나는 일이라고 생각합니다.'

그는 다른 방식으로는 최선을 다해 돕겠노라고 말하고, 지금도 만일의 경우를 대비해 증거를 모아 주고 있었다. 그러니 공작 부인의 도움을 받는 것은 처음부터 포기했다. 이렇게 저쪽에서 직접 불러 줄 줄은 몰랐다.

응접실에 나온 클레어는 부드럽고 평화롭게 말했다.

"만찬에서 뵌 적이 있기는 하지만, 이렇게 조용한 자리에서 만나 뵙는 것은 아마 처음이지요?"

"저야 늘 한번 찾아뵙고 감사의 말씀을 드리고 싶었는데, 이때까지 그러지 못해서 죄송할 따름입니다."

"감사는 제가 드려야 하는데 죄송이라뇨. 슐츠&셔우드 같은 쟁쟁한 법률 사무소가 델포드의 일을 신경 써서 돌봐 주신 것도 감사드려야 했고요."

"만일에 부인께 도움이 되었다면, 그건 그레이에게 베풀어 주신 은혜에 대한 보답이 돌아간 것입니다."

"슐츠 사무소가 전혀 힘이 없는 곳이었고, 또 경께서 그레이를 끌어올리지 않았다면, 설령 그가 우수한 성적으로 대학을 졸업했다고 해도 지금처럼 명성을 쌓지는 못했을 거예요."

클레어는 미소를 지으며 말했다.

"비록 지금은 제가 남편의 이름을 빌려 괴르델러 백작님 같은 분의 도움을 받고 있긴 하지만, 그전에는 오히려 슐츠&셔우드가 델포드 남작가를 그렇게 신경 써 주는 것을 의아하게 생각하는 사람도 많았을 정도인걸요."

"동료 덕에 제가 감사를 받다니 민망합니다."

"이건 개인적인 감사 인사를 드리는 것이고, 또 그레이가 신뢰할 만큼의 인품을 경께서 갖고 계신다는 사실을 제가 안다고 말씀 드리고 싶었답니다."

슐츠는 모호한 미소로 표정을 가렸다. 클레어가 말한 의미를 이해했기 때문이다.

지금 그의 인품을 칭찬하는 것 자체가 정치적으로 복잡한 일일 수 있었다. 그는 아렌계 평민 출신의 법률가이면서, 에른스트의 후원으로 정계에 입문했다. 가신이 아니었으므로 직접적으로 명령을 받거나 정기적으로 보고를 올리지는 않았으나, 필요할 때는 대체로 판단을 에른스트에 유리하게 했다.

그러나 이번에 그는 피를 흘린 사람 중 하나였다. 아편 문제가 수면 위로 올라온 뒤부터 곧바로 중립을 지켰고, 계엄령이 떨어진 이후에는 노이만 의장의 설득에 따라 시위대에 합류했다.

그것은 아편이나 노예상이 적당히 흐려진 도덕심으로도 눈감고 넘어갈 수 없었기 때문이기도 하지만, 다른 하나는 슐츠&셔우드 법률 사무소가 그레이의 뜻에 따라 델포드 남작의 편에 서 있기 때문이기도 했다.

또, 다른 귀족 가문이나 중류 계급 출신의 의원들과 다르게 그는 가난한 집 태생이었으므로, 하원 의원이 특권을 잃으면 자신의 사회적 지위가 추락하리라는 것도 알고 있었다.

하지만 이유가 어쨌든 그는 며칠 전에 시위대의 앞줄에서 계엄군이 발포한 총탄에 맞아 팔에 부상을 당했다. 이만하면,

그의 입장은 충분히 전향자로 보일 수 있었다. 복합적인 상황에서 시민을 택한 셈이다.

클레어는 그에게 차를 권하면서 두루 가벼운 대화를 나누었다. 그러고 나서 슐츠가 충분히 준비되었다고 생각했을 때 말을 꺼냈다.

"총선거 후에 내각도 다시 구성될 거긴 하지만, 그때까지는 슐츠 경의 법무부 장관직은 유지된다고 알고 있어요."

"맞습니다. 임시로 사무 처리를 하고 있는 정도입니다만."

"재판소도 새로 구성될 때까지 일단 일을 할 예정이라고 들었고요."

"하지 않고 일을 쌓아 둘 수는 없으니까요. 다만, 너무 정치적으로 중요한 재판은……."

"시간을 끄는 것을 걱정하는 사람이 주위에 별로 보이지 않더군요."

클레어는 슐츠의 찻잔에 차를 따라 주며 조심스럽게 말했다.

"황제 폐하께서 마르고트 에른스트의 죄를 황실의 혈통을 어지럽힌 것으로 한정 지은 것은, 폐하 당신께서 지금까지 사사롭게 지내 오셨기에, 중요한 국무에 관여할 자격이 없다고 생각하셨기 때문이지만요."

"자격이 없다니요. 그렇지 않습니다."

"저도 폐하와 똑같이 생각하니, 슐츠 경께서는 굳이 말을 꾸미지 않으셔도 괜찮습니다. 달리 말하자면, 폐하께서는 국무를 의회에 위임하신 뜻을 지키고자 하신 것이니까요. 사실 반역죄라는 것은 가둬 두기 위한 핑계에 가까운 것이지요."

슐츠는 헛기침을 했다.

"다만, 사사로운 죄로 감옥에 갇힌 지 수개월에서 1년 이상 지난 뒤에야 판결이 내려지면, 사람들은 그녀의 진짜 죄가 무엇인지 잊을 겁니다."

사형을 시키는 건 쉽다. 황제 암살 의혹의 증거까지는 필요도 없었다. 지금 반역죄로 그녀를 가둔 것처럼, 거짓 황자를 내세워 황위를 계승시키려 하고, 황권을 휘둘러 계엄령을 내렸다는 것만으로도 충분하니까.

아니면, 지금 석방해서 분노한 군중 앞에 던져 주어도 될 것이다. 돌에 맞아 죽거나 단두대에 목이 떨어지리라.

하지만 그렇게 되어서는 안 된다.

"이 재판에서 온당한 방법에 의해 온당한 처벌이 내려져야 된다고 생각합니다. 그렇지 않으면 훗날 마르고트 에른스트라는 이름이 무고한 희생자나 영도자의 이름으로 남을 가능성도 있다고 생각해요."

로멜 우월주의는 어디까지 뿌리내렸을까?

처음에는 이익이 사람들을 쉽사리 물들이지만, 일단 뿌리내린 문화는 합리를 벗어난다. 로멜이 더 부유하고, 인구가 더 많다는 사실 역시 변하지 않는다. 지금의 분노와 열기가 가시고 나면, 10년도 지나지 않아 다시 고개를 들 것이다.

"혼외자를 속여서 남편의 자식으로 키우는 건 당연히 잘못이지만, 그게 온 국민의 관심 속에서 처형당할 죄는 아니라고 생각해요. 하지만 이대로 재판이 이루어지면, 사람들의 기억에 가장 크게 남는 것은 그게 되겠죠."

마르고트가 사적인 과실 때문에 처형당한 황후로 남으면, 훗날 그녀의 공적을 들어 재조명하려는 시도가 있을 게 분명했다.

"저는 그녀가 확실하게 아편과 노예, 내전 문제로 처벌되어야 한다고 생각해요. 하지만 시위대의 열기는 총선거로 옮겨 갔으니, 그게 끝나면 관심도 식어 버릴 테지요. 생업으로 돌아가야 하니까요. 그다음에 재판소를 다시 구성해서 또 몇 달이나 걸리는 재판 끝에 판결을 내리면, 그때까지 관심을 가지고 지켜볼 사람이 얼마나 되겠어요?"

마르고트는 이제 곧 육십이다. 체구가 작고 마른 데다가 흰 머리가 많아서 더 나이 들어 보였다. 감옥에서 고생하는 동안 외적으로 더욱 초췌해지리라는 것은 굳이 생각해 볼 필요도 없었다.

그렇게 됐을 때, 또 그때까지 재판을 지켜보는 사람들의 마음에는 무엇이 싹틀 것인가?

"말씀하시는 의미를 알겠습니다. 게다가 레이디 아우구스타가 아직 자유로운 몸이지요."

"네. 그것도 걱정되는 일이에요."

아우구스타의 손에는 아직 막대한 재산이 남아 있다. 황후의 비자금이 얼마나 될지는 모르겠지만, 아편 거래의 규모로 생각하건대 아마 돈으로 살 수 있는 의석도 절대 적지 않을 것이다. 클레어는 한숨을 쉬지 않으려고 애쓰며 말했다.

"그러니, 아직 사람들의 관심이 남아 있을 때 재판을 하는 게 좋을 거라고 생각해요."

"하지만 그건 지금의 재판소 고위직들에게 면벌부를 발급하는 것이나 다를 바 없는 일이 될 수도 있습니다."

"재판소를 새로 구성한다고 크게 달라질 것 같진 않은데요? 지금 판사로 임직된 법률가라면 대부분 로멜인일 거예요. 제 말이 틀린가요?"

슐츠가 대답하지 못했다. 아렌인이 없지는 않았으나, 자신과 마찬가지로 로멜 가문이 후원자로 붙어 있거나 자진해서 친로멜파로 행동하는 자들이 대부분이다.

클레어가 문득 입술을 한번 어루만졌다. 그리고 무심코 하려던 말을 참은 후에, 빙그레 미소를 지었다.

"전 사람 개인을 별로 믿지 않아요. 그것보다는 눈치를 보게 하는 게 좋을 거라고 생각해요. 시민의 힘이 가장 강한 이 순간에. 물러나게 하는 건 그 뒤에도 할 수 있는 일이니까요."

행정관부터 법관까지, 모두 바꾸지 않으면 안 된다. 그리고 그건 당장 몇 명의 죄를 묻는 걸로 해결될 일이 아니니, 전향자를 대접하는 게 오히려 나을 것이다.

슐츠는 고개를 끄덕였다. 그가 침착하게 말했다.

"제가 에른스트의 법률 고문단에 속해 있지는 않지만, 오랫동안 인연이 있긴 합니다. 아마 만약을 대비하고 있었던 사람도 여럿 있을 겁니다."

"새로운 증거가 풀리면, 여론도 바뀌겠지요. 잘 부탁드립니다."

슐츠가 고개를 숙였다. 이거면 확실하게 연루되지 않고 자신의 입지를 굳힐 수 있다.

"람스베르크 의원과도 이 일에 관해 의논해 보셨습니까?"

"하지 않았어요."

"알겠습니다."

슐츠는 그렇게 대답하고, 클레어와 인사말과 아기에 대한 이야기들을 나눈 뒤에 자리에서 일어섰다.

슐츠를 배웅한 후에 거실로 돌아오자, 에리히가 무화과와 벌꿀이 올라간 빙수를 앞에 놓고 고뇌에 찬 얼굴을 하고 있었다.

"왜 그래요?"

"달아."

"당분이라도 섭취해야죠. 안 그러면 쓰러져요."

"……."

"토하지 않고 뭐라도 넘길 수 있는 걸 고맙게 생각해야지."

"아니, 하지만……."

"맛있잖아요?"

클레어는 그의 앞에 앉아 숟가락으로 빙수를 한술 떠서 내밀었다. 에리히가 미간을 찡그렸다. 구역질하지 않는 것을 보면 먹고 싶은 게 분명한 것 같은데 말이다.

"자존심이 뭐길래."

"여기서 자존심 얘기가 왜 나와?"

"단게 맛있어서 자존심 상한 거 아니에요?"

그러자 에리히의 홀쭉해진 볼에 노기가 깃들었다.

"날 뭘로 생각하는 건가?"

"절대 말랑해지지 않으려고 자존심 지키는 남자."

클레어가 웃으면서 대꾸했다.

"먹어요. 당뇨 걱정도 없고, 아기가 잘못될 우려도 없는데. 뱃살은 나중에 빼면 되잖아요."

"……."

에리히가 눈살을 찌푸렸다. 지금까지 생각도 안 하고 있었는데, 클레어가 말하는 순간부터 신경 쓰이기 시작했다. 종종 그녀가 배를 만지며 뿌듯해하거나 재미있어하며 건드리곤 했으니 더욱.

그러고 보니 입덧이 시작된 뒤로, 기력이 없어서 단련은커녕 제대로 운동조차 하지 못했다.

"좀 쪄도 괜찮아요. 본바탕이 어디 가는 것도 아닌데."

클레어가 그렇게 말하고 그의 뺨을 장난스럽게 꼬집어 당겼다.

"클레어."

"근 손실 나는 게 더 싫으니까 얼른 먹어요. 절반은 우유잖아."

에리히는 좀 더 투덜거리고 싶은 기분을 느꼈지만, 얌전히 그녀가 다시 떠 주는 빙수를 받아먹었다. 시원한 게 목구멍으로 넘어가자 훨씬 기분이 나아졌다. 그는 건강한 체질이라 좀처럼 아픈 적이 없었기에 속이 풀리는 것도, 미열이 있는 입 안이 서늘하게 기분 좋아지는 것도 거의 처음 경험하는 일이었다.

"맛있어요?"

"음……."

그가 대답을 얼버무리자 클레어가 엘리엇을 칭찬할 때처럼 머리를 쓰다듬었다. 에리히는 그 손을 쳐 내는 대신 얌전히 두 번째 숟가락을 받아먹었다.

"그것참. 내가 괜찮아졌으니까 마음 풀어져서 먹여 주는 거예요. 입덧 중일 때는 진짜로 머리 쥐어뜯고 싶었는데."

"어차피 나중에 뜯을 작정 아닌가?"

"윤기 없이 푸석한 거 보니 그럴 마음 좀 없어졌어요. 반질반질할 때가 공격할 맛이 있지."

클레어는 그렇게 말하면서 손으로 그의 눈 밑을 쓰다듬었다. 오이라도 얹어 줘야 하나 하는 생각을 잠깐 했지만, 그것에도 구역질이 날 테니 그럴 수 없었다.

에리히는 그녀의 손에서 숟가락을 빼앗으려고 했다. 클레어는 그 손을 방어하며 말했다.

"그러면 또 한두 술 뜨고 말 거잖아요."

"괜찮다니까."

"말만 그렇지. 더 엄살 부려도 돼요. 괜찮아요."

클레어가 그의 뺨을 쓰다듬으면서 말했다. 에리히는 눈을 가늘게 떴다. 아프지 않을 때는 환자 취급이 기꺼웠으나, 입덧이라고 돌봐 주려고 하니까 내키지 않았다.

하지만 결국 그는 얌전히 빙수를 더 받아먹었다. 자존심이 문제였지, 싫은 건 아니었다.

"엘리엇은 잘 받아들이고 있는 것 같던데."

"매일 물어봐요. 언제 낳느냐고."

"그렇군."

"남동생이었으면 좋겠다네요. 같이 놀 만큼 크면, 제가 귀찮다고 할 나이일 것 같은데. 당신은 어때요?"

"뭐가?"

"역시 아들이 좋아요?"

"상관없지 않나? 하나만 낳을 것도 아닌데."

에리히가 태연하게 대답했다. 클레어는 그의 오뚝한 코를 꼬집었다.

"자기가 안 낳는다고 쉽게 말하긴. 이 고생을 또 하라고요?"

에리히의 얼굴에서 혈색이 빠졌다. '셋은 낳아 준다며?'라는 말을 하려고 했지만, 이걸 자신이 또 겪는 것부터 클레어가 다시 겪는 것까지, 생각만 해도 괴로웠다. 클레어가 킬킬 웃었다.

"낳는 것까지 반 나눠 주진 못하겠지만, 완전히 혼자 고생하는 건 아니라서 위안이 되네요."

에리히가 아무 말도 하지 못했다. 클레어는 그의 손등을 탁
탁 두드렸다.

"괜찮아요. 당신과 달리 나는 각오가 되어 있으니까. 무엇을
각오하든 그 이상이라는 이야기를 듣긴 했지만."

그런 이야기를 하고 있을 때 집사가 조용히 들어왔다. 에리
히는 숟가락을 들고 있는 클레어의 손을 잡아 내렸다. 클레어
는 웃었지만, 굳이 그의 입에 다시 빙수를 들이대지는 않았다.

"무슨 일인가?"

"쉬시는 데 방해해서 죄송합니다. 마님, 슈나이더 백작 영애
가 방문하셨습니다."

"그래요?"

약속을 따로 하지 않았는데, 무슨 일이라도 있는 모양이다.
클레어는 자리에서 일어섰다가 처지려는 에리히의 눈썹을 위
로 쓱쓱 문질러 끌어 올려 주고, 자신의 거실로 향했다.

"휴……."

"고민이 많은 얼굴이네요."

거실 문을 열고 들어오며 클레어가 말했다. 리나는 얼른 일
어섰다.

"클레어 님."

"괜찮아요, 앉아 있어요. 와, 꽃 차군요. 리나 양이 가져왔어요?"

리나의 앞에는 투명한 티 포트와 손가락 세 개만 한 크기의 꽃 차 덩어리, 뜨거운 물 주전자가 놓여 있었다. 리나는 방긋 웃었다.

"클레어 님은 요즘 커피도, 홍차도 드시지 않으니까요. 이게 그렇게 맛있진 않은데, 예쁘긴 하더라고요."

리나가 그렇게 말하면서 찻잔 안에 꽃 차를 넣고, 뜨거운 물을 부었다. 클레어는 꽃잎이 펼쳐지면서 맑은 노란색이 되는 것을 즐겁게 지켜보았다. 국화 향 같은 향기가 퍼졌다.

"향기도 좋아요."

"맛없으면 이걸 같이 넣으라고 하더라고요."

리나가 얇은 종이에 싸인 갈색 설탕 덩어리를 건넸다. 확실히, 단맛과 이 향기가 섞이면 입이 즐거울 것이다. 클레어는 기꺼이 그것을 받아 찻잔에 넣었다. 리나가 상냥하게 물었다.

"몸은 좀 어떠세요?"

"이제 괜찮아요. 아팠던 끝이라 체력이 좀 달리긴 하는데, 그래도 입덧할 때에 비하면 천국이죠, 뭐."

예상대로 차에서는 단맛과 향기가 났다. 클레어는 즐겁게 그걸 한 모금 넘겼다. 사실 남편과 아이를 잃었다고 생각하면서 침대에 누워 있을 때를 떠올리면, 아무것도 아닌 이런 대화마저도 몹시 즐거웠다.

슈나이더 백작가의 안부를 묻자, 리나는 백작이 영지를 처분하겠다는 결정을 내렸다는 것을 알려 주었다.

"귀족원에 대해서 나오는 이야기를 들으시면서 생각이 많아졌나 봐요. 사실 아버지도 귀족원에 거의 출석조차 하지 않는 분이었으니까요."

"의무를 소홀히 했다고 하면 그런 것이고, 탐욕스럽게 나라를 훔치지 않았다고 하면 또 그렇다고 할 수도 있겠죠."

"네. 어느 쪽이든 지금까지 방치했으니, 더 이상은 자격이 없다고 생각하신 것 같아요. 하원에서 만일에 적당한 보상을 주고 영지를 회수하겠다고 하면 내놓고, 그러지 않는다면 상원 의석을 영구히 포기하는 조건으로 장원도 팔겠다고 하시더라고요."

"그렇게 해서 뭔가를 하시려는 건가요?"

클레어는 의아함에 고개를 갸웃했다. 상원 의석을 포기하는 것은 슈나이더 백작의 성향을 생각했을 때 놀랄 만한 일이 아니지만, 장원은 문제가 다르다. 토지는 가문을 유지하는 가장 큰 재산이다. 다른 사업을 하려는 것도 아니면서 땅을 처분하는 것은 이해하기 어려웠다.

"작위에 딸려 있는 장원과 재산을 제외하고 남은 것은 아예 처분해서 둘째 오빠와 저에게 나눠 주실 거라고 해요. 작위는 큰오빠에게 미리 계승시키고요."

"그렇군요."

"놀라시네요?"

"보통은 그러지 않으니까요. 설령 둘째, 셋째에게 어느 정도 상속해 줄 의향이 있더라도, 유언장에 남기잖아요."

"카탸 부인의 이름이 계속 남의 입에 오르내리는 이상, 아버지가 가주로 계시는 것 자체가 가문에……, 아니, 저희에게 부담이 될 것 같다고요."

그리고 슈나이더 백작은 이런 이야기도 했다.

'내 어리석은 실수로 말미암아, 리나를 잃었던 것만이 아니라 너희 모두에게 고통을 안겼구나. 사실 한 가문의 가주로서도, 슈나이더의 영주로서도, 이렇게 생각하는 것 자체가 옳은 일은 아니고, 어찌 보면 무책임할 수도 있겠다만, 그래도 나는 내 자식인 너희들이 더 중해.'

그는 한숨을 내쉬며 말했다.

'지원만 해 주마. 하고 싶었던 일이 있으면 하고, 슈나이더를 버리고 싶다면 그렇게 하려무나. 이 이상 의회에서 증언 같은 것으로 부르지 않는다면, 나는 시골로 내려가서 조용히 지낼 작정이다.'

그리고 리나에게는 또 다른 말을 했다.

'네가 바라는 일을 하려면 큰돈이 필요할 거다. 내게 달리 도울 방법이 없어서 미안하구나. 클라우제너 공작 부인께서 잘 이

끌어 주시겠지.'

　'아버지.'

　리나는 당황했다. 슈나이더 백작이 무슨 말을 하는지 알고
있었다. 이 일을 생각할 때마다 리나는 심장이 쿵쿵 뛰는 소리
가 들리는 것 같아 불안해졌다.

　그녀는 클레어와 별개로 시민 화합의 상징 같은 것이 되었
다. 본래부터 유명세가 있었던 데다가, 백작의 딸이 시민의 편
에 섰다는 것으로도 그러했다.

　그것이 그녀는 민망했다. 그저 스테판의 손이 피에 젖는 것
을 막고 싶었을 뿐이다. 그날 황자 앞에서 당당히 말할 수 있
었던 것도, 그저 이제 더 이상 귀족을 무서워하지 않게 된 덕
분이었지, 자신이 특별하다거나 의지가 강하다고는 생각하지
않았다.

　그런데 그 자리에서 주목을 모으는 것을 넘어서서 정치적
영향력을 획득해 버렸다.

　원래 이 자리에 있어야 하는 것은 클레어가 아닐까? 리나는
그런 생각을 하지 않을 수 없었다. 하지만 그녀의 말을 들은 클
레어는 곰곰이 생각에 잠긴 채 전혀 다른 이야기를 했다.

　"다이아몬드 광고에 노이즈가 섞이긴 하겠지만, 뭐, 새로운
스타일도 얼마든지 있으니까 괜찮아요. 모던한 디자인의 작은
보석도 애초부터 밀려고 했던 스타일이고……."

　"아뇨!"

리나는 깜짝 놀라 목소리를 높이고 황급하게 말했다.

"그런 걸 여쭌 게 아니라요! 원래 사람들을 만나야 하는 건 클레어 님이잖아요! 저는 운이 좋은 풋내기 가수일 뿐, 정치 같은 건 몰라요. 그리고 사람들이 바라는 조언 같은 걸 해 줄 수도 없고, 자격도……!"

"글쎄요. 자격을 누가 결정하죠?"

"네?"

"폐하가? 의회가? 배웠다는 사람들이?"

"클레어 님……."

"그건 아니죠. 하지만 내게 자격이 없는 건 확실해요. 클라우제너 공작 부인이 되어 버렸으니까."

클레어가 검지에 낀 인장 반지를 만지작거리며 말했다.

황후가 있을 때는 괜찮았다. 적의 적은 아군이며, 황후와 대립하는 동안은 민중과 같은 편에 서 있을 수 있었으니까. 그녀의 공격 무기는 옳은 방향을 향해 휘둘러졌다.

하지만 이제는 아니다. 황후가 사라졌으니, 클라우제너는 이제 민중의 반대편에 서 있다. 기껏해야 관대한 자선가 이상이 될 수 없고, 본디 자선가가 자선을 베푸는 것은 갈등을 사적인 영역에 국한시키고, 개인의 선량함으로 무마하는 일에 불과하다.

그런데도 그녀가 의회에 얼굴을 내밀며 시민의 권리를 말해 보았자 기만에 불과하다. 클레어는 인간의 도리를 다해야 한다는 것과 별개로, 아편과 노예 문제를 끌어낸 것으로 자신의 역할이 끝났음을 인지하고 있었다. 이 이상 나서는 것은 황실을 클라우제너로 교체하는 일이 될 뿐이다.

그녀는 이기적인 이유로, 제 아이가 죽는 날까지 혈통의 업을 짊어지지 않고 운 좋게 얻은 부귀 속에서 살기를 바란다. 가능하면 더는 피를 흘리지 않고, 그 아이의 아이까지 행복하게 살았으면 좋겠다.

그렇다고 그들 부부가 새로운 왕이 될 수는 없었다. 아니, 그런 생각을 하고 있으니 더욱 손을 놓는 것이 옳았다.

"디트마어 씨를 만나 주시지 않는 것도 그렇게 생각하시기 때문인가요?"

"생각해 봐요, 리나 양. 언젠가……, 아니, 보나 마나 30년도 지나지 않아서 '디트마어 람스베르크가 클라우제너 공작가의 명을 받아 황태손의 정적을 공격했다'라고 주장하는 역사서 같은 게 생기는 상황을. 어차피 날조라도 하는 자가 나오겠지만, 그래도 가능성은 줄이는 게 낫겠다 싶어서요."

"그렇군요……."

"그리고 리나 양이 얻은 영향력은 리나 양의 것이에요. 내 것이 아니라……. 목적이 위로였든, 혹은 다른 것이었든, 사람의 마음을 모으는 힘은 아무에게나 있는 것이 아니죠. 그러니, 그 힘을 어떻게 쓸 것인가는 리나 양이 결정하면 된다고 생각해요."

"저는……."

리나는 숨을 들이마셨다. 디트마어와 지인이 된 뒤로도 꽤 시간이 흘렀다. 그녀는 연락책으로도 활동했고, 클레어의 부탁이 아니라 그냥 디트마어를 돕기 위해 움직이기도 했다.

그러고서도 아무 생각도 없었을 리는 없다. 하지만, 그럼에도 불구하고 그녀는 자신에게 자격이 없다고 생각했다.

"제겐 자격이 없어요. 저는, 스테판 때문에 나섰던 거예요. 제 쪽이 훨씬 더 자격이 없어요."

클레어는 잠시 생각에 잠겼다. 스테판의 이름을 아직까지 듣게 될 줄은 몰랐다. 리나의 입으로는 더더욱.

한번 찾아보려고 했으나 그의 종적은 또다시 사라졌다. 리나 역시 그를 찾으면서도 그의 목적을 말해 주지는 않았으므로, 클레어는 지금쯤 그자가 무엇을 하고 있을지 짐작할 수가 없었다.

그로부터 얼마 후에, 재판소에서 내부 고발이 시작되었다. 순보, 주보가 중심이었던 신문은 매일 호외를 찍다 못해 이제 조간신문이 되었다. 귀족과 거부가 어느 판사에게 어떤 뇌물을 주었는지 기사가 실리기 시작했다.

젊고 유능한 인재를 발굴하여 장학금을 주고 후원자가 되는 것은 존경받을 만한 일로 여겨졌다. 재판소의 판사와 법률 사무소의 주인이 되는 것은 가난하지만 영특한 소년이 꿈꿀 수 있는 가장 훌륭한 출세 루트 중 하나였다.

하지만 그것이 판결을 좌지우지하는 것은 또 다른 문제였다. 후원자에게 올바른 조언을 하는 것은 당연한 일이지만, 후원자에게 유리한 방향으로 판결하느라 상대에게 누명을 씌우거나 손해를 입히는 것은 부도덕한 일로 공분을 샀다.

사생활의 추잡함은 좀 더 적나라하게 밝혀졌다. 마약상과 사채업자의 정기적인 상납, 노예상과의 친분, 지연을 중심으로 이루어진 관계도가 그림으로 그려졌다.

젊은 법률가들은 이게 기회라는 사실을 깨달았다. 이것은 자신이 명예롭게 여겨 온 지위를 더럽힌 선배를 쫓아낼 기회이자, 청렴한 명성을 얻을 기회였다.

그리고 많지 않은 고위직 자리를 텅 비워 자신이 진출할 수 있는 기회이기도 하고, 혹은 여전히 자신을 농노나 하인의 자식으로 여기는 도련님에게서 벗어날 기회이기도 했다.

그들이 원하는 것은 귀족과는 다른, 지식에 의해 존경과 권력을 획득한 새롭고 정당한 통치 계급이지, 명예 없는 귀족의 노예가 아니었다.

익명의 투서가 슐츠에게 쏟아졌다. 슐츠는 늘어나는 영향력에 기쁨의 비명을 지르며 그 모든 내용을 검증했다. 하지만 이제 더 이상 비밀은 없었다. 검증 과정은 공개되었으며, 그 과정에서 퇴진이 계속되었다.

또다시 하원 의원의 사무실로 편지가 쏟아지고, 신문사의 칼럼에 제 글을 실어 달라며 기고문을 보내는 사람이 숱하게 많았다. 정기적으로 의사당에 나와 총선거 준비를 지켜보던 시위대에서 피켓을 하나씩 추가했다.

『판사들을 처벌하라.』
『재판소를 정화하자.』

마침내 단체 하나가 과거의 판례를 거슬러 올라가며 목록으로 만들어 재판소 앞에 붙이기 시작했다.

재판소 앞에 돌이 쌓였다. 자칫하다가 또 피가 흐를 것을 염려한 노이만 의장이 황제에게 근위대 일부를 청하여 재판소를 지키게 할 정도였다.

대부분의 판사들이 몸을 사려 뒷문으로 몰래 들어가거나 아예 출근을 거부하는 와중에, 자존심 강한 재판소장이 기어이 법복을 입고 정문을 통해 안으로 들어가다가 관자놀이가 찢어졌다.

이 일로 인해 이번 회기의 하원이 입법한 마지막 법률은 이런 것이었다.

『의사당과 재판소에서 종이 외의 것을 던지는 자는 처벌한다.』

재판소 앞에 두꺼운 종이로 만든 슬링 탄을 파는 노점상이 생기고, 유리가 모조리 깨진 것은 그다음 날의 일이다.

아우구스타는 미칠 노릇이었다. 그녀는 거실을 뱅글뱅글 돌며 초조하게 입술을 짓씹었다.

"아우구스타 님, 잠시라도 눈을 붙이셔야 해요."

시녀가 어쩔 줄을 몰라 하며 말했다. 아우구스타는 무심코 그녀를 홱 노려봤다가, 곧 그녀를 책망할 일이 아님을 깨닫고 마음을 가라앉혔다.

"마르고트 님께서 감옥에 계시는데, 내가 어떻게 푹신한 침대에 누울 수 있겠니?"

그녀는 아직까지 마르고트를 제대로 면회조차 하지 못하고 있었다.

마르고트의 의식주를 생각하고 있는 게 현명한 일은 아니었다. 감옥에 있는 이상 한계가 너무 명확했으므로, 생각해도 소용없는 일이다.

지금 아우구스타 자신이 해야 할 일이 아주 많았다. 그중에 오로지 딱 하나, 마르고트의 형을 줄이거나 무마하는 일만 하고자 해도, 나머지 모든 일이 어차피 그에 얽혀 있다.

비자금을 안전하게 옮기는 것부터 돈이 이동하는 루트, 비밀 정보와 안전 가옥을 숨기고, 에른스트 공작가와 수하들을 단속해야 했다. 그래야만 죄를 줄일 수 있다.

아직이다. 아직 끝나지 않았다. 증거는 아무것도 없었다. 황제는 불임약을 먹었다고 말했지만, 그것이 진실이라는 것을 누가 알겠는가? 그리고 설령 그게 사실이라고 하더라도, 어차피 그런 약의 효과는 백 퍼센트가 아니다.

리누스의 부친이 누구인지 법정에서 증명할 수 있는 방법은 없다. 그리고 설령 증명이 된다 하더라도, 고작해야 혼외자를 만들었다는 죄로 처형할 수는 없다.

그러니 다른 증거를 없애면 된다. 아편으로 만든 비자금 루트만 제대로 숨기면, 나머지는 통치 행위였다고 주장할 수 있다.

일단 시간부터 끌어야 했다. 세간의 관심이 사그라진 후라면 어떻게든 할 수 있었다. 황제와는 협상이 되지 않을 테지만, 클라우제너 공작 부인이라면 분명히 가능할 것이다.

일단 처형을 피하는 게 급선무였다. 특히 리누스는 그래야만 했다. 그러고 나면 사람을 바꿔 치든, 남몰래 빼돌리든 해야…….

"아우구스타 님."

그때 누가 거실 문을 두드렸다.

"무슨 일이냐?"

또 나쁜 소식이 아니길 바라며 아우구스타는 날카롭게 물었다. 문을 열고 고개를 내민 것은 스테판이었다. 아우구스타는 저도 모르게 표정을 풀었다. 안도의 한숨이 나왔다.

"스테판, 도망쳤을 줄 알았는데."

"수도의 경계 태세가 풀렸으니까요. 돌아왔습니다."

스테판이 태연하게 거짓말을 했지만, 그것을 모르는 아우구스타는 오랜만에 미소를 지었다. 온갖 곳에서 배신이 계속되고 있는 상황에서 이게 얼마나 위안이 되는 일인지.

"고맙구나. 지금은 믿을 만한 사람 손이 하나라도 더 필요한 때라…….."

"소문을 들었습니다. 총선거에서 재판소의 고위 간부도 뽑는다지요?"

스테판은 그렇게 물으면서 슬그머니 아우구스타의 눈치를 보았다. 하지만 아우구스타는 거짓말을 하고 있거나 표정을 숨기는 것처럼 보이지 않았다. 원래부터도 그녀는 스테판을 안쓰러워했고, 잘 대해 주려고 노력했다.

스테판은 발레리노다. 어릴 때부터 배우들과 부대끼며 살았고, 아무리 귀족과 정치인의 가장이 배우들의 그것과는 다른 종류라고 해도, 연기를 하는지 아닌지 정도는 눈치챌 수 있었다.

아우구스타는 스테판 그가 무슨 짓을 저질렀는지 전혀 모른다는 뜻이다. 그리고 감금된 마르고트와 연락도 되지 않는 모양이었다.

그날, 기둥에 묶인 마르고트와 확실히 눈이 마주쳤었다. 그러니 무슨 수단으로든 연락을 하고 있다면, 자신이 배신했다는 것을 아우구스타가 모를 리 없었다.

'좀 믿어 봐도 될까?'

그는 지금까지 황제나 클라우제너나 하원이나 공평하게 믿지 않았다. 무능하거나, 무관심하거나, 부정했으니까. 설령 이제 와 황제가 마음을 바꾸었다고 해도, 하원이 유권자가 두려워 에른스트에게서 돌아섰어도, 진짜로 마르고트를 단죄할 수 있을 거라고는 생각지 않았다. 오히려 에른스트 공작이 뒤집어쓸 가능성이 높았다. 그리고 정작 마르고트는 몇 달이 지난 후에 보석으로 풀려나든, 집행 유예로 풀려나든 할 것이다.

그러고 나면 반격이 시작되리라.

그렇게 생각하고 스테판은 지난 몇 주 동안 계속 후회하고 있었다. 그때, 황후에게 굴욕을 주는 일에 집중하지 말고 빨리 쏴 죽여 버리는 것이 좋았으리라.

지금이라도 늦지 않았다. 그는 아우구스타의 힘을 빌려 감옥에 숨어들기 위해 돌아왔다. 하지만 이 정도까지 감시가 철저하다면, 황제든 누구든 진심으로 마르고트를 쳐 낼 생각인 것이다. 그리고 아우구스타만 막을 수 있다면, 그것도 가능할 것 같다.

'재판도 굴욕이겠지.'

그리고 자신의 원한도 이미 그녀에게 전달되었을 것이다.

나쁘지 않다. 계획이 하나 떠올랐지만, 스테판은 평정한 얼굴을 지킨 채 아우구스타를 바라보았다. 연령의 차이에도 불구하고 표정을 마음대로 움직이는 부분에서는 스테판이 한 수 위였다. 아우구스타는 그의 머릿속에서 움직이는 생각을 알아채지 못하고 한숨을 내쉬었다.

"재판소장부터 간부까지 일괄 사임했다. 버티다가 더 불명예를 쓰는 것보다는 지금이라도 물러나서 변호사로 돌아가는 쪽이 낫다고 판단한 거겠지."

"염치가 없군요. 장부를 까면 저희들도 수렁에 빠져 죽을 텐데."

"그러기 전에 이쪽을 공격하려고 할 거다. 그리고 카탸 슈나이더의 장부가 람스베르크 의원에게 있기도 하고."

스테판은 그 안에 무엇이 있는지 정확히 알지 못했으나, 지금 말하는 것을 보면 아무래도 재판소 쪽과도 뭔가가 얽혀 있는 모양이었다.

"그보다도 총선거로 판사를 선발한다면, 재판에 대한 관심은 꺼지지 않을 거야. 오히려 총선거의 열기가 옮겨 가겠지."

"젊은 법률가들이 그것을 노리겠군요. 제2의 울리히 하비흐가 될 수도 있을 테니까요."

어느 쪽 편에 서든 이기기만 하면 슈퍼스타다.

아우구스타가 두통이 몰려오는 듯 관자놀이를 누르고 말했다.

"실상 재판소의 판사도 거의 다 갈릴 거라고 보면 되겠지. 지금 와서 수중에 넣으려고 시도하는 것은 너무 늦은 일이고, 증거를 없애는 수밖에 없어."

"제가 힘껏 돕겠습니다."

스테판은 빙그레 웃었다. 그러나 아우구스타의 다음 말을 듣고는 혈색을 잃을 수밖에 없었다.

"그래. 리누스 님을 위해서라도……, 네가 애써 주리라는 것을 믿는다."

탑에는 가스등이 설치되어 있지 않았다. 촛불 하나, 등잔 하나 주어지지 않았지만 장작은 보급되었기에 아주 어둡지는 않았다. 마르고트는 낡은 모포를 둘러쓴 채 그 앞에 앉아 있었다.

'내 인생도 너절하군.'

백 년도 더 전에나 황족의 감옥으로 쓰이던 탑에 단열이 제대로 되어 있을 리 없었다. 바람이 불 때마다 나무로 만들어진 창문이 덜컹거리면서 소리를 내고, 돌로 쌓인 벽 어딘가에 빈틈이라도 있는 듯 찬 바람이 불어 들어 머리카락을 날렸다.

노이만 의장은 그녀가 재판 때까지 버텨 내지 못할 것을 염려하여 먹을 것과 입을 것을 제대로 보급하고, 좋은 환경에서 지내게 하도록 지시했다.

그러나 간수는 그 지시를 지키지 않았다. 상대는 반역자였고, 악마와 계약한 마녀였으며, 지금까지 가장 높은 곳에 서서 아래를 내려다보아 온 귀한 신분의 여자였다. 이런 상대를 괴롭힐 기회는 흔치 않았다. 예산을 빼돌리고 욕설을 퍼부으면서 복수심을 만족시키고, 우월감까지 느낄 수 있었다.

고기는커녕 감자 한 알까지 빼돌려, 식사 시간에 마르고트 앞으로 나오는 그릇에는 묽은 수프만 들어 있었다. 감옥 문 앞을 지키는 것은 근위대였으나, 그들마저도 양초와 성서를 가져가 버렸다.

그나마 장작이 제대로 들어오는 게 다행이었다. 벽난로도 효율이 낮았지만, 그래도 불 앞에 앉아 있으면 하루를 버틸 만은 했다.

제대로 빗지도, 감지도 못한 머리는 이제 회색이 되어 있었다. 그것이 마르고트는 새삼스럽게 신경 쓰였다.

외모 따위에 신경 쓴 적은 결단코 한 번도 없었다. 그녀는 평가하는 사람이지, 평가받는 사람이 아니고, ……늘 그렇게 되고자 했기 때문이다. 그러나 이렇게 되고 보니 신경 쓰였다.

입김이 하얗게 부서지는 추운 공기 속에서 그녀는 혼잣말로 중얼거렸다.

"이 나이가 되어서야 깨닫는 것도 있군."

자신은 외모에 신경 쓰지 않는 게 아니라 남들과 다른 방식으로 신경 썼을 뿐이다. 위엄 있어 보이도록, 강하게 보이도록, 함부로 내려다볼 수 없도록, 조금이라도 커 보이도록.

누구에게나 칭송받는 아름다운 숙녀를 부러워한 적은 없었다. 그런 아름다움은 그녀가 갖고 싶은 게 아니었기 때문이다. 하지만 방향이 다르다고 해서 신경 쓰지 않았다는 것은 아니다.

'결국 다 자기 처지에 맞게 발버둥 치고 있는 거지.'

그녀는 추위에 웅크린 채 비참함을 느꼈다.

남이 내려다보는 게 질색이었다. 그래서 가장 높은 곳으로 올라가려 했다. 그러나 지금 자신은 결국 아주 조그맣게 웅크리고 있다. 제러드를 닮은 그 어린아이조차도 아마 저를 내려다볼 수 있을 것이다.

마르고트는 문득 클레어 델포드의 모습을 떠올렸다. 옷차림이든 사업이든, 퍽 특이한 일을 서슴없이 시도하던 것을. 그녀는 자기가 이런 아무것도 아닌 일들에 신경 쓴다는 사실을 인정하고 있을까?

마르고트는 수없이 많은 기억을 끄집어냈다. 이제 와 복기한다고 해도 달라질 게 없는데도 말이다. 반성은 이후의 일을 위해, 행동을 고칠 때나 유의미한 일이다.

하지만 할 일이 없으니 그런 생각이라도 해야 했다. 돌이켜 생각해 보면, 그녀는 살면서 머릿속을 비우고 있었던 적이 거의 없었다.

"임시방편을 지나치게 오래 썼어."

그렇게 중얼거리면서 그녀는 장작이 타들어 재가 되어 가는 모습을 지켜보았다. 어디에서 어떻게 했어야 승산이 있었을지 계속 생각해 보았으나, 상당히 과거로 거슬러 가도 좀처럼 그럴듯한 결과를 가져올 자신이 없었다.

스테판이 배신할 것조차 알지 못했으니까.

"하하, 하하하."

마르고트는 허탈하게 웃었다. 예쁜 아이가 능력까지 있으니 많이 아꼈는데, 이렇게 뒤통수를 칠 줄이야. 인간 따원 역시 믿을 게 못 된다. 믿을 수 있는 존재 따위는 없다.

하지만 그를 제거하기 좋은 시기까지 거슬러 올라가면, 이십 년 전이 된다. 애당초 씨부터 잘못 골랐다.

좀 더 제대로 된 감시 체제를 만들었어야 했다. 그녀는 검은 연꽃을 너무 쉽게 남에게 맡겼다고 생각했다. 그러나 다시 계획을 짜면서도, 역시 전부 다 배신자로밖에 느껴지지 않았다.

마르고트는 두통을 느꼈다. 리누스가 어떻게 되었는지 그녀는 아직 알지 못했다.

또각. 또각.

계단을 올라오는 발소리가 울린 것은 그때였다. 끼이익 문이 열렸으나 마르고트는 생각에 골몰하느라 구둣발 소리가 등 뒤까지 다가오고 나서야 그것을 깨달았다.

벽난로 불빛이 드리운 마르고트의 긴 그림자 위에 노인이 섰다. 그녀를 수행하는 남자의 키가 커서, 이번에는 그가 들고 있는 가스등 불빛에 비친 노인의 그림자가 연하게 마르고트의 위로 흘러내렸다.

"무슨 일이냐?"

마르고트는 무심한 목소리로 물었다.

"죽여 버리겠어……!"

쾅!

노인이 짚고 있던 지팡이를 두 손으로 휘두르며 덤벼들었다. 그러나 제 몸도 제대로 가누지 못하는 바람에, 마르고트를 후려갈기는 데 실패했다. 마르고트는 그제야 뒤를 돌아보고 비웃듯이 입가를 비죽 올렸다.

"이런. 아편에 중독되어 딸의 지참금까지 모조리 써 버리고 자살한 애빙턴 백작의 어머니가 아니신가."

"이……, 이, 악랄한 작자가!"

애빙턴 백작 대부인이 또다시 덤벼들었다. 그러나 그녀의 시도는 이번에도 성공하지 못했다. 애빙던 백작 대부인은 마르고트의 멱살을 잡으려 했지만, 그 전에 경호원과 근위대가 그녀를 잡아떼어 놓았다.

격렬한 움직임에 벽난로에서 재가 날렸다. 마르고트는 콜록거리며 물러서서 호호 웃었다.

"재밌네. 제 아들에게는 싫은 소리 한마디 못 하더니, 원망할 사람을 찾자마자 덤벼드는 게."

"넌, 넌 인간쓰레기야……!"

애빙던 백작 대부인이 쉬어 터진 목소리를 뽑아내듯 소리 질렀다. 마르고트는 조소했다.

"누가 보면 애빙던 백작이 내가 권하는 바람에 하는 수 없이 궐련을 입에 물기라도 한 줄 알겠군. 애빙던 백작 대부인, 그렇게 당당하려면 적어도, 아들이 어리고 아름다운 숙녀에게 부도덕한 마음을 품은 채 살롱에 드나드는 것부터 막았어야지."

애빙던 백작 대부인의 안색이 시커멓게 물들었다. 그러나 제 자식이 순수하게 음악을 애호하느라 문턱이 닳도록 오페라 극장에 다닌 거라고 말할 수는 없었다. 하지만 그녀는 수그러들지 않았다.

"내 아들이 설령 나쁜 놈이었다고 하더라도, 네가 무슨 권리로 내 아들을 그 꼴로 만들어?"

마르고트는 굳이 대꾸하지 않았다. 그녀가 죽게 만들었다는 백작 대부인의 말은 틀렸다. 애빙던 백작은 스스로 연잎 궐련에 손을 댔고, 더 강한 것을 찾은 것도 스스로 한 일이다.

사실 대부분의 중독자들이 그랬다. 아니, 물론 마르고트는 자신이 그 일에 책임이 있다는 것을 알고 있었다. 좀 더 거시적인 측면에서, 유통 루트의 통제에 실패한 것이 그녀의 책임이었다. 허가도 받지 않은 불한당 놈들이 사기와 강압으로 아편을 퍼뜨려 노예를 만든 것도, 그렇게 보면 그녀의 책임이 맞긴 했다.

'그러니 내가 거두어야 했는데.'

책임을 지기 위해서라도, 황제의 관을 이 머리 위에 올렸어야 했는데.

어쨌거나 애빙던 백작 대부인은 마르고트의 관심사가 아니었다. 그녀가 청문회에 나와 로멜 귀족들을 호명했을 때와 마찬가지다.

"누가 시킨 거지?"

"시켰다니?"

"누가 들여보내 주었느냐고. 이번에도 클레어 텔포드인가?"

애빙던 백작 대부인의 얼굴이 악귀처럼 일그러졌다. 마르고트의 시선이 자신의 증오 따위에는 기울어지지도 않고 그 뒤의 무언가를 찾는 데 골몰하고 있다는 것을 깨달았기 때문이다.

"정말 모든 사람이 너 같은 쓰레기라고 생각하는군."

그녀는 짓씹듯이 말했다. 마르고트는 빙그레 웃음을 머금었다. 솔직히 이렇게 반박하는 게 쓸데없는 일일뿐더러 무의미하게 감정적인 짓이라는 것을 잘 알고 있었다.

그러나 역시 한 달 가까이 굶주리고 추위에 떨며 갇혀 있다 보니, 이런 사소한 즐거움이라도 찾지 않고서는 견딜 수 없었다.

"증오도 사욕일진대, 그 때문에 법을 통하지 않고 날 죽이러 온 그대도 특별히 다를 건 없어 보이는군."

그러면서도 그녀는 계속 생각했다. 이건 클레어 델포드의 방식 같지는 않다. 황제도 아니다. 황제가 자신을 이렇게 죽이기로 결정했다면, 직접 목을 조르러 왔을 터이다.

아렌 공왕이나 에리히는 이런 성격이 아니다.

'그렇다면 무어 공작인가? 혹은, 아우구스타인가?'

그녀의 붉은 눈동자가 어둡게 가라앉았다. 바깥 사정을 전혀 모르니, 판단을 내릴 재료가 없었다.

만일에 상황이 자신에게 유리한 쪽으로 흘러가고 있다면, 그 전에 암살해 버리는 게 낫겠다는 판단을 할 법하다. 그리고 무어 공작은 그런 결단을 내릴 수 있는 상대였다.

'혹은…….'

아우구스타가 배신했는가. 그녀라면 충분히 가능한 일이다. 상황이 자신에게 불리하게 흘러간다면, 법정에 세워지기 전에 자신을 제거하겠다는 판단을 내릴 수도 있었다. 사실 그렇게 하고 나면, 증거를 일일이 지울 것도 없이 제게서 모든 일이 끝날 것이다.

아우구스타가 안다면 바닥에 주저앉아 눈물을 흘릴 터이나 마르고트의 의심은 이제 낫지 않는 병이다.

애빙던 백작 대부인이 혐오스러운 얼굴로 그녀를 쳐다보았다.

"넌 네가 가련한 피해자처럼 보이거나, 아니면 세상을 다스리려다 실패한 비극의 영웅이 되길 바라겠지만, 난 절대 그렇게 놔둘 생각 없어. 그렇게 쉽게 죽을 수 있을 줄 알고?"

애빙던 백작 대부인이 운명을 선고하듯 말했다.

"내 아들이 그러했듯이, 너도 추악하게 바닥을 기는 꼴이 될 거다!"

그녀는 그렇게 소리치고, 품에서 종이로 포장된 덩어리 하나를 꺼내 벽난로에 던져 넣었다.

포장 종이가 순식간에 타들어 가고 곧바로 하얀 연기가 뭉게뭉게 솟구쳤다. 근위대원은 놀라지도 않고 준비해 온 손수건으로 입을 가린 다음 이제 돌아가자고 손짓했다.

애빙던 백작 대부인도 망설임 없이 걸음을 돌렸다. 이 연기 속에 오래 있으면 자신도 중독된다. 그럴 작정은 없었다.

탁.

문이 닫혔다. 마르고트는 벽난로의 불을 끄려고 했지만, 양동이에는 그럴 만큼의 물이 남아 있지 않았고, 그녀의 의식도 마찬가지였다.

'근위대가······.'

마르고트의 생각은 거기에서 중단되었다. 시야가 뭉그러졌다.

《내 아이가 분명해》 6권에서 계속